KB004028

The Berserker
Rises to Greatness.

흑의 소환사 〈3〉 마요이 도후 Illustration 쿠로긴

마수의 군대

흑의 소환사 3

마요이 도후

CONTENTS

—정령가(精靈歌) 여관, 주점

　무사(?)히 파즈로 귀환한 다음 날 아침, 우리는 늘 가던 주점에서 아침 식사를 하고 있었다. 그리운 클레어 씨의 음식이다. 갓 구운 빵에 옥수수 수프, 그리고 샐러드와 베이컨, 에그를 더한 균형 잡힌 메뉴다. 트라지에서는 일본 음식 중심으로 식사를 해서 대단히 좋았지만 양식도 좋다. 일본인이라 이득이로군.

　"켈, 트라지의 임금님이 켈을 마음에 들어 했다면서? 출셋길이 뻥 뚫렸네~."

　세라에게 수프를 한 그릇 더 가져다주던 클레어 씨가 생글생글 웃으며 말을 건다. 어제 막 도착했는데 벌써 들은 건가.

　"소식이 빠르네요. 누구한테서 들었죠?"

　"안제가 만나는 사람마다 이야기하던데. 이제 파즈의 모험자는 다 알지 않을까. 상당히 기뻤던 모양이야."

　안제…, A급으로 승격했을 때에도 그랬지만, 내가 너무 눈에 띄게 되는 짓은 하지 말아줬으면 좋겠다…. 아니, 친구로서 기뻐해주니 나도 기쁘긴 하지만.

　"트라지를 섬길 생각은 없어요. 내키는 대로 모험자 노릇을 하는 게 제 성격에 더 맞아요."

　"그러니? 뭐, 켈이라면 뭘 해도 잘해낼 것 같지

만."

"절 너무 과대평가하고 계세요."

실제로 츠바키 님이 권유하기는 했지만, 지금은 그럴 생각이 전혀 없다.

"그런데 주인님, 오늘 예정은?"

"그러고 보니 파즈에 돌아온 뒤, 뭘 할지 물어보지 않았구나. 던전에라도 갈 거니?"

"막 돌아온 참이고 오늘은 휴일이니까. 나는 이제부터 물건을 사러 가려고."

"이런, A급 모험자님인 켈이 뭘 사러 가려는 거지? 또 에필처럼 귀여운 노예를 살 거니?"

태연자약한 얼굴로 무슨 소리를 하시는 겁니까, 클레어 씨.

"그럴까요?"

"흠, 남자의 본성이다. 나는 탓할 수 없지."

"아냐, 아냐, 아냐."

에필도 속지 마. 제라르도 그 의견에는 늘 동의하지만, 지금은 입 다물고 있어줘.

"아니에요. 저한테는 에필이 있으니까요."

"어머, 질투 나네~."

"……."

에필의 표정은 변함이 없다. 하지만 엘프 귀가 조금 빨개져서 움찔움찔 움직이고 있다. 아무래도 기뻐하는 것 같다.

"후후. 그럼 뭘 사러 갈 거니?"

"집을 좀 사러요."

"그렇구나, 집을… 뭐, 집이라고?!"

"네, 집이요."

잇츠 꿈만 같은 마이 홈.

"거참 갑작스럽구나…. 자금은 괜찮니?"

"겉멋으로 A급 모험자 노릇을 하고 있는 게 아니니까요. 군자금은 충분합니다."

요즘 A급, S급 몬스터만 토벌한 덕분입니다. 사실은 A급을 넘겼을 때부터 보상금이 한두 자리씩 커져버려서, 벌써 돈은 충분히 모였다.

왜 보상금이 올랐느냐고? 그야 A급보다 토벌 난이도가 훨씬 높기 때문이다. B급 몬스터까지는 기사단이 고전하면 어찌어찌 이길 만한 수준. 하지만 그 이상쯤 되면 나라의 최고 전력이 움직여야 할 차원이다. 그런 토벌 대상을 일개 모험자가 쓰러트린 것이다. 국가에서는 막대한 보상금을 지불해도 이득이 된다.

뭐, 그리하여 빅토르나 흑풍 도적단, 나아가 사룡을 쓰러트린 나는 돈이 남아돈다.

도저히 다 들고 다닐 수 없게 되어버렸기 때문에, 대부분을 클로토의 보관에 넣어두고 있을 정도다.

"그 이야기는 나도 처음 듣는데?"

"으음, 세라가 아직 동료가 되기 전에 얘기한 거니까."

"그런 이야기를 했었는지도 모르겠구먼."

아직 우리가 B급 모험자였던 시절 이야기다. 그때에는 아직 돈이 한참 부족했기 때문에 그림의 떡이었지.

"지도 모르는 게 아니라 했어. 나와 에펠이 파즈 전체를 둘러보고, 물건을 점찍어둔 상태에서 이야기가 끊겼지."

"그랬었나. 으음, 기억이 안 나는구먼."

제라르는 별로 흥미가 없어 보였으니까. 살 수만 있으면 어디든 좋다고 할 타입이다.

"이번 원정에서 목표액을 달성했으니까. 그래서 다시 한번 보고 올까 싶어서."

"나도 갈래! 그 집, 보고 싶어!"

"저도 함께 가겠습니다. 아마 세 채쯤 점찍어두었죠."

"그래. 우선은 아직 팔리지 않았는지 알선소로 확인하러 가자. 제라르는 어떻게 할래?"

"다들 간다면 나도 가도록 하지."

"오케이. 그럼 아침 식사 30분 후에 출발하자."

"얼마 전까지 신인이었던 켈이 한 집안의 주인이라니, 시간이 참 빠르구나. 사면 바로 가르쳐주렴. 이번에는 새 출발을 축하해야겠어!"

"결정되는 대로 제일 먼저 클레어 씨에게 보고할게요."

우리는 아침 식사를 마치고 나갈 준비를 시작했다.

알선소로 향하자 점원의 시선이 나에게 모인다. 한순간 침묵한 뒤, "점장니이이이임…!" 하는 외침과 함께 점원이 가게 안으로 달려갔다. 그리고 바로 중년 남자가 안쪽에서 나타난다. 이 남자가 알선소 점장인 듯, 직접 안내해주겠다고 한다. 그 외에 여러 가지로 몹시 정중한 대접. 아무래도 A급 모험자 칭호가 여기에도 전해진 것 같다. 단, 유감스럽게도 나와 에필이 점찍어두었던 물건 중 두 채는 이미 팔려버린 뒤였다.

"그럼 남은 건 여기뿐인가."

"죄송합니다. 그나저나 켈빈 님은 눈이 높으시군요. 이건 저희가 자신만만하게 추천하는 물건입니다."

"…집이라기보다는 저택이로구먼."

"어머, 나름대로 크네."

"역시 켈빈 님의 일행분이십니다. 부끄럽지만 이게 우리 가게 최대의 물건입니다."

세라는 본래 공주님이라서 그 감성을 우리의 기준으로 간주하면 곤란한데…. 마지막으로 남아 있던 물건은 파즈에 존재하는 건물 중에서도 상당히 큰 수준. 제라르의 말대로 귀족이 사는 저택 같다.

"자물쇠는 열어두었습니다. 부디, 안쪽도 보시지요."

문을 열자 일단 분수가 있는 정원이 눈앞에 펼쳐진다. 분수 물이 시원해 보이고 넓이도 충분하다. 작은 야외 파티를 할 수 있을 것 같다.

저택으로 들어가자 탁 트인 홀이 우리를 맞이한다. 오오, 이런 걸 진짜로 보는 건 처음이야. 조금 감동.

"1층에 욕실과 조리장과 식당, 빈방이 여덟 개 있습니다. 홀 중앙 대계단으로 올라가면 2층입니다. 2층에도 빈방이 일곱 개, 지하는 저장고입니다."

제라르가 '정말로 이걸 살 수 있냐?'는 시선을 보내지만, 정말로 구입할 수 있다. 무엇보다도 내가 이 저택을 점찍은 이유가 있다.

"역시 욕실은 필요하거든."

다른 두 채도 좋은 물건이었지만, 아무리 그래도 이 수준의 집쯤 되지 않으면 욕실은 존재하지 않았다.

트라지의 비경에 온천이 있다고 듣고 기대했는데, 토우야 일행을 단련시키느라 거기까지는 가지 못했다. 따라서 나는 목욕을 하고 싶다.

"욕실 또한 수준이 다릅니다. 여러 명이 함께 들어갈 수 있을 만큼 넓지요."

그리고 우리는 저택을 빠짐없이 안내받은 뒤 로비로 돌아왔다.

"이상입니다만, 어떠신지요?"

"음, 다들 의견을 들려줘. 어때?"

"훌륭한 조리장이었습니다. 저는 찬성해요."

에필은 한결같이 조리장에만 신경을 썼으니까. 여기라면 정령가 여관에도 뒤지지 않아서 만족한 것 같다.

"나도 이의는 없다. 단련은… 정원에서 할까."

제라르가 훈련을 하기에는 정원의 강도가 부족할지도 모른다. 하지만 방법이 있다.

"내 방은 2층 오른편 제일 안쪽으로 할게."

찬성 의견을 말하기도 전에 방 배정부터 결정하다니! 찬성이라고 해석해도 되겠지?!

"그럼, 구입할게요."

이세계에 환생한 지 3개월만에 나는 새로운 거점을 손에 넣었다.

새로운 집을 구입하자마자 새로운 생활에 필요한 물건을 사러 나선다. 제라르는 단련할 시간이라고 해서 도중부터 별도로 행동하게 되었다. 에필, 세라와 함께 저택에 둘 가구 등을 고르고, 클로토의 보관에 임시로 수납하며 필요한 것들을 사둔다.

참고로 도시를 돌아다닐 때에는 전투용 장비가 아니라 에필이 직접 만든 고성능 사복을 입는다. 에필은 지난번 데이트를 할 때 입었던 원피스를 수선한 것을, 세라는 차이나드레스풍 의상을 입고 있다. 결코 내 취미로 입힌 게 아니다. 켈빈, 거짓말 안 한다(주1).

"켈빈, 이건 반드시 필요해!"

"그 대사, 오늘만 다섯 번째야…. 선물 가게 깃발 같은 게 왜 필요해?"

물건을 살 때면 세라는 가끔 이상한 아이템을 졸라서 방심할 수가 없다. 아까는 피아노를 갖고 싶어했으니까. 돈에 여유는 있지만 쓸데없는 물건을 구입하는 건 세라의 교육상(?) 좋지 않다. 내 팔에 풍만한 가슴을 들이대도 안 된다. 나는 딸바보 마왕과는 다르다고.

"이렇게 신기한데. 아까워."

"세라는 기본적으로 보는 걸 전부 신기해하잖아? 갖고 싶은 건 제대로 엄선해."

"우, 알았어."

세라는 기본적으로 응석받이지만 내 말은 의외로 순순히 따른다.

주1) 본래는 '인디언, 거짓말 안 한다'로 옛 미국 TV 드라마 「론 레인저」의 대사. 후에 일본 TV 광고에 나온 패러디로 유명해짐.

이해가 빨라서 오빠도 기쁩니다.

"주인님, 식기류가 조금 부족합니다. 손님용 식기도 포함해서 구입하지 않으시겠어요?"

"좋아, 조금 둘러볼까. 세라도 자기가 쓸 것을 골라."

"맡겨둬! 내가 하면 문제없다고!"

세라가 허리에 손을 대고 자신만만하게 대답한다. 표정이 대단히 기뻐 보인다. 뭐, 피아노 정도라면 언젠가 사줘도 좋을지도 모른다. 세라는 은근히 높은 수준의 연주 스킬을 가지고 있으니, 그렇게까지 쓸모없지도 않을 것이다. 저택 인테리어로도 쓸 만할 것 같고.

알선소 점장이 가르쳐준 추천 가게를 몇 군데 돌고, 정오가 조금 지났을 무렵에는 순조롭게 임무 완수. 생각보다 빨리 끝났군. 에필이 미리 살 것 리스트를 적어준 덕분인가. 세라도 후반부터 진지하게 도와주었다.

"자, 이제 대강 다 샀나."

"최소한의 물건은 갖춰진 것 같습니다. 클로, 나르느라 수고했어."

"클로토 덕분에 살았어. 가구를 집에 들이는 건 꽤 고생스러우니까."

저택 입구에서 방까지 나르는 귀찮은 작업도, 클로토의 보관이 있으면 편안히 끝낼 수 있다. 어쨌거나 클로토가 방까지 이동해서 거기에 꺼내놓기만 하면 되니까.

"남은 건 저택에 둔 짐을 날라 오는 것뿐인가. 클레어 씨에게는 오랫동안 신세를 졌는걸."

"확실히 인사를 해야겠지요. 저택에서 걸어갈 수 있는 거리이니 이사 온 뒤에도 종종 찾아가도록 해요."

"그래, 그럴 생각이야. 안정이 되면 집들이에도 초대하고 싶으니까 그때에는 잘 부탁해."

"네, 힘껏 노력할게요!"

클레어 씨는 에필에게 요리 스승이나 마찬가지니까. 에필이 만든 음식을 먹은 클레어 씨의 반응이 기대된다.

"그런데 켈빈은 저택에 하인을 고용하지 않을 거야?"

"응? 에필이 있잖아."

"이 정도로 넓은 저택을 에필 혼자서 관리하게 하려고? 게다가 에필도 던전이나 토벌 의뢰를 나가잖아. 그동안에는 어떻게 할 건데?"

"아, 그것도 그런가…. 미안해, 거기까지는 생각을 못 했어."

설마 세라에게서 지적을 받을 줄이야…. 하지만 진짜로 알아차리지 못했다. '에필이 있으면 가사 쪽은 괜찮겠지!'라는 식으로 생각을 더 이상 하지 않았던 게 원인인가.

"제가 노력하면….'

"안 돼. 자기희생도 적당히 해둬. 에필은 켈빈에 대한 일이면 주위를 제대로 보지 못하니까."

'켈빈은 평소부터 허술하지만!'이라고 마지막으로 덧붙인다. 후, 반박할 수가 없군!

"미안해, 에필. 무리를 시킬 뻔했군. 세라도 가르쳐줘서 고마워."

"아뇨, 저도 제 기량을 착각하고 있었습니다…. 세라 씨, 배려 감사합니다."

"괜찮아. 나도 세상 물정을 모르니 서로 마찬가지야!"

세라는 당연하다는 듯 고개를 끄덕인다. 지금은 나이에 걸맞은 어른 누님으로 보인다. 아니, 정말 감사합니다.

"길드에 하인 모집 의뢰를 내둘게. 에필, 몇 명이 있으면 되겠어?"

"두 명쯤 있으면 되지 않을까요."

"좋아. 두 명을 찾아볼게."

하인이 여러 명 있다면 저택 안의 관리직으로 에필을 메이드장에 임명하는 게 좋을까? 그것도 생각해둬야겠군.

일단은 정령가 여관으로 짐을 찾으러 돌아가자. 클레어 씨에게 보고하고 인사해야지. 때맞춰서 울드 씨도 있으면 좋을 텐데….

정령가 여관으로 돌아가자 제라르가 한발 먼저 돌아와 있었다. 주점에서 점심 식사를 하고 있었던 것 같다. 그러고 보니 아직 점심을 먹지 않았군. 울드 씨는… 없나. 모험자에게 지금 시간은 한창 돈을 벌 때니까.

"오오, 생각보다 빨랐구먼."

"순조롭게 구입이 끝났으니까. 남은 건 여관방에 있는 짐을 나르는 것뿐이야."

"뭐야, 벌써 집을 마련했니?"

술집 카운터에서 클레어 씨가 모습을 드러낸다.

"네, 알선소에서 열쇠도 받아왔어요. 오늘 중에 이사를 마치려고 해요."

"그래. 켈이 새 출발을 하는 건 축하할 일이지만, 쓸쓸해지겠네."

"이사한다지만 바로 근처예요. 자주 놀러 올게요."

"하하하, 기대할게. 좋아, 오늘은 축하를 해야지! 에필, 비장의 레시피를 가르쳐줄게! 조리장으로 따라오렴!"

"네, 네!"

기운찬 외침과 함께 클레어 씨와 에필이 조리장으로 사라졌다. 그리고 머지않아 야채를 써는 소리, 냄비의 내용물이 끓는 소리가 들려온다.

"어머나, 좋은 냄새. 점심이 기대되네."

"에필과 클레어 씨가 만든 음식은 늘 기대돼. 우리는 이 틈에 짐을 싸두자. 세라는 미안하지만 에필 것도 챙겨줘."

"에필과 같은 방이니까 켈빈이 하면 되잖아. 짐이 어디 있는지 나보다 더 잘 알잖아?"

"속옷 같은 것도 있잖아. 동성인 세라가 해줘."

"에필은 별로 신경 쓰지 않을 텐데. 게다가 그런 건 밤에 언제나 보고 있지 않… 읍?!"

세라의 입을 황급히 막는다. 너는 공공장소에서 뭘 폭로하려는 거야! 상당히 당황스럽다고!

"나는 특별히 짐이 없으니까. 짐을 나르는 걸 돕겠다."

"아아, 클로토가 있으니까 그러지 않아도 괜찮아."

"음, 그것도 그렇구먼."

"읍…! 읍…! (잠깐! 알았으니까 손 떼!)"

"그래, 그래."

세라를 놓아준다.

"아이, 참! 그렇게 당황하지 않아도 되잖아!"

"세라는 남들의 눈도 좀 신경을 써줘. 요즘 그렇지 않아도 눈에 띄니까."

거기에 좋지 않은 소문까지 돌면 수습할 수 없어진다.

"그래? 모험자는 눈에 띄는 게 당연하다고 생각하는데."

"좋은 의미에서라면 그렇겠지."

방금 그건 어느 모로나 나쁜 의미에서다. 그러는 동안 에필이 음식을 가져왔다. 자, 이걸 다 먹으면 이사도 막바지. 힘내서 마치자.

◇　　　◇　　　◇

"그건 요리계의 혁명이야! 클레어도 참, 그런 비장의 카드를 가지고 있었다니 얕볼 수가 없네!"

"으음…. 오래 살아왔지만 그런 맛은 처음 체험했다."

익숙한 정령가 여관에 작별을 고하고 새로운 거처인 저택으로 향하는 길, 다들 클레어 씨가 에필에게 전수한 비전의 요리에 대한 이야기로 떠들썩했다. 설마 클레어 씨가 카레 레시피를 알고 있었을 줄이야. 쌀이 아니라 카레와 빵의 조합이었지만 당연히 매우 맛있었다. 모두 마음에 든 것 같다.

"카레도 이세계 음식이라고 해요. 옛날에 오래된 건물에서 레시피를 찾았대요."

"그럼 켈빈도 알고 있었던 것 아냐?"

"나는 요리에 대해서는 통 몰라서."

현대에서 환생했다지만 나는 요리를 한 적이 거의 없다. 그런 내가 뒤죽박죽 지식 속에서 레시피를 재현하는 건, 설령 에필의 실력을 빌린다 해도 도저히 불가능하다. 그런 가운데 만난 트라지의 일본 요리나 클레어 씨의 카레 레시피는 나에게 보물에 필적하는 존재다.

"에필, 이번에는 쌀에 카레를 얹어서 먹어보자. 아마 맛있을 거야."

"그, 그런 발상은 떠올리지 못했습니다. 역시 주인님이에요."

반짝반짝 순진한 눈길로 바라보는 에필. 후후, 레시피와 조리법만 알면 이쯤이야. 카레가 있으면 메뉴 베리에이션이 상당히 늘어난다. 거기에 에필의 조리 스킬이 더해지면 천하무적이다.

저택은 여관에서 그리 멀지 않아서, 그런 이야기를 하다 보니 의외로 금세 도착했다.

"다녀왔어."

"어서 오세요, 주인님."

"…뭐야? 연극이라도 하는 거야?"

그냥 해보고 싶었다.

그나저나 홀까지 왔는데, 마이 홈에 도착한 뒤 일단 해야만 하는 일이 있다. 한마디로 방 결정이다. 구입할 때에도 설명을 들은 대로, 이 저택에는 1층과 2층을 합쳐 빈방이 열다섯 개나 된다. 당연히 모든 방을 각각의 개인 방으로 삼지는 않겠지만, 지금 대강 레이아웃을 정해두고 싶다.

"나는 2층 오른편 제일 안쪽 방!"

"아까부터 그 방에 집착하네?"

"모퉁이 방이고 햇살이 잘 들어오잖아."

악마가 햇살을 고려하는 거야? 게다가 잘 들어오는 쪽을 택하는 건가.

"저는 별로 바라는 것이 없습니다. 주인님이 결정해주세요."

"별로 사양할 필요 없는데? 이렇게 방이 많잖아. 뭐든 좋으니 말해봐."

"음, 그러면… 주인님 방 근처가, 좋을지도, 모르겠어요…."

얼굴을 붉히고 시선을 피하며 대답하는 에필. 이 귀여운 생물은 뭐지. 나도 모르게 머리를 한 번 쓰다듬는다.

"그래. 그럼 내 방부터 결정해야겠네."

"네, 네…."

다음으로 제라르에게 희망을 물어보려고 그쪽을 보자, 나를 향해 엄지를 척 세우고 있다. 못 본 걸로 치자.

"왕이여, 무시하지 마라!"

"안 들려."

"내가 잘못했다!"

"그래, 그래. 그런데, 제라르는 어디로 할래?"

"저기면 된다."

제라르가 손가락으로 가리킨 곳은 입구에서 가장 가까운 방이었다.

"너무 대충 고르네. 정말 거기여도 돼?"

"침상만 있으면 어디든 상관없다. 게다가 그 방이 입구에서 가깝다. 유사시에 순간적으로 대응할 수 있지.”

오오, 흔치 않게도 기사다운 발언이다. 유사시에는 믿어보겠어.

“마지막은 클로토로군.”

물어보려고 하자, 클로토는 푸르르 몸을 떨더니 재주 좋게 형태를 바꾸어 현관문을 가리켰다.

“바깥, 이라고? 방이 많은데?”

파들파들 고개(?)를 가로젓는 클로토.

“주인님, 클로는 본래 야외에서 살아온 몬스터입니다. 제가 생각하기에 실내에서 지내는 것보다 바깥이 클로의 본질에 맞지 않을까요?”

“그런 거야?”

클로토는 몸으로 O를 그린다. 확실히 이 저택 정원은 충분히 넓으니까 갑갑하지 않을 것이다. 클로토라면 상식도 잘 알 테니 이상한 일도 일으키지 않겠지.

“알았어. 정원을 마음대로 써도 돼. 방이 필요해지면 언제든 말하라고.”

“어머나, 켈빈의 방이 아직 정해지지 않았잖아.”

“아, 내 방은 말이지….”

“세라, 저택 주인의 방이라면 대개 뻔하지 않으냐. 가장 안전한 방이다.”

“아… 2층 제일 안쪽 방? 보통 방보다 넓던데. 내 방이 두 개 앞쪽에 있으니 확실히 안전하네!”

“가하하! 그렇겠지.”

“에필의 방은 그 옆으로 결정이네!”

"네. 주인님, 잘 부탁드립니다."

깊이 머리를 숙이는 에필.

"아, 응. 잘 부탁해….."

나는 지하로 가는 입구 부근의 방이 좋았지만, 그렇게 말할 분위기가 아니다. 제라르가 질리지도 않고 또 엄지를 척 세우고 있다. 아마 투구 밑에서는 이를 반짝 빛내며 좋은 미소를 짓고 있으리라. 세라도 따라서 흉내 내지 마.

"이제 방 배정은 결정인가?"

"그래, 그럼 짐을 풀까. 이걸로 이사 작업은 일단 종료야. 클로토, 가구나 큰 물건 이동을 부탁할게."

"클로, 식당부터 갈까."

아아, 그렇다. 모험자 길드에 하인 모집 의뢰를 해두어야만 했다. 뭐, 바로 모이지는 않을 테니 그동안에는 에필을 도와줘야겠군. 하인 급료는… 시세를 모르겠다. 안제와 상담해서 결정하도록 할까.

새로운 집 구입부터 이사, 짐 풀기까지 하루 만에 전부 마친 뿌듯함에 젖으며, 이날은 새로 산 침대에서 푹 잘 수 있었다. 내일은 아침 일찍 길드로 향하도록 하자.

─파즈 모험자 길드 접수 카운터

"어? 벌써 응모자가 있었어?"

길드에 모집을 내건 지 이틀 후 점심 무렵. 안제가 불러서 하인

응모자가 있었다는 소식을 전해주었다.

"응. 켈빈이 요청한 건 하인 두 명이었지? 오늘 아침에 응모 정원이 찼어. 켈빈이 좋으면 오늘이라도 면담할 수 있는데, 어떻게 할래?"

"나는 괜찮아. 부탁해."

"알았음~. 저택으로 보낼 테니까 먼저 돌아가서 기다려줘."

"알았어."

그래, 안제에게도 집들이에 대해 전달해야지.

"안제, 다음에 우리 집에 초대할 테니 그때에는 꼭 와줘야 해!"

"저, 정말로?! 갈게. 꼭 갈게! 기대하고 있을게!"

"하하, 에필의 요리 실력에 놀라지 마."

어째서인지 굉장히 의욕적이다. 역시 친구란 좋군.

　　—켈빈 저택 손님방.

집으로 돌아온 나는 에필과 황급히 손님방을 정리하고 하인으로 고용할지 판단하기 위한 면접을 준비했다. 대강 준비를 마치고 에필은 문 앞에서 대기. 제라르는 내가 앉을 긴 의자 뒤에 서 있는 상태다. 세라는 자리를 비워서 일단 부하 네트워크로 말해두었다.

음…, 긴장되네. 어쨌거나 인생에서 처음으로 남을 고용하는 것이다. 물론 면접하는 쪽이 되는 것도 첫 경험이다. 잘할 수 있었으면 좋겠는데…. 뭐, 담력 스킬도 있으니까. 어떻게든 되겠지.

그때 똑똑 문을 두드리는 소리가 들린다.

"주인님, 모셔왔습니다."

"그래, 들어와."

"실례하겠습니다."

에필에게 이끌려 하인 후보가 방으로 들어온다. 어, 어라? 이 사람들….

"하인 모집에 와주신 에리이 님과 류카 님입니다."

"오늘은 잘 부탁드립니다."

"오빠, 오랜만이야! 오늘은 잘 부탁해!"

하인 모집에 온 인물, 그것은 흑풍 아지트에서 구해낸 어머니와 딸이었다.

류카가 내 품에 뛰어든다. 내가 나이스 캐치.

"그, 그러면 안 돼, 류카. 오늘은 놀러 온 게 아니란다."

"그치만, 오빠를 오랜만에 만나서 기쁜걸…."

"자, 잠깐만. 상황이 이해가 안 돼."

어떤 희망자가 와도 좋다고 어느 정도 각오는 했지만, 이 두 명이 오다니 완전히 예상 밖이다.

"무슨 소리야? 오빠, 하인을 모집했잖아. 오늘은 면접이잖아?"

"아니, 그런 게 아니라 말이야… 애초에 두 명은 트라지에 있었잖아? 모집을 한 뒤 아직 이틀밖에 안 지났어. 그런데 이렇게 단기간에 어떻게 파즈까지 온 거야?"

그렇다, 그게 제일 문제다. 우리가 마차로 트라지로 향했을 때에는 시간상 수십 일은 걸렸다.

"켈빈 님의 하인 모집을 트라지의 모험자 길드에서 보았습니다. 마침 그 무렵 저도 새 일을 찾고 있었기에 응모했답니다. 그런데 자세한 이야기를 들어보니 장소가 파즈라고 해서, 포기하려고 했지만 길드의 미스트 씨가 도와주셔서….."

"성에서 한순간에 도착했어!"

"…전이문을 썼나."

하지만 전이문을 쓰려면 조건이 필요하다.

"아, 맞다! 트라지 왕께 글월을 받아왔습니다."

"츠바키 님께?"

에리이 씨에게서 트라지 국장이 찍힌 편지를 받는다. 냉큼 읽어본다.

…편지 내용을 요약하면 이렇다.

리오에게서 이야기는 들었다. 하인을 찾고 있다더군. 마침 오늘 그대에게 쌀섬을 보내려고 했다. 덤으로 트라지에 있는 고용 희망자를 한꺼번에 전이문으로 보내주마. 채용하지 않은 자는 리오 길드장이 돌아올 방도를 마련해줄 것이다. 뭐, 신경 쓰지 마라. 고마워할 필요는 없다. 뭐, 꼭 사례를 하고 싶다면 트라지를 섬겨도 좋다. 사양하지 마라, 트라지의 문은 언제나 그대들을(이하, 권유하는 문장이 줄줄이 이어짐).

"…파악했어."

아직도 포기하지 않고 우리를 트라지로 끌어들일 생각인가. 츠바키 님도 상당히 끈질기다. 아마 리오와 미스트 씨가 알린 것이리라.

"주인님, 츠바키 님이 보내신 쌀섬이 도착했습니다. …어째서인지 세라 씨도 함께 나르시더군요."

"이 저택까지 전이문으로 함께 오신 트라지의 하인분들과, 도중에 우연히 만나 뵌 세라 님이 날라주셨어요. 역시 모험자라서 힘이 세시네요."

"켈빈! 쌀 받아왔어…!"

양쪽 옆구리에 쌀섬을 끌어안은 세라가 문밖에 보인다. 모습이 안 보이고 네트워크 대화에도 대답이 없는가 싶더니, 쌀을 나르고 있었군.

"하인분들은 문 앞에서 대기하고 계시는데, 어떻게 할까요?"

"여기까지 쌀을 날라줬잖아. 차가운 음료와 가벼운 식사라도 내줘. 에필이 만든 음식이라면 틀림없이 좋아할 거야."

"알겠습니다."

에필이 퇴장한다. 에필과 교대하듯 세라가 방으로 들어왔다.

"전부 식재료 창고에 넣어뒀어. 그런데, 면담은 어땠어?"

"수고했어. 어떻고 뭐고, 이제 막 시작했는데… 하지만 채용하려고 해."

"진짜?!"

류카가 뛸 듯이 기뻐한다.

"괘, 괜찮으신가요? 아직 저희는 아무 말도 안 했는데…."

"이야기라면 트라지로 돌아가면서 하루종일 했잖아. 두 사람의 인품은 대충 알아. 처음 만나는 사람보다 훨씬 믿음직하지."

에리이 씨, 하인으로 고용한다면 에리이라고 불러야 하나. 에리이라면 문제없이 일을 해줄 것 같다. 류카는 아직 어리고 소양도 부족하지만 잠재력이 있다. 에필의 밑에서 제대로 경험을 쌓으면 메이드로서 훌륭하게 성장해줄지도 모른다.

"결정됐네. 오늘은 축하도 겸해서 에필이 진수성찬을 만들어주려나?"

"나도 찬성한다. 류카, 나를 할아버지라고 불러도 상관없다."

"음, 제라르 할아버지?"

"오, 오오… 무언가가, 몸속에서 무언가가 치미는구나…!"

제라르, 그래서야 그냥 마음 좋은 할아버지잖아. 게다가 겉모습은 우락부락한 큰 갑옷을 입고 있어서 상당히 위험해 보인다고.

"아무튼 두 사람은 하인으로서 합격한 걸로 하자. 모집 항목에 적어둔 것처럼 입주해서 살면서 일해줬으면 해. 에필이 돌아오면 두 사람의 방으로 안내시킬게. 모녀이니까 같은 방을 써도 되나?"

"충분하고도 넘쳐요! 보통 더 여러 명이 같은 방에 묵기도 하니까요. 급료도 센 편인데, 정말 괜찮으신가요?"

"그 대신 그만큼 일을 해줘. 류카도 처음에는 못 하는 일이 많겠지만, 잘 배워서 얼른 익혀야 해?"

"응! 나, 노력할게!"

"죄송합니다. 말투는 제가 계속 가르칠게요…."

뭐, 그건 자연스럽게 몸에 배겠지만 하인으로서는 필수 항목이니까. 나이에 걸맞은 정도로만 노력해주었으면 한다.

"오늘은 피곤할 테니 실제로 일하는 건 내일부터야. 물론 방은 마음대로 써도 돼. 아, 그리고 에필에게 치수를 재달라고 해. 일할 때

입을 옷을 만들어달라고 할 테니까. 그리고…."

필요한 설명을 대충 마쳤을 때 에필이 돌아왔다.

"아, 에필. 마침 잘됐어."

"무슨 일이신지요?"

"에필을 이 저택 메이드장으로 임명할게. 두 사람을 지도해줬으면 해."

"…삼가 받들겠습니다."

─켈빈의 방

에리이와 류카의 환영회를 마치고 밤이 깊었다. 읽던 책을 팔락팔락 넘기며 달빛이 비치는 방에서 혼자 생각에 잠긴다. 옆방의 소리는 들리지 않는다. 에필은 벌써 잠들었을까. 물이라도 마실까 싶어 일어난 순간, 그리운 마력의 흐름이 느껴진다.

"꽤 시간이 오래 걸렸군, 메르피나."

『…제가 올 것을 알고 계셨나요?』

의사소통을 통해 들려오는 목소리. 틀림없이 메르피나의 목소리다.

"글쎄. 오늘 돌아오는 게 아닐까 하는 예감이 있었어. 설마 맞을 줄은 몰랐지만."

농담을 섞어 웃는다. 옆에서 남이 보면 혼자 웃는 이상한 녀석이라 생각할 것이다.

『전보다 훨씬 더 무지막지해지셨군요.』

"시끄러워."

하지만 확실히 소중한 동료가 여기 있다. 이런 대화도 오랜만이로군.

『죄송합니다. 의체 조정에 예상보다 더 시간이 걸려서….』

"신경 쓰지 마. 그 의체라는 게 어떤 건지는 잘 모르겠지만, 이제 메르피나를 소환할 수 있게 된 거지?"

마침내 이때가, 이 순간이 왔다. 시간상 겨우 3개월이었지만, 몹시 길게 느껴졌다.

『네, 당신의 하트를 캐치할 준비도 완벽합니다.』

"그 표현은 약간 촌스러운데."

그런가, 이제 처음으로 메르피나의 외모를 볼 수 있게 되었나. 어라? 조금 긴장되는데….

"애초에 넌 장기 휴가인 김에 나를 보고 있었던 거잖아? 처음과 목적이 달라진 것 아니야?"

『아무것도 달라지지 않았어요. 의외로 저도 당신을 좋아하는지도 모르겠군요.』

내가 메르피나에게 반했다는 그 설정은 진짜인지 어떤지 모르는 거잖아.

『소환하면 알 겁니다. 자, 어서요!』

"네, 네…."

지금의 내 MP 최대치는 2625. 제라르 일행을 소환하고 있는 몫을 빼면 남은 건 2045. 공교롭게도 지난번 소환하려다가 실패한 숫

자다. 충분할까?

정신을 집중해서 앞쪽 침대 위에 마력을 휘감는다. 준비는 오케이, 남은 건 불러내는 것뿐.

공중에 마법진이 출현하고 창백한 빛이 방을 감싼다. 이윽고 빛은 흰 날개가 되어 자잘하게 흩어졌다.

"…감상은?"

침대 위에 내려선 천사가 묻는다. 푸르고 긴 창, 푸른 경갑옷을 입은 그 모습은 고상하고 순결한 전투 처녀를 방불케 한다. 외견상의 연령은 고등학생쯤 될까? 달빛을 받은 하얗고 푸르스름한 머리카락은 허리 아래까지 길게 내려온다. 신성함까지 느껴지는 미모는 귀엽고도 아름답다. 천사의 날개가 팔락 펼쳐짐과 동시에, 신성한 마력이 그 자리를 지배했다.

"그럭저럭 취향이긴 해."

"우후후, 그런가요."

절실히 생각한다. 나는 거짓말을 잘 못 한다.

—켈빈 저택 식당

"아, 이제야 먹을 수 있게 되었군요……. 소문과 다르지 않은 맛, 역시 대단합니다."

"S급 조리 스킬을 취득한 뒤에도 나날이 맛있어졌으니까. 에필은 자만하는 법을 몰라."

"아뇨, 주인님의 하인으로서 당연한 일입니다."

"응, 응, 오늘 식사도 최고야! 에필, 더 줘!"

"네, 여기요."

"……."

메르피나 소환에 성공한 다음 날 아침. 지금은 식당에서 아침 식사를 하고 있다. 나와 에필, 제라르, 세라, 클로토, 그리고 메르피나가 자리에 앉아 마침내 현재 모든 멤버가 우리 집에 모였다.

"그나저나 이러한 저택을 구입했을 줄은 꿈에도 몰랐습니다. 여관에 없기에 찾느라 고생했어요."

"의사소통으로 말하면 좋았잖아."

"모처럼 감동적으로 재회하는 건데요? 놀라게 해주고 싶잖아요!"

"깜짝 쇼냐."

"……."

이상한 데 집착하는 신이다. …아까부터 제라르가 말이 없네. 왜 그러지?

"제라르, 아까부터 계속 말이 없는데, 배라도 아픈 거야?"

"아니, 그렇지는 않지만… 왕이여, 거기 있는 엄청난 미인은 누구신가?"

"그러고 보니 본 적이 없는 얼굴이네. 누구야?"

아, 그런가. 아직 에필에게만 소개했었지. 세라가 태연하게 대화를 나누기에 완전히 잊고 있었다.

"실례, 인사가 늦었군요. 이럴 경우 '처음 뵙겠습니다'라고 말하는 게 맞을까요? 어제 소환에 응한 메르피나라고 합니다."

"고, 공주님이신 게요?!"

"네, 공주님입니다♪"

너, 의외로 그 애칭이 마음에 든 모양이군….

"헤~, 당신이 메르피나였구나. 얼굴을 마주하는 게 처음이라서 몰랐어. 새삼스럽지만 잘 부탁해."

"저야말로, 잘 부탁드립니다."

두 사람은 악수를 나누었지만 메르피나가 조금 어두운 표정을 짓는다.

"세라는 저에 대해 여러 가지로 생각하는 바가 있을 겁니다. 마왕 구스타프에 대해서는…."

"됐어. 그건 아버지가 힘을 고집하다 폭주한 결과니까. 게다가 그때 용사를 소환한 신은 메르피나가 아니었잖아? 켈빈에게서 들었어. 그렇다면 아무 문제도 없잖아!"

"…감사합니다."

"인사를 받을 일도 아냐."

…아무래도 신과 악마라고 갈등을 일으키거나 하지는 않을 것 같군. 나도 은근히 걱정했다. 하지만 두 사람의 태도를 보면 더 이상 걱정할 필요는 없을 것이다.

"나는 벌써부터 왕이 새로운 애인을 데려왔나 했다. 거참, 피의 비가 내리지 않아서 다행이로구먼."

"아니, 왜 그런 얘기가 되는 건데."

"그렇습니다. 저는 본처이니까요!"

"푸헉!"

나도 모르게 입에 머금은 우유를 뿜어버렸다. 메르피나, 너 조금 전까지 진지 모드 아니었냐?

"왁! 뭐야, 더럽게!"

"주인님, 입을 닦으시지요."

"미안…."

에필이 준 냅킨으로 입을 닦는다. 음식들은 세라가 신속 스킬로 치웠기에 다행히도 무사하다.

"왕이여, 역시…."

"아냐! 오해야!"

"이 정도로 동요하다니, 아직도 미숙한 것 같군요. 당신."

"너, 오랜만이라고 여러 가지로 말을 막 해대는데 말이야…."

실체화해서 상당히 들뜬 것 같다. 나에게 피해가 미치지 않을 정도로만 해주었으면 좋겠다.

"그런데 여기서 메르피나라는 이름으로 부르는 건 위험하지 않아? 신으로서 이름이 꽤 알려졌잖아? 일단 지금은 하인들을 외출시켰으니까 괜찮지만."

"그렇군요…. 마침 좋은 기회니, 이 의체의 스테이터스를 공개하도록 하지요."

메르피나가 의사소통을 통해 스테이터스 화면을 사람들 눈앞에 표시한다.

"이게 완전 무장을 한 상태의 제 스테이터스입니다."

===

■메르 17세 여자 천사 전투 처녀

레벨 : 86

칭호 : 공명(共鳴)하는 자

HP : 900/900(+635) MP : 900/900(+635)

근력 : 900(+814) 내구 : 900(+814) 민첩: 900(+814)

마력 : 900(+814) 행운 : 900(+814)

장비 : 성창 루미나리(S급)

발키리 메일(전투 처녀의 경갑옷)(S급)

발키리 헬름(전투 처녀의 투구)(S급)

에테르 그리브(A급)

스킬 : 신의 속박(숨김 스킬 : 감정안에는 표시되지 않음) 절대
공명(고유 스킬)

창술(S급) 청마법(S급) 백마법(S급) 연금술(S급)

보조 효과 : 소환술/마력 공급(S급)

==

"잠깐, 태클 걸 구석이 너무 많잖아!"

"의체는 특수하니까요. 그럼 순서대로 태클을 걸어보시지요."

"그, 그래."

　내가 순서대로 의문점을 말하고 메르피나가 대답한다. 우선 이
부자연스럽게 똑같은 수치의 스테이터스는 내 스테이터스와 공명
한다고 한다. 구체적으로 말하자면 스킬에 따른 강화를 포함한 내
능력의 평균치다.

　"이건 고유 스킬 '절대공명'의 효과입니다. 스테이터스만이 아니
라 당신의 레벨부터 스킬 포인트, 심지어는 상태 이상까지 공명합
니다. 따라서 제가 강력 등의 강화 스킬을 얻어도 무효가 되고 맙니

다. 당신의 소환술에 의한 강화도 마찬가지입니다."

"장단점이 뒤섞인 것 같은 스킬이로군. 왜 그런 스킬을 고른 거야?"

"의체는 신의 매개체인 특성상 그 능력을 제한하는 효과가 있습니다. 그게 '신의 속박', 지금은 스테이터스에 표시되지만 다른 사람들은 절대로 볼 수 없는 숨김 스킬이지요. 모든 의체에 이 스킬이 겸비되어 있습니다."

신의 속박의 효과는 레벨업에 따른 스테이터스, 스킬 포인트 상승치가 제한되는 것인가 보다. 평범하게 운영하면 일반인 수준의 실력밖에 낼 수 없게 되어버릴 정도. 이것은 신이 의체에 강림했을 때 세계에 쓸데없이 영향을 주는 것을 막는 조치라고 한다. 그 외에도 여러 가지로 자잘한 제한이 있는 것 같은데, 스테이터스의 문제는 나를 주축으로 한 절대공명 스킬로 해결한 것이다. 그야말로 법의 빈틈을 찌르는 작전. 내가 강해지면 강해질수록 메르피나도 강화된다. 소지한 스킬 포인트도 나를 기준으로 하기 때문에 상당히 여유롭군.

"무엇보다도, 이제 더욱 일심동체로군요 ♪"

"그렇네, 허니."

"훌륭한 국어책 읽기네."

남은 건 이름인가. 메르피나가 아니라 메르가 되었다.

"이게 아까 그 건에 대한 해결책이지요. 의사소통 이외의 대화에서는 메르라고 불러주세요."

"그렇군. 안이하지만 알기 쉬워. 이해했어."

"메르 님… 이시군요. 에리이와 류카에게는 그쪽 이름으로 전해두겠습니다."

"부탁해요, 에필."

메르피나를 부를 때에는 조심해야겠군. 음, 그러고 보니 나이에 대해서는….

"뭔가 말했나요? 당신?"

"…아니, 아무것도 아니야."

만면에 지은 미소에 위험 감지가 반응한다. 나이에 대해 건드리는 건 절대적인 금기야. 겉모습은 17세니까 뭐 어때, 그래.

"자, 저에 대한 건 이제 됐지요? 다음으로, 전부터 약속했던 가호에 대해서입니다."

"메르를 소환하는 데 성공하면 주기로 했었지."

"그렇습니다. 당신, 잘 노력해주었습니다. '참 잘했어요'를 주겠어요."

메르피나가 내 오른쪽 손등에 검지로 '참 잘했어요' 도장을 그린다.

"우와, 간지러워! 칭찬해주는 건 기쁘지만 말이야."

"네. 가호 부여, 완료했습니다."

"어, 어어…."

이게 가호를 주는 의식입니까.

"넘겨드린 것은 '전생신(轉生神)의 가호'. 델라미스의 무녀에게도 준 가호지요."

"그런데, 그 효과는?"

"두 가지 있습니다. 첫 번째 효과는 1개월에 딱 한 번, 치명상을 입을 수 있는 사태에서 당신을 완전히 지킵니다. 예기치 못한 사고,

예상 밖의 공격을 절대 방어하지요."

이 가호, 그것만으로도 엄청나게 강력하잖아요! 한 번 발동해버린 다음에는 쿨타임이 있다지만, 치명상을 피할 수 있는 건 너무 다행이다. 요즘에는 실력이 무뎌지지 않도록 제라르나 세라와 연습시합을 할 경우도 많으니까. 모의전이라지만 나름대로 힘을 써서 싸운다. 내구가 낮은 나는 언제나 조마조마하다. 전투광이라도 목숨이 있어야 전투를 할 수 있다.

"잘됐네, 켈빈! 이제 다음 모의전에서 내 진짜 실력으로 날려도 문제없겠네!"

말이 떨어지자마자 이거다. 하하하, 해보시지.

"두 분 다 적당히 부탁드립니다. 지하의 강도를 생각해주세요."

""네.""

타이르는 에필의 말을 귀담아듣고, 다음으로 가자.

"두 번째 효과는… 당신의 마력을 사용해서 용사를 소환하는 것입니다."

―켈빈 저택 지하 수련장

"제법이로구먼, 세라! 전보다 기술이 더 날카로워졌다!"

"여전히, 정말이지 튼튼하네! 능력 저하를 얼마나 겹쳤는지 알기나 해?!"

휘몰아치는 폭풍. 교차하는 검과 주먹. 이곳은 저택 지하에 있는 수련장.

본래는 저장고였던 지하실을 내가 녹마법으로 확장해서, 지금은 본채인 저택보다 넓은 공간이 되었다. 아다만트 광석으로 코팅한 체육관 넓이의 수련장부터 내 전용 대장 공방까지, 취미를 위한 방이 여럿 존재할… 예정이다.

"제라르와 세라도 제법 강해졌군요. 이런 모의전을 자주 하나요?"

"응. 빅토르를 쓰러트렸을 무렵부터 대등한 상대를 찾을 수가 없어져서. 때때로 이렇게 실력을 연마하는 거야. 기본적으로는 리그전."

트라지 원정도 그랬지만, A급 정도의 실력으로는 적수조차 되지 않는다. 하지만 S급 몬스터는 그리 쉽게 나타나지 않으니 자연스럽게 이렇게 되었다.

"제라르가 우세해 보이는군요."

"스테이터스가 월등하니까…. 전투 경험도 우리 중 제일 많으니 당연할지도 모르지."

평소에는 직선적인 격투기만으로 싸우는 세라도, 제라르를 상대할 때에는 기술을 구사하고 마법도 쓴다. 하지만 승률은 그다지 좋지 않다. 즉, 아직 힘의 차이가 있다는 것. 세라가 자기 힘에 자만하지 않도록, 제라르가 앞으로도 힘써줬으면 좋겠다.

"그나저나 용사 소환이라…."

"무슨 불만이라도 있나요?"

오늘 아침, 메르피나에게서 받은 가호의 효력 중 하나인 용사 소환. 솔직히 나는 이 권리를 어떻게 해야 할지 망설이고 있었다.

"애초에 말이야, 용사라는 건 뭐야. 마왕을 쓰러트린다지만 그건 용사가 아니어도 할 수 있는 것 아니야? 예를 들면 S급 모험자라든가. 가운의 수왕(獸王)이어도 되겠고."

"그건 말이지요… 어머나?"

"…메르피나, 피하자."

세라가 제라르에게 맞고 날아와 우리 방향으로 처박혔다. 나와 메르피나는 좌우로 갈라져 피한다.

"아이, 참! 조금만 더 있으면 무너트릴 수 있었을 텐데!"

"가하하! 아까웠구면."

바닥에 대자로 뻗어 아쉬워하는 세라. 언제나 이기던 평소의 모습은 온데간데없는, 꽤 희귀한 광경이다. 뭐, 여기서는 자주 봐서 익숙해졌지만.

"한 번 더, 한 번 더 시합하자! 다음에는 지지 않겠어!"

"자, 라이트힐(대회복, 大回復). 힘내."

세라의 등을 두드리며 회복을 시켜준다.

"고마워! 켈빈, 내 용맹스러운 모습을 잘 보라고!"

"그래, 기대하고 있을게."

세라는 튕겨진 것처럼 빠르게 제라르에게 돌아갔다. 그리고 재개되는 격렬한 전투. 특별히 만든 수련장이 파손되기 시작하는 것도 시간문제일지도 모른다. 어쨌거나 쇠는 뜨거울 때 두드리라는 말도 있으니까(주2). 제라르에게는 미안하지만 세라의 마음이 풀릴 때까지 내버려둘 생각이다. 그 후에 반성회도 가져야겠지만.

주2) 사람은 젊을 때 단련시키라는 뜻.

"이야기를 끊어버렸네."

"아뇨, 신경 쓰지 마시길. 왜 용사여야만 하는가… 까지 얘기했지요."

메르피나가 손바닥에 빛을 모은다. 빛은 이윽고 사람의 형태가 되어 허공에 떠오른다.

"전에 마왕의 출현은 바꿀 수 없는 법칙이라고 설명했었지요."

"그래, 아마 빅토르와 싸우기 전쯤이었나. 기억해."

"더 자세하게 말하자면, 그 현상은 어떤 스킬과 관계가 있습니다. 역대 마왕은 예외 없이 그 스킬을 가지고 있었습니다."

손바닥을 슥 뒤집자 빛의 인형이 흩어져버린다.

"그 스킬의 이름은 '천마파순(天魔波旬)'. 신기하게도 날 때부터 이 스킬을 가지고 있는 사람은 없습니다. 어떤 마왕이건 힘을 가지게 되었을 때, 어느 틈엔가 이 스킬이 생기게 됩니다. 그 원인은 아직 해명되지 않았습니다."

"뭔가 나쁜 병 같은 스킬이로군."

"흠, 정말 좋은 표현이군요. 당신, 방석 하나 가져가시죠(주3)."

어디서 꺼냈는지 메르피나가 방석을 준다. 고맙게 깔고 앉아주도록 하자.

"영차…. 그나저나 그 스킬 효과는 뭔데?"

"하나는 인격을 바꿀 정도로 그 몸에 숨겨진 악의를 부풀리고 확대하는 것. 누가 마왕이 되든지, 그 사람은 이제 다른 무언가라고 생각해주십시오."

"거참 위험스럽게 들리네…."

"네, 위험하기 짝이 없습니다. 조건은 불확실하지만 경향적으로

주3) 일본의 TV 오락 프로그램 「쇼텐」에서 재미있는 말을 한 패널에게 사회자가 방석을 한 장 주는 것에서 유래한 말.

는 악의가 있는 사람이 되기 쉽지요. 당신은 괜찮을 것 같습니다."

"신의 보장이 있으니 안심이네. 그럼, '하나는'이라고 했으니 또 있는 거지?"

"대미지 무효화입니다."

"…네?"

"대미지 완전 무효화, 상시 무적 상태라는 겁니다."

이봐, 그런 걸 어떻게 쓰러트리라는 거야.

"그렇게 생각하시는 게 당연하지요. 그때 활약하는 것이 용사, 더 구체적으로 말하자면 이세계인의 힘입니다. 이세계인이 가진 이질적인 힘은 이 세계에서 무적인 마왕의 성질을 중화시키는 작용을 합니다. 파티에 이세계인이 한 명이라도 있으면, 그 파티 내의 멤버가 하는 공격은 무효화되지 않습니다."

"그렇군. 그래서 델라미스의 무녀가 이세계인을 소환하는 건가. 하지만 그럼 별로 용사를 자처하게 할 필요도 없는 것 아니야? 지금 한 이야기대로라면 내 공격도 통하잖아?"

"그건 그렇지만, 무슨 일이든 표면적인 치장이 필요합니다. 정치적으로도, 종교적으로도…. 이세계인들은 이런 이야기를 좋아하는 경향이 있고요."

"귀찮은 이야기로군."

"게다가 따를지 어떨지는 이세계인에게 달려 있습니다. 소환한 다음에 행동을 강제할 수 있는 것은 아니니까요."

그런 건 왕족이나 귀족의 영역인가. 뭐, 나는 조금도 흥미가 없다. 남의 뜻대로 이용당하는 것은 마음에 들지 않는다.

"뭔가, 망설이시는 것 같군요."

"……정말로 용사 같은 걸 소환해도 되나 싶어서. 요컨대 토우야 일행처럼 이 세계에 필요하다는 이유로 강제적으로 소환한다는 거잖아?"

"…그렇지요. 거기에 대상의 의사는 반영되지 않습니다."

"그렇다면….."

"그런 당신에게는 환생 소환을 추천합니다."

─환생?

"용사의 소환에는 두 가지 수단이 있습니다. 델라미스의 무녀, 콜레트가 한 것 같은 이세계인 소환. 그리고 또 하나가 이세계의 죽어버린 혼을 이 세계에 환생시키는 소환입니다."

"음, 뭐가 다르지?"

"순서대로 설명하도록 하죠. 우선 용사를 소환할 때에는 임의의 마력이 사용됩니다. 이 마력의 양에 따라 용사의 힘이 결정된다고 생각해주십시오. 소환하는 사람 수에 제한은 없지만, 그 사람 수만큼 힘도 분할됩니다. 이 권리는 한 번밖에 행사할 수 없고, 가호를 가진 사람의 마력만 운용할 수 있으니 주의해주세요."

동료의 마력을 쓸 수는 없고, 나 자신의 마력만으로 소환해야 한다는 거로군.

"이세계인 소환은 전이시키는 것뿐이라 환생 소환에 비해 마력 소비가 적습니다. 단, 소환했을 때 주어지는 스킬은 적성에 따라 자동 배정되므로, 특전을 직접 선택할 수는 없습니다."

"토우야 일행을 그렇게 소환한 거로군."

마력 소비가 적단 말이지. 그래서 델라미스의 무녀는 네 명이나 소환한 건가. 그나저나 욕심쟁이네.

"한편으로 환생 소환은 한 번 죽어버린 혼을 환생시킬 필요가 있기 때문에, 마력 소비가 현저해서 여러 명을 소환할 때에는 적합하지 않습니다. 그 대신 스킬과 특전을 자유롭게 선택할 수 있고 능력치도 높은 것이 특징입니다. 외모나 나이도 변경할 수 있지요. 참고로 당신은 이것으로 환생했습니다."

"어, 내 외모가 생전이랑 달라?"

그 새로운 정보는 뭐야. 상당히 복잡한 심경인데….

"안심하십시오. 당신은 양쪽 다 바꾸지 않았습니다. 외모나 나이를 바꾸어버리면 스킬 포인트가 소비되니까요."

"그, 그렇군."

조건이 그렇다면 확실히 나는 하지 않겠지.

"환생 소환은 이렇기 때문에, 소환하는 것에 대한 반감도 느껴지지 않을 것 같은데요."

"그래. 그거라면 문제없겠는데…. 물어보고 싶은 게 있는데, 환생시키는 혼은 선택할 수 있어?"

"이세계인 소환은 신에 의해 선출되지만 환생 소환은 완전히 무작위입니다. 실제로 소환할 때까지 어떤 인물이 소환될지 모릅니다."

무작위라, 나쁜 놈이 나올지 착한 놈이 나올지.

한마디로 토우야처럼 주인공 체질인 녀석이 또 한 명 소환되면 나나 세츠나가 스트레스로 대머리가 될 거다. 그것만은 참아줬으면 한다. 그렇게 생각하면 이건 엄청난 도박일까. 애초에 소환할 필요

가 있을까? 마왕과 싸운다 해도 이세계인인 나로 충분할 것 같은데
….

"급하게 결론을 내릴 필요는 없습니다. 권리가 소실되지는 않으니 계속 고민해보세요."

"그렇게 하도록 할까."

너무 기를 쓰지 말고, 한번 머리를 비우고 생각해볼까. 에필을 비롯한 다른 동료들의 의견을 들어보는 것도 좋을지 모른다.

"…당신."

방석을 들고 메르피나에게 눈짓한다.

"아, 또로군. 슬슬 점심시간이야. 이걸 피한 다음 철수하자. 밥을 먹으면서 세라의 반성회를 해야지."

날아온 세라를 피해 스쳐가며 회복마법을 걸어준다. 오늘도 호되게 당했으니까. 반성회에서는 상당히 분통을 터트릴 것이다.

—켈빈 저택 지하 수련장

그날 밤, 수련장에 사람들을 전부 모았다. 여기라면 눈에 띄지도 않을 것이다.

"예상보다 빨랐네요. 설마 당일에 결단하실 줄은 몰랐습니다."

"모두와 이야기한 결과야. 제라르와의 계약 일도 있어. 전력은 아무리 많아도 곤란할 게 없으니까. 뭐, 용사 정도도 제어하지 못해서야 나도 그 정도에 지나지 않는 남자라는 거지."

그렇다, 용사를 환생 소환하기로 했다. 그 후로 고민하고 의견을

수집한 끝에 내린 결론. 이래놓고 용사가 떠나버리면 꼴사나워지겠군.

"에리이, 류카. 전에 주인님이 소환사라는 이야기는 했지요? 이제부터 할 것은 그중에서도 특수한 소환입니다. 우리 동료가 될지, 손님이 될지, 아니면 길이 갈릴지는 아직 모릅니다. 하지만 주인님을 섬기는 몸으로서 부끄럽지 않도록 조심해주세요."

"알겠습니다, 메이드장님."

"네…."

류카가 귀엽게 대답한다. 두 사람은 에필이 특별히 만든 메이드복을 입고 있어서 겉모습은 이미 완전히 메이드다. 특히 에리이는 문제없이 일을 하기 시작해서, 머지않아 한 사람 몫을 할 수 있으리라. 류카는 아직 견습 메이드다. 일단 에리이와 류카에게는 내가 소환사라는 사실을 에필을 통해 전달해두었다.

"그렇게까지 긴장하지 않아도 괜찮습니다. 설령 운 나쁘게 악인이 환생한다 해도 레벨은 예외 없이 1부터입니다. 장비도 다 초기 장비들뿐이니, 아기 손을 비트는 것처럼 쓰러트릴 수 있을 겁니다."

"아니, 쓰러트리면 안 되잖아…."

그럴 경우, 억지로라도 갱생시킬 생각이다. 용사의 힘을 가진 악인이라면 위험하니 방치할 수 없다.

"저기, 냉큼 끝내버리자구. 하암, 어쩐지 졸려…."

"아까 연달아 계속 싸운 탓이잖아."

오전 중에 제라르와 2연전, 오후에 나와 클로토, 그다음 한 바퀴 돌아 또 제라르와 각각 연전을 했다. 지치는 게 당연하지. 지기 싫어하는 것도 정도껏 하라고.

"덕분에 수확도 있었어… 아무튼, 빨리…."

"네, 네. 아, 그전에, 소환 해제!"

MP를 확보하기 위해 제라르, 세라, 클로토, 메르피나의 소환을 해제하고 내 마력으로 되돌린다. 그리고 에필에게서 MP 회복약을 받아 최대치까지 회복.

『메르, 부탁해.』

『그럼, 이제부터 가호의 권리를 행사해서 환생 소환을 행합니다. 소비할 마력량과 사람 수를 정해주세요.』

『내 MP를 1만 남기고 모든 마력을 한 명에게 집중해줘.』

기왕 소환한다면 강한 용사가 필요하다. 어영부영한 힘으로는 따라올 수 있을지 없을지 의심스럽다.

『준비가 완료되었습니다. 환생을 개시합니다.』

수련장 중심에 거대한 마법진이 한순간에 그려진다. 마법진은 어렴풋이 하얀 빛을 번쩍이며, 환상적인 분위기를 풍긴다. 하지만 그 이후의 변화는 아직 일어나지 않았다.

『…꽤 오래 걸리네.』

『스킬을 선택하느라 고민하는 것 같군요.』

『그게 있었나…. 꽤 시간이 걸리지 않을까? 나라면 하루 종일 고민할 자신이 있어.』

『아뇨, 시간축이 달라서 그렇게까지는….』

메르피나가 갑자기 입을 다물었다.

『결정된 것 같습니다. 아무래도 외모와 나이는 변경하지 않고 환생하려는 것 같군요. 게다가….』

『게다가?』

『아뇨, 실제로 만나는 게 빠르겠습니다. 이제 옵니다.』

고개를 돌리자 빛이 원기둥 모양으로 마법진을 덮기 시작했다.

　나, 사에키 리오는 태어날 때부터 병약했다. 기억나지 않을 정도로 어린 시절에 난치병에 걸려 학교에는 거의 가지 못했고, 지금 생각하면 내 방과 병실에서 인생의 태반을 보낸 것 같다.

　그런 나에게 친구가 생길 리도 없어서, 자연스레 혼자서 지낼 때가 많아졌다.

　하는 일은 자습을 하거나 소설을 읽는 것뿐. 읽는 장르는 전부 모험물이었다. 바깥 세계를 창 너머로 바라보는 것밖에 하지 못하는 나에게 그게 유일한 마음의 버팀목이기도 했다. 언젠가, 이 이야기처럼 밖으로 뛰쳐나가 가슴이 두근거리는 기분을 맛보고 싶다. 그런 마음을 가슴에 품고 지금까지 치료에 힘써왔다.

　하지만 그것도 전부 소용없이 끝나버렸다. 14세 생일을 맞이하기 전날, 병세가 갑자기 악화되었다. 거짓말처럼 어이없이, 내 인생은 막을 내리고 말았다.

　'하아… 결국 내 인생은 뭐였던 걸까….'

　내 눈에는 아무것도 보이지 않는다. 한 면 전체가 어둠에 덮이고, 아무런 소리도 들리지 않는다.

　'이게 사후 세계인 걸까? 하하, 이제 아무래도 좋아….'

　자포자기해서 눈을 감는다. 어차피 내 정신도 이러다가 사라져

없어져버릴 것이다.

—뾰롱.

낯선 소리를 듣는다. 그것도, 도저히 사후 세계에서 들을 소리가
아니었다.

'뭐지?'

눈을 뜨자 그곳에는 아까와 같은 어둠의 세계. 하지만 단 하나 다
른 것이 있었다.

『이세계에 오신 것을 환영합니다!』

'…이게 뭐야?'

눈앞에 떠오른 반투명한 판. 그곳에서 버튼 같은 것이 빛나고 있
었다. 조종당한 것처럼, 나는 그 버튼을 바로 눌렀다.

『축하합니다! 당신은 엄정한 추첨 결과 이세계로 환생할 권리를
획득했습니다. 이제부터 당신의 혼을 전생신(대리)에게 보내겠습니
다. 그쪽에서 환생할 준비를 해주세요.』

'…환생? 이세계? 소설에서 자주 읽었던, 동경하던 그거?'

침울했던 마음에 빛이 비치는 것 같았다. 그리고 정신이 점점 아
득해진다.

이다음에 나는 신의 대리인이라는 천사를 만나, 업무에 대해 투

덜거리는 소리를 한동안 듣게 된다. 물론 스킬을 결정하는 시간도 나름대로 오래 걸렸지만, 그보다 투덜거리는 시간이 더 길다니 대체 뭐지? 평소에 대화를 할 일이 없는 나에게는 즐거운 한때였지만, 상사가 그만큼 대충대충 하는 신인가 보네~ 하고 마음속으로 생각했다.

—쿵!

마법진 중심에 무언가가 떨어지고 연기가 주위 일대에 피어오른다. 인간 형태의 그림자가 어렴풋이 보이지만, 아직 그 모습은 확인할 수 없다.

『키로 보아 아직 어린아이 같군.』

적어도 극악무도한 인간을 소환해버렸… 는 어이없는 상황은 피했다.

『당신의 행운치가 그렇게 높은데 뽑기 운이 나쁠 리가 없습니다. 틀림없이 필요한 인물을 딱 골라내겠죠.』

『그랬으면 좋겠는데.』

연기가 사라져간다. 나타난 것은 키 150센티미터도 되지 않을 작은 체구의 소녀였다. 짧은 머리카락이 나와 같은 검은색이니 일본인 같다. 하얗고 가냘프지만 나이에 걸맞게 귀엽고, 장래가 대단히 기대되는… 아니, 주목할 점은 그게 아니잖아.

"여기… 는…?"

아직 정신이 몽롱한 것 같다. 입고 있는 장비는 그리운 여행자 장비 세트. 내가 환생했을 때가 생각나는군.

"우선은 처음 뵙겠습니다… 부터 해야 할까. 내 이름은 켈빈, 모험자를 생업으로 삼고 있어. 그리고 이곳은 내 저택 지하실이야. 이런 데로 소환하게 되어버렸지만, 그건 너그럽게 봐줘."

"모, 모험자! …아! 처, 처음 뵙겠습니다. 제 이름은 사에키 리오라고 해요."

리오라. 리오… 이런, 웬 중년남과 이름이 겹쳐버렸다! 이건 몹시 중대한 사태다!

"…천사님께 들었는데요, 제가 정말로 이세계에 환생해버린 건가요?"

"천사님?"

『제 대리를 맡고 있는 부하입니다.』

『너, 그런 중요한 일을 부하한테 맡겨도 돼?』

『괜찮습니다. 무슨 일이든 경험이니까요.』

말은 잘하는군….

"너를 이세계에 환생시켜버린 건 소환사인 나야. 일단은 내 마음대로 환생시킨 것에 대해서 사과…."

"당신이 환생시켜준 거군요?!"

"할게?! 으, 응. 맞아…."

조금 전까지 기가 죽어 있던 리오가 갑자기 내 양손을 덥석 잡더니 힘차게 말했다. 뭐야, 이거. 오빠의 심장도 깜짝 놀랐거든?

"고, 고마워요…! 정말로 감사, 합니다… 흑, 흐윽…."

그리고 내 품속에서 울어버렸다. 어라, 이상하네. 기시감이 느껴져.

『…왕이여, 만나자마자 여자를 울리는 스킬이라도 가지고 있는 건가?』

그런 건 없는… 걸로 아는데 말이야….

"저도 꼭 부탁드립니다! 동료로 삼아주세요!"

리오를 진정시킨 다음에 환생시킨 것, 나도 환생자라는 것에 대해 자세하게 설명한다. 아무래도 리오는 생전부터 모험자를 동경했는지, 이야기를 들려주자 점점 눈을 반짝였다. 이제부터 어떻게 하고 싶은지 물어보고, 다시금 우리의 동료가 되지 않겠느냐고 권유하자 곧바로 받아들여주었다.

"더 생각해보지 않아도 돼? 나는 그래준다면 좋지만…."

"아니, 괜찮아. 켈빈 씨에게 대단히 감사하고 있고, 은혜도 갚고 싶어! 나도 켈빈 씨를 따라갈 수 있다면 안심인데, 나는 힘이 못 될까?"

"그런 건가. 그럼 앞으로 잘 부탁해."

오른손을 내밀어 리오와 악수를 나눈다. 나이에 걸맞게 매우 작고 따스한 손이었다. 이어서 사람들을 소개해야….

아, 소환을 해제하고 있었다. 에리이에게 MP 회복약을 추가로 가져와달라고 하자. 으으, 너무 많이 마셔서 배가 출렁출렁하다….

일단 필요치까지 회복하고 전원을 재소환. 갑작스러운 소환에 리오는 무슨 일이 일어났는지 알지 못하고 눈이 점이 되어버렸다.

"음, 저기서 자고 있는 사람은?"

리오가 손가락으로 가리키는 곳에는 쌔근쌔근 잠든 세라의 모습이 있었다.

아, 해제한 틈에 잠들어버렸나. 에필이 클로토에게서 모포를 꺼내 세라에게 덮어주고 있다.

"세라야. 잠기운에 뻗어버렸나…. 오늘은 피곤한 것 같아서, 세라는 내일 소개할게."

세라를 제외한 이들은 무사히 소개를 마쳤다. 그래, 우선은 한 가지 문제부터 해결하도록 하자.

"리오, 네 이름에 조금 문제가 있는데, 잠시 얘기할 수 있을까?"

"이름? 아, 이름이 일본인 같으면 이세계에서는 너무 튈까?"

"아니, 리오라는 이름 자체는 이세계에서도 일반적이지만, 그… 이 도시 길드장 아저씨랑 이름이 겹쳐."

"…그건 좀 싫을지도."

그렇겠지. 여자애로서는 마음이 복잡할 거다.

"'명명' 스킬이 있으면 이름을 변경할 수 있는데, 거기에 스킬 포인트를 할애하기도 아까워서. 그렇게 하면 파란 글씨로 표기되기도 하고."

"당신, 그럴 필요는 없습니다."

"응?"

"리오는 환생했습니다. 당연히 이름 변경 권리도 가지고 있습니다. 그리고 그 권리는 아직 사용하지 않았습니다."

"응. 천사님께도 들었는데, 일단 보류해뒀어. 이쪽에서는 어떤 이름을 쓰는지 알 수도 없었으니까."

"어, 환생할 때 그런 권리가 있어? 나 때에는 없었던 것 같은데."

"당신은 기억이 지워지기 전에 변경했으니까요."

켈빈이라는 건 내가 직접 붙인 이름이었군….

"뭐, 그럼 이걸로 문제 해결이로군! 리오, 어떤 이름으로 할래? 참고로 패밀리 네임… 성은 귀족이나 왕족만 있어. 그러니까 그건 없어도 돼."

"음… 그럼… 리온!"

"…좋은 이름 같지만, 별로 바뀌지 않았는데?"

리오에 받침 하나만 추가한 것뿐이니까.

"나, 이야기 속에 들어갈 수 있으면 좋겠다고 자주 망상을 했거든. 그 안에서 쓰던 이름이 '리온'이었어. 역시 이게 와 닿아."

"그래. 그럼 오늘부터 리온이라고 하면 돼. …그런데, 어떻게 바꿔, 메르?"

"스테이터스 화면을 열고 자기 이름란을 보십시오. 편집 버튼이 있을 겁니다."

"아, 진짜네."

리오, 이제는 리온이 스테이터스 화면을 열고 확인한다. 무사히 발견한 것 같다.

"이거면 되나?"

감정안으로 리오의 스테이터스를 본다.

==

■리온 14세 여자 인간 경검사

　레벨 : 1

　칭호 : 파즈의 용사

　HP : 20/20 MP : 23/23 근력 : 4 내구 : 2 민첩 : 7

　마력 : 4 행운 : 3

　스킬 : 참격흔(斬擊痕)(고유 스킬)

　검술(S급) 곡예(C급) 교우(C급) 강건(A급) 성장률 2배

　스킬 포인트 2배

==

　이름은 잘 바뀌었군. 그보다 놀라운 것은 스테이터스와 스킬 수치가 높고, 2배화 스킬을 가지고 있다는 것이다. 이걸 보니 성장이 기대된다.

　"아, 제대로 리온으로 바뀌었어. 그나저나 2배화 스킬은 직접 발견한 거야?"

　"응. 이래 봬도 이세계에 환생하는 이야기를 많이 읽었거든. 성장률을 올리는 스킬이 있을지도 모른다 싶어서 찾아봤더니, 생각대로 있었어! 그다음에는 무난하게 꽝이 아닐 것 같은 검술 스킬로 쭉 몰아봤어."

　"정답이야. 레벨 1에 2배화를 배워두면 메리트가 커. 그 외에도 이것저것 배운 것 같네."

　"아하하, 다른 스킬은 조금…. 살아 있을 때 서툴렀던 걸 올렸다고나 할까. 그, 난 생전에 몸이 약했거든. 죽은 원인도 병이었어. 그

래서 '강건'에 포인트를 많이 할애해버렸어. '교우'도 친구가 생길지 불안해서…."

리온이 고개를 숙인다. 생각보다 깊은 트라우마로 남아 있는지도 모른다.

"별로 부끄러워할 일이 아니야. 강건 레벨이 높으면 병만이 아니라 상태 이상도 잘 안 걸리게 돼. 교우도 자기 마음을 전달하기에 최적의 스킬이야. 요컨대 사용하기에 달렸으니까, 각각의 스킬을 리온을 위해서 써."

"…응!"

다행이다. 어두운 분위기는 날아간 것 같다. 그럼, 기운이 날 만한 말을 하나 더 해주자.

"그럼 다시금… 어서 오세요, 검이 마주치고 마법이 날아다니는 이세계에! 우리는 리온을 환영해!"

"……! 리온입니다! 아직 아무것도 모르는 신참이지만 하루라도 더 빨리 여러분을 따라갈 수 있도록 노력할게요! 잘 부탁드려요!"

다들 박수로 리온을 맞이한다. 새 동료를 무사히 맞이하자, 마침 오늘 하루가 끝날 시간에 접어들고 있었다.

…그러니까, 이제 폼 잡지 않아도 되겠지? 기운차게 지면에 주저 앉는다.

"주인님?!"

"무슨 일이냐?!"

"아, 괜찮아, 괜찮아. 솔직히 말이야, 마력을 다 써버려서 서 있기조차 힘들었거든…."

지금까지 느껴본 적이 없을 정도의 권태감. 생각해보면 지금까지 마력을 다 써버린 경험이 없었다. 육체적으로 지친 것은 아니지만 엄청나게 졸리다.

"클로, 제일 효과가 좋은 마력 회복약을 꺼내줘."

에필의 말에 클로토가 보관에서 비장의 회복 아이템을 꺼낸다. 그대로 에필이 먹여준다.

"꿀꺽, 푸하아. 되살아났다. 하지만 더는 못 마시겠어…."

"까, 깜짝 놀랐어…. MP가 없어지면 그렇게 되는구나."

"네. 그러니까 리온도 조심하세요. 당신, 나쁜 예를 의도적으로 보여줌으로써 주의하도록 촉구해주시다니, 역시 대단하십니다."

"그랬던 거야?!"

"…사실은 그랬어."

사실은 그렇지 않지만 허세를 부리게 되는 남자의 슬픈 천성.

"큭큭큭… 그랬구먼, 역시 왕이로다!"

"엄마, 역시 오빠… 가 아니지… 주인님은 대단해!"

"그래. 하지만 지금은 조용히 있으렴, 알겠지?"

메르피나, 잘 포장해줘서 감사합니다. 네.

"자, 그럭저럭 좋은 시간대야. 오늘은 이제 자자. 류카, 준비해둔 손님방에 리온을 안내해줘. 정식으로 쓸 방은 내일 결정하자."

"네에…. 리온 언니, 날 따라와!"

"응, 고마워. 아, 맞다. 켈빈 씨."

방에서 나가기 직전에 리오가 돌아본다.

"나, 내일부터 어떤 입장으로 있으면 될까?"

"응? 평범하게 동료로 있으면 될 것 같은데."

"나 같은 레벨 1짜리 신참이 갑자기 켈빈 씨의 동료가 되고, 집에도 산다는 게 이상하지 않을까?"

"아… 확실히, 남이 보면 상당히 이상하려나."

자칫 잘못했다간 이상한 소문이 돌 것이다. 그리고 길드장 리오가 주목할 것이다.

"그렇다면 배다른 남매라는 설정으로 하면 어떠십니까? 먼 이국에서 오빠인 당신을 찾아 파즈까지 온 여동생 리온. 두 분 다 여기 흔히 없는 흑발이기도 하고요."

"뭐, 얼굴은 안 닮았지만… 아슬아슬하게 통할지도 모르겠구먼."

"확실히 트라지에는 그럭저럭 있었지만, 파즈에는 흑발이 그리 흔히 보이지 않아. 리온은 그래도 괜찮겠어?"

"나도 그거면 돼! 에헤헤, 나 외동이었으니까 어쩐지 기쁘네."

쑥스러워하며 웃는 리온. 얼굴이 조금 빨간 것 같은데 기분 탓일까.

"그럼 잘 자, 리온. 내일부터 바빠질 거야. 푹 쉬어둬."

"응. 잘 자. 나 열심히 할게, 켈 오빠!"

—어두운 보랏빛 숲

리온을 환생 소환한 다음 날, 우리는 파즈 주변에서 비교적 높은 레벨 몬스터가 사는 던전, 어두운 보랏빛 숲을 찾아왔다. 목적은 리온의 레벨업, 요컨대 내 경험치 공유화를 이용한 파워 레벨링이다. 본래 몬스터를 쓰러트린 사람이 얻을 경험치 태반을. 파티 전원에게 균등하게 배정하는 스킬. 이걸 사용함으로써 설령 레벨이 1이라 해도 파티 안에만 있으면 높은 레벨 몬스터를 쓰러트린 것과 같아진다.

"그야말로 던전… 이라는 느낌이네!"

"저, 저어, 주인님…. 왜 저희도 함께 온 건지요?"

"엄마, 새까만 숲이네. 낮인데 전혀 밝지 않은걸?"

또, 덤으로 에리이와 류카도 데려왔다. 두 사람은 전투원이 아니지만 현실적으로 이 세계에서는 무슨 일이 일어날지 모른다. 최소한 자기 자신은 지킬 수 있는 게 낫다.

현재의 스테이터스는 아래와 같다.

```
====================================
```

■에리이 28세 여자 인간 메이드

레벨 : 5

칭호 : 없음

HP : 13/13 MP : 18/18 근력 : 5 내구 : 5

민첩 : 11 마력 : 4 행운 : 12

스킬 : 봉사술(F급) 조리(D급) 청소(E급)

==

■류카 10세 여자 인간 견습 메이드

레벨 : 1

칭호 : 없음

HP : 7/7 MP : 5/5 근력 : 2 내구 : 1 민첩 : 2 마력 : 1

행운 : 2

스킬 : 봉사술(F급) 재봉(F급)

==

저택에는 내가 생성한 골렘을 경비원으로 두고 경비를 맡기고 있다. 용사와 싸울 때에도 사용한 그 골렘이다. 세츠나가 벤 적이 있지만 그건 예외다. 본래는 A급 몬스터와 동등한 힘이 있다. 그 골렘의 개량형과 시범형을 정문에 두 마리, 정원에 네 마리, 저택 안에 여섯 마리 배치했다. 생성만 하면 다음에는 정기적으로 점검(이라는 이름의 개조)하고 마력만 보충하면 된다. 정말이지 간편하다. 요즘 이 골렘 제작이 내 취미의 일부가 되기 시작한 것은 비밀이다.

하지만 그 골렘이 경호한다 해도, 이 스테이터스는 만에 하나의 사태가 일어났을 때 걱정스럽다.

"둘 다 어느 정도 레벨을 올려야 해."

"하지만 주인님. 난 몬스터와 싸워본 적이 없는데?"

"저도 어린 시절에 사냥을 도운 경험이 있는 정도입니다."

"뭐, 안심해. 오늘은 여기 앉아 있기만 하면 돼. 일단은 기초 스테이터스와 스킬 포인트부터 다질 테니까."

당연하지만 이런 데서 리온을 비롯한 초보들을 싸우게 할 생각은 전혀 없다. 제라르, 세라, 클로토가 던전에 들어가고 리온 일행은 입구에서 대기하며 경험치만 얻게 할 것이다. B급 던전인 어두운 보랏빛 숲이라면, 파즈의 다른 모험자도 없으니 다른 파티가 방해할 일도 없을 것이다. 나와 에필, 메르피나는 세 명을 철저히 경호한다.

"켈 오빠, 나도 대기해?"

"미안하지만 오늘은 대기해줘."

"그렇구나…. 뭐, 서둘러봤자 소용없으니까. 그 대신 켈 오빠가 이것저것 이야기를 해줘!"

"류카도 들을래!"

"원래부터 그럴 생각이었어."

그저 기다리기만 하는 것도 시간 낭비니까. 그동안 지식을 가르칠 심산이다.

"그럼, 잠깐 다녀오마."

"흐흥. 제라르, 한 시간 동안 몇 마리나 사냥할 수 있을지 시합하자!"

"호오, 재미있구먼. 어제의 설욕전을 하겠다는 거냐."

"그럼 결정이네. 자, 시작!"

"잠깐! 갑자기 시작이라니 비겁하다!"

"진 쪽이 돌아갈 때 짐 들기…!"

세라가 날아가며 그렇게 말하고 떠났다. 제라르도 늦게나마 따라간다.

세라 녀석, 기동성이 우수한 쪽이 더 유리한 시합을 걸었군. 하지만 클로토를 잊고 있는 것 아닌가? 힘을 나눈 분신체라 해도 B급 정도의 몬스터라면 쓰러트릴 수 있다고. 요컨대 클로토만 팀으로 도전하는 것이나 마찬가지다.

코어를 가진 본체, 에필의 어깨에 올라가 있는 클로토는 태평하지만, 분신체 여럿이 이미 숲으로 들어가 사냥을 하기 시작했다. 과연 짐을 들게 되는 건 누구일지.

"좋아, 우리도 시작할까."

교본인 소책자를 꺼내자 류카가 조금 싫다는 표정을 지었다. 후후, 누가 잡담을 하겠대? 이야기라는 건 공부 이야기를 하겠다는 거야.

세라 일행이 출발한 지 30분이 지나려 하고 있었다. 에필은 숲의 나무 위에 올라가 주위를 경계, 메르피나는 시트에 앉아 생글생글 웃으며 내 이야기를 듣고 있다.

"마법을 다루는 스킬은 다섯 종류가 있어. 불꽃과 천둥을 조종하는, 가장 공격적이고 파괴력 있는 적마법. 물과 얼음으로 보조에 뛰어나고, 적을 방해하는 청마법. 바람이나 흙으로 상황 변화에 대응하기 쉽고 밸런스가 좋은 녹마법. 그리고 언데드에 터무니없이 강하고, 회복에 특화된 백마법. 마지막으로 시체를 다루는 등 트리키(tricky)한 마법이 많은 흑마법이야. 물론 백마법에도 공격마법이 있고, 적마법에도 보조마법은 있어. 대강 이미지가 그렇다고 생각하는 게 좋을지도 몰라."

"켈 오빠, 아까부터 팡파르 소리가 시끄러워서 집중이 안 되는데…."

"순조롭게 레벨업을 하고 있다는 뜻이야. 스테이터스를 봐."

"어… 와! 벌써 이렇게 레벨이 올랐어!"

"대, 대단하네요…."

"나도! 주인님, 봐, 봐!"

조금 전까지는 익숙지 않은 공부를 하느라 머리에서 흰 연기를 내던 류카였지만, 기쁜 듯 스테이터스 화면을 보여준다. 그래, 그래, 세라 일행도 순조로운 것 같다. 류카의 머리를 쓰다듬으려고 한 바로 그때, 에필에게서 네트워크 대화가 들어온다.

『주인님, 숲 안쪽에서 몬스터 한 마리가 이쪽으로 향하고 있습니다. 종족은 새도 울프. 일행과 떨어졌는지 혼자입니다.』

『응? 외톨이 몬스터인가….』

마침 잘됐군. 이건 소환술을 보여줄 좋은 기회일지도 모른다. 저택을 지킬 개가 필요하기도 했고.

『저격하지 말고 그대로 이쪽으로 보내.』

탁, 교본을 덮는다.

"켈 오빠?"

"숲에서 몬스터 한 마리가 이쪽으로 오고 있대. 리온, 개 좋아해?"

"어? 응, 뭐 좋아하는 편이지. 생전에 직접 만져볼 기회는 없었지만…."

"그럼, 잠깐만 기다려."

"""……?"""

잠시 후 숲에서 섀도 울프가 이쪽을 향해 오는 것이 보였다. 일본에서 보는 늑대보다 훨씬 크고 새까만 몸체에, 눈이 빨간 것이 특징이다. 그립군. 에필을 동료로 삼았을 무렵에 자주 상대했다.

"주, 주인님! 위험합니다!"

에리이가 참지 못하고 외친다. B급 몬스터를 처음 본 것이다. 내 실력을 알지만 그래도 걱정해주고 있는 것이리라.

"문제없어. 메르, 일단 사람들 앞에서 대기해줘."

"잘 알겠습니다."

섀도 울프의 눈이 나를 포착한다. 이대로 똑바로 나를 향해 와주면 편할 텐데. 뭐, 어느 쪽으로 가든 결과는 같지만.

"워엉…!"

울음소리를 흘리며 나에게 달려드는 섀도 울프.

"에어 프레셔."

구속할 때 편리해서 자주 쓰는 에어 프레셔를 발동. 남은 HP를 감정안으로 확인하며 압력을 미세하게 조정한다. HP가 절반이 되었을 때 에어 프레셔를 해제. 그리고 계약을 발동시킨다. 내 MP 절반이 소비되어 조금 나른해진다.

"빛나기 시작했군. 계약 성립이야."

"켈 오빠, 이건?"

"소환술 계약이야. 이제 아까 그 늑대가 내 부하가 되었어."

"이, 이게 소환술입니까…. 처음 봤어요."

"주인님, 세다!"

음, 그리고 보니 이 녀석은 이름이 없었지. 저택으로 돌아가면 리온에게 이름을 지어달라고 할까. 그런 생각을 하고 있을 때, 다시 에필이 부하 네트워크로 말했다.

『주인님, 후방에서 모험자 파티가 옵니다.』

『이번에는 모험자인가? 오늘은 흔치 않게 이 숲이 대성황이로군.』

우리 말고 다른 모험자가 이곳에 출입하는 건 지금까지 본 적이 없는데.

『저건… 울드 씨의 파티입니다.』

"오오, 누군가 했더니 켈빈 아냐! …숲 입구 한가운데에 시트를 깔고서 뭐 하는 거지?"

에필이 보고한 대로 모험자의 정체는 울드 씨의 파티였다. 으음, 여기라면 아무도 안 올 줄 알았는데. 참고로 에필은 나무에서 내려와 지금은 내 옆에 나란히 서 있다.

"하하, 잠깐 소풍 나왔어요. 날씨도 좋고."

"이렇게 위험한 장소에 소풍이라니…."

울드 씨가 어이없다는 표정을 짓는다. 하지만 사실이니까 어쩔 수 없다.

"울드 씨야말로 어두운 보랏빛 숲에 오다니 신기하네요."

"아, 우리 파티도 이제야 B급 승격 시험 자격을 얻어서. 지금은 한창 시험 중이야."

시험 내용은 어두운 보랏빛 숲에 생식하는 블러드 매시, 엘더 트렌트, 해골벌을 각 열 마리씩 토벌하는 것이라고 한다. 토벌한 몬스터의 지정된 부위를 가지고 돌아가면 명실공히 B급으로 승격하는 것이다. 현재는 보스 몬스터가 없기 때문에 던전 안의 몬스터는 비교적 얌전하다. 울드 씨 파티의 실력이라면 어떻게 통과할 수 있을 것이다.

단지, 주의해야 할 점은 파티 전원이 같은 시험을 치른다는 것이다. 아까 말한 토벌 몬스터는 한 명당 필요량, 즉 모두가 이 수만큼 쓰러트려야 한다. 울드 씨 파티의 인원수를 합치면 상당히 많은 수를 토벌해야만 한다.

이런 게 보통 의뢰와 승격 시험의 차이다. 의뢰는 파티 전원의 힘을 시험하고, 시험에서는 개개인의 실력을 본다. 뭐, 이번 울드 씨의 시험이라면 어느 정도 도울 수는 있을 것 같지만.

참고로 토벌한 사람을 속여서 보고하는 것은 불가능하다. 같은 파티 동료라 해도 치명타를 먹이지 않으면 숫자에 들어가지 않기 때문이다. 고위 감정안이 있으면 아이템을 보았을 때 토벌한 사람의 이름을 볼 수 있고 치명타를 입힌 사람의 이름이 거기에 기재된다. 모험자 길드는 이 이름도 빈틈없이 본다. 거짓말을 했다가 들키기라도 하면 그거야말로 문제가 된다.

"그나저나 못 보던 얼굴이… 아니, 왜 다들 미인미녀미소녀야?! 에필은 그렇다 치고, 이게 전부 네 새로운 동료야?!"

"아, 네, 뭐 그렇죠. 에리이와 류카는 제 저택에서 일하는 메이드라 모험 동료인 건 아니지만요."

에리이가 가볍게 인사한다. 류카도 그 모습을 보고 마찬가지로 흉내를 낸다.

"젠장, 부럽구만!"

"우리는 죄다 남자인데….."

"에필에필과 세라 아가씨만으로는 부족한 거냐…!"

울드 씨의 뒤에 있는 동료 모험자들이 선망과 질투의 눈길로 나를 바라본다. 에필이나 세라 정도는 아니라지만, 에리이도 상당한 미인으로 분류되니까. 그 딸인 류카도 마찬가지.

파티 사람들에 대해서는 잘 모르지만, 감정안으로 보아하니 울드 씨를 포함한 네 명 모두가 30세를 넘었고 중전사, 검사, 궁수, 마법사로서 구성 밸런스가 좋다. 그런데 어째서인지 모두 마초적인 육체라 남자 냄새가 무진장… 아니, 은은한 매력을 뿜내는 진국 파티다.

"지, 진정하라고, 다들! 이깟 일로 낭패하지 마!"

"미, 미안해, 리더. 조금 자제력이 무너진 것 같아….."

약간 당황한 울드 씨가 동료들에게 호령한다. 동료들은 그나마차분해진 것 같다. 역시 나름대로 관록이 있군. 지금 냉큼 인사를 마쳐두자.

"아, 이 두 명도 아직 소개를 안 했네요."

"여러분, 처음 뵙겠습니다. 전 메르라고 합니다. 앞으로 잘 부탁드립니다….."

"저, 저는 리온이라고 해요. 어, 켈 오빠의 여동생이에요. 잘 부탁드립니다."

뭔지 모를 신성한 빛을 등에 진 메르피나와, 어른과 이야기하는 게 익숙지 않아서인지 조금 긴장한 리온이 인사한다.

"리더! 역시 인생은 불공평해!"

"이번에는 귀여운 여동생이라니?!"

"성녀 같은 미소녀도 있다고?!"

"잠깐, 너희들! 마음은 이해하지만 잠깐 기다려!"

"리더는 우리 중 유일하게 아내랑 자식이 있잖아. 독신인 우리 마음을 어떻게 알겠어!"

""그래, 그래!""

어째서인지 동료들의 항의하는 목소리가 강해지고 말았다. 이래서야 도저히 울드 씨 혼자 말릴 수 있을 것 같지가 않은데. 왜 이렇게 된 거지?

여담이지만 메르피나의 천사의 고리와 흰 날개는 지금은 보이지 않는다. 왜냐하면 그것들은 마력의 집합체라, 마음만 먹으면 자유롭게 구현할 수 있기 때문이라고 한다. 물론 메르피나가 진지하게 힘을 발휘하게 되면 볼 수 있게 되어버린다. 애초에 그런 상황이라면 이것저것 따지고 있을 겨를이 없겠지만.

『주인님, 곧 울드 씨가 돌파당할 겁니다.』

음, 그렇군. 슬슬 나도 돕는 게….

"지금 돌아왔어…! 어, 뭐 하는 거야?"

"또 카오스적인 상황이로구먼."

시작한 지 한 시간이 지났는지, 세라와 제라르가 사냥을 마치고 돌아왔다. 클로토의 분신체들도 뿅뿅거리며 뒤에서 따라오고 있다.

"음, 거기 있는 건 울드 씨 아닌가."

"그 목소리는 제라르 씨! 마침 잘됐어. 이 멍청이들을 말리는 걸 도와줘!"

그러고 보니 제라르와 울드 씨는 악마 토벌 연회 때 사이가 좋아졌었지. 제라르가 가세하면 진압하기 쉬울 것이다.

"음… 이 사람, 누구였지? 제라르가 아는 사람이야?"

"기억이 안 나는 모양이구면? 뭐, 세라는 그때 상당히 취해 있었으니."

"기억 안 나!"

"술은 한 모금밖에 안 마셔놓고 말이야…."

그 후 돌보느라 육체적으로도, 정신적으로도 고생했다. 뭐, 지금은 좋은 추억… 일지도 모르지만.

그러는 사이에 제라르가 폭주한 파티원들을 완전히 진압한다.

"부, 분하다…."

"사정은 모르겠지만 일단 진정해라. 울드 씨도 곤란해하고 있지 않으냐."

"제라르 씨, 번거롭게 해버렸군. 내 관리가 부족했어. 미안해."

"뭐, 서로 마찬가지 아닌가. 왕의 목숨을 구해준 은혜도 갚아야 하고."

"그렇게 거창하게 말할 것까지야. 그건 그냥 장난 같은 거였잖아?"

은혜란 세라의 목조르기에서 내 목숨을 구해준 것이다. 아니, 장난 같은 거라니 말도 안 된다. 그 목조르기는 내 유일한 생명의 위기였다 해도 과언이 아니다. 울드 씨의 한 마디가 없었다면 지금 나는 여기 없었을지도 모른다.

"너희들, 이제 B급 던전인 '어두운 보랏빛 숲'에서 시험을 치러야 한다고! 그렇게 어영부영한 마음가짐으로 합격할 수 있다고 생각하나!"

이런, 울드 씨가 질타하기 시작했군.

"시험? 어두운 보랏빛 숲에서 뭘 하려고?"

"아, 이제부터 길드 승격 시험을 어두운 보랏빛 숲에서 친대. 내용은 몬스터 토벌 의뢰라더군."

""…엇.""

뭐, 뭐지? 세라와 제라르 둘 다 묘한 표정을 지으며 동시에 합창하지 마….

"큰일이구먼…."

"큰일이네…."

"너희들, 대체 무슨 짓을 한 거야?"

이런, 불길한 예감밖에 안 드는데.

"주인님, 숲 속에 몬스터의 모습이 보이지 않습니다. 혹시…."

내 기척 감지에도 몬스터의 반응이 없다. 에필의 천리안으로도 발견할 수 없다면, 남은 가능성은….

"아하하, 몽땅 사냥해버렸어…."

"울드 씨, 정말 미안해요! 우리 녀석들이 너무 의욕이 충만한 바람에!"

"고개 들어, 켈빈. 그게 사실이라면 파즈에는 좋은 일이니까. 덕분에 클레어도 안심하고 살 수 있다고!"

이야기를 정리하자면, 제라르와 세라가 여기로 돌아온 것은 제한 시간이 되어서가 아니라 어두운 보랏빛 숲에 서식하는 몬스터를 전멸시켜버렸기 때문이었다. 세라의 감지 스킬로 내부에서 확인했다고 하니, 아마 전멸이 확실할 것이다. 상의한 결과, 사냥 시합 자체는 노카운트로 치기로 하고, 할 일이 없어져서 다 같이 돌아왔다고 한다.

고의는 아니지만 결과적으로 울드 씨의 승격 시험에 찬물을 끼얹고 말았다. 나는 지금 무릎을 꿇고서 손이 발이 되도록 빌고 있다.

"사정을 말하면 리오 녀석도 이해해줄 거야. 시험이 비 때문에 연기가 된 거나 마찬가지야! 게다가 동료들의 의욕을 다시 충전할 좋은 기회가 되었어, 오히려 고맙다고 말하고 싶을 정도라고!"

"우, 울드 씨…."

정말이지 좋은 사람이다. 부부가 쌍으로 너무 사람이 좋다.

"그나저나 정말로 힘이 규격을 벗어났군…. 아니, 전부터 그랬지만, 이제야 실감이 돼."

자기 수염을 만지작거리며 울드 씨가 말한다.

"S급 승격 시험을 볼 만도 해."

"…네?"

"그러니까, 이번에 S급 승격 시험을 볼 거잖아? 리오가 그러던데?"

당사자인 나는 아무것도 못 들었는데요….

"아하… 또 비밀리에 진행하고 있나. 아마 갑자기 불러내서 시험을 시작할 생각이겠군."

"그러면 당연히 곤란한데요."

하지만 리오의 성격상, 충분히 그럴 수 있다.

"난 시험 내용까지는 못 들었지만, S급 시험이니까. 보나마나 엄청난 거겠지."

"하하하, 같은 의견이에요…."

"뭐, 바로 시행할 분위기는 아니었으니까. 준비만 해둬."

울드 씨의 말대로 지금은 할 수 있는 것을 할 수밖에 없나…. 아, 맞다. 모처럼 울드 씨를 만났으니 저택에 대해 이야기해줘야지.

그 후 잡담을 마친 우리는 어두운 보랏빛 숲을 떠났다. 시험을 계속 칠 수 없게 되었기 때문에 울드 씨 파티도 함께 파즈로 돌아오게 되었다. 울드 씨 일행이 재시험을 치를 수 있도록 나도 리오에게 말해둬야겠군.

―켈빈 저택 정원

"승격 시험이라…. 이런저런 일 때문에 특례 승격만 했으니, 시험을 치는 건 오랜만이로군."

벅벅.

"켈 오빠, 혹시 긴장했어? 어떤 시험이든 여유로울 것 같은데."

벅벅.

"끼잉….."

벅벅.

"왓, 몸부림치지 마, 알렉스! 모처럼 씻기고 있는데!"

벅벅.

"물 뿌린다….."

첨벙….

"주인님, 타월 여기 있습니다."

"고마워. 자, 알렉스. 이제부터 닦아줄….."

부르르!

"으악?! 부르르 떨어서 물 날리지 마!"

"아하하. 켈 오빠, 흠뻑 젖었어….."

시간은 낮을 지나 조금 졸려지는 시간대. 나와 리온과 에필은 저택 정원에 있었다. 어제 어두운 보랏빛 숲에서 새로 계약한 동료, 섀도 울프 알렉스(명명자 : 리온)를 씻기고 있다. 야생에서 살아온 만큼 조금 동물 냄새가 났으니까.

"하아, 나중에 목욕해야겠네."

슥슥.

"좋아, 됐다. 에필, 말리자."

"알겠습니다."

에필이 적마법으로 공기를 덥히고 내가 녹마법으로 미풍을 불어준다. 이게 바로 오리지널 합체마법 '드라이어'다! 나와 에필이 함께 조정에 조정을 거듭해서 실현할 수 있게 된 필살 생활마법이다! 이 마법을 개발하느라 고생했다고….. 병렬 사고가 있어서 다행이다.

뭐, 이것도 다 에필과의 커뮤니케이션의 일환으로 시작한 일이다. 본래의 목적은 매번 달성하고 있으니, 이 마법은 말하자면 부산물 같은 것이다.

"정말로 드라이어 같네."

"문제는 나와 에필에게는 쓸 수 없다는 거야."

이 마법을 사용하려면 엄청난 집중력이 필요하다. 유감스럽게도 자신들에게는 쓸 수가 없다. 주요 이용자는 세라인데, 피곤해져서 자주 하지는 않는다. 이번은 서비스다.

"복슬복슬해졌네, 알렉스!"

"웡!"

리온이 알렉스의 검은 털을 퍽퍽 쓰다듬는다. 보기보다 더 부드러워서 계속 하고 싶어진다.

"그럼, 마무리로 이 목걸이를 걸면 끝."

내가 직접 만든 알렉스의 이름이 적힌 목걸이를 장착. 완벽히 큰 개 같다.

"이제 몬스터로 착각당할 일도 없겠네요."

"그래. 상당히 깨끗해지기도 했고."

"그럼 켈 오빠, 에필 언니. 나, 알렉스랑 산책하고 올게."

음, 늑대한테 산책이 필요했던가? 뭐, 상관없겠지.

"저녁 먹을 시간까지는 돌아와!"

"리온 님, 다녀오세요."

리온과 알렉스는 정문으로 달려간다. 정문 문지기로 세워둔 골렘에게까지 손을 흔들다니, 리온은 예의가 바르군. 하지만 우리 골렘도 상당히 고성능인지, 마찬가지로 손을 저어 답해준다.

리온의 교우 스킬이 작용하고 있는 것인지는 모르지만, 알렉스와 완전히 친해졌다. 레벨도 비슷하니 둘이 함께 절차탁마해줬으면 좋겠다.

"에필, 에리이와 류카는 어때?"

"네. 스킬 레벨을 올려서 눈부시게 성장했습니다. 스킬 취득은 주인님이 지시한 대로 두 사람이 자유롭게 하도록 했습니다만….."

"그래, 그거면 돼."

에필 때와 마찬가지로 내가 이러쿵저러쿵 말할 생각은 없다. 그건 두 사람에게만 허락된 권리다.

"그럼 저는 목욕물 준비를 하고 오겠습니다. 조금 시간이 걸릴 텐데, 주인님은 어떻게 하시겠어요?"

"지금은 수련장에서 메르피나와 세라가 모의전을 하고 있으니까. 그동안은 여기서 관전하고 있을게. 메르피나의 전투 데이터도 아직 부족하고."

메르피나는 동료가 된 지 아직 얼마 지나지 않았다. 스테이터스상의 데이터는 파악했지만 전술을 사용해서 동료와 연계할 정도는 아니다. 지금은 메르피나를 이해하는 것에 중점을 두고, 시행착오를 반복하고 있다.

"그럼 준비가 되는 대로 말씀드리겠습니다."

"부탁할게. 아, 오랜만에 같이 목욕할까?"

약간 장난스러운 한마디. 엘프 귀가 움찔 하고 튀어 오르고, 점점 에필의 얼굴이 빨개진다.

"…아직 해가 높이 떠 있으니, 등만 씻어드릴게요."

에필은 언제나 냉정하지만 이런 점은 아직 순진하다. 에필 씨, 귀가 움직이는 걸 보면 본심이 다 드러나거든요.

—켈빈 저택 지하 수련장

"오, 한창 하고 있군."

이제는 익숙해진 수련장. 중앙에 진을 친 메르피나를 둘러싼 것은 헤아릴 수 없을 정도의 얼음 꽃, 꽃, 꽃들…. 메르피나의 청마법이 만들어낸 얼음 조화(造花)가 주위에 한가득 흐드러지게 피어 있었다.

설치 계열 마법인가? 세라는….

그에 대항하는 세라는 검은 마력을 양손에 두르고, 조화를 때려 부수며 메르피나에게 달려간다. 감정안으로 보아하니 세라가 조화를 만질 때마다 HP가 줄고 있다.

접촉하면 대미지를 입는 마법인 것 같군.

조화를 감정안으로 보면 상세한 효과를 더 알 수 있겠지만, 이번에는 관전하는 쪽이니 나중에 메르피나에게 직접 물어보도록 하자. 그나저나….

"으… 추워…. 이렇게 멀리 있는데도."

"그렇게 얇게 입고 오니까 그렇지, 주인님."

"뭐야, 류카도 와 있었네."

류카는 메이드복 위에 웃옷을 걸치고, 밤색 머리카락과 색이 같은 귀여운 귀가 달린 후드를 쓰고 있다. 에필이나 에리이가 손수 만든 것일까?

"여기 비어 있어….”

류카가 자기 자리 옆 바닥을 탁탁 두드린다.

"모처럼 권해준 거니까 고맙게 실례할게. 일은 끝났어?”

"응, 지금은 휴식 시간이야! 조금 전까지 제라르 할아버지도 있었는데, 어디로 가버렸어.”

"류카를 두고? 신기하네.”

평소에는 류카에게서 떨어지지 않는데. 제라르는 그만큼 류카를 예뻐한다.

"어―이, 류카! 할아버지가 과자를 가져왔다! 자, 많이 먹… 왜 내 자리에 왕이 있나?”

"…아니, 나한텐 신경 쓰지 마.”

그래, 그래, 이런 식으로. 요즘은 리온에게도 이렇다.

"왕도 세라와 공주님의 전투를 보러 왔나? 꽤 보는 재미가 있다.”

"둘 다 접근전도, 마법도 쓰는 밸런스형이야. 세라는 공격에 치중하고, 메르는 회복과 보조에 치중하는 식으로 차이는 있지만, 어떻게 될까.”

류카와 함께 쿠키를 냠냠 먹으며 예상해본다.

장비 조건이나 스킬은 대충 비슷하지만, 스테이터스적으로는 역시 세라가 불리하지…. 세라도 규격을 엄청나게 벗어난 강자이지만 '절대공명'으로 얻은 메르피나의 스테이터스는 그 이상으로 규격을 벗어나 있다.

"슬슬 전황이 본격적으로 움직이겠구먼.”

"그래.”

◇　　◇　　◇

메르피나의 조화를 일직선으로 파괴하고 최단거리로 간격을 좁히는 세라. 하지만 그 양손에서는 피가 잔뜩 흘러 대미지가 축적된 것이 딱 봐도 확연하다. 세라가 밟은 길에는 핏자국이 끊임없이 떨어져 있었다.

"리지드 브라이어(금강빙장미, 金剛氷薔薇)를 분쇄하는 위력은 훌륭합니다만, 싸우는 방식이 너무 솔직해요, 세라."

한편으로 메르피나는 아직 대미지를 입지 않았다. 그 표정에는 여유가 엿보이는 미소까지 떠올라 있다.

"적에게 조언을 하다니 여유롭네, 메르."

"사실 저는 아직 공격을 받지 않아서요."

"뭐, 그렇지. 하지만 지금 거기는 내 사정거리 안인데?"

세라가 사라진다. 아니, 그렇게 생각할 정도로 빠르게 바로 위쪽으로 날아오른 것이다.

"딥 헤일 램퍼트(절빙성벽, 絕氷城壁)."

하지만 메르피나의 눈은 세라를 정확하게 포착하고 있었다. 냉정하게, 미소를 거두지 않고 다음 마법으로 이행한다. 세라의 정면에 나타난 것은 얼음벽. 켈빈의 아다만 램퍼트(절애흑성벽, 絕崖黑城壁)와 비슷한 그것은 수련장 천장까지 도달한다.

"당신이라면 서너 번 전력을 다해 두드리면 파괴할 수 있겠지요. 하지만 그 몇 초가 목숨을 앗아가게 될걸요?"

메르피나가 맞서 공격할 태세로 들어간다. 이대로 돌격하면 세라는 창의 먹잇감이 되어버릴 것이다.

'…동요한 기색이… 없잖아?'

이런 상황인데도 세라의 눈에 깃든 것은 자신감. 한발 먼저 메르피나가 의문을 느끼지만, 그것도 약간 늦었다.

"진 스크리미지(魔人鬪爭), 오른팔 한정!"

검은 마력과 세라의 붉은 피가 뒤섞어 세라의 오른팔을 잠식한다.

"이건, 빅토르의?!"

"세라 녀석, 쓸 수 있게 된 건가. 발동 스피드도 빅토르보다 훨씬 빨라."

제라르가 경악하고, 메르피나도 처음으로 놀란 표정을 짓는다. 지금까지 모의전을 몇 번이고 했지만 세라가 진 스크리미지를 쓴 적은 한 번도 없다.

쓸 수 있게 된 지 얼마 지나지 않았는지, 지금까지 숨기고 있었는지는 확실하지 않지만 마법의 숙련도는 어느 모로 보나 빅토르를 능가했다.

"그럼, 진지하게 덤비도록 하지."

"……!"

검은 마력으로 뒤덮인 오른팔은 불길하고 굵고 강인하며, 손끝은 갈고리 낫처럼 날카롭다.

한눈에 위험하다는 것을 알 수 있다. 그 이형의 오른팔을 휘둘러… 앞을 가로막은 벽을 내리쳤다.

◇　　◇　　◇

A급 청마법 '딥 헤일 램퍼트'. 강인한 몬스터의 공격으로도 흠집 하나 낼 수 없는 철벽의 수호. 나아가 리지드 브라이어와 마찬가지로 닿은 자에게 대미지를 주는 부속 효과가 있어, 웬만한 공격을 날려봤자 자멸의 길을 걸을 뿐. 수호를 기본 전법으로 삼는 메르피나에게는 공격도 방어도 될 수 있는 만능 마법.

─그 얼음의 수호가 지금, 악마의 일격에 분쇄된다.

쩌어억!

세라의 진 스크리미지에 잠식된 오른팔이 딥 헤일 램퍼트에 꽂힌다. 한순간에 벽 전면에 깊은 금이 간다. 꽂힌 오른팔을 중심으로 딥 헤일 램퍼트가 함몰하고, 얼음 파편이 메르피나에게 튄다.

"큭…."

창을 휘둘러 날아오는 얼음 파편을 튕겨낸다.

'접촉으로 인해 대미지를 입은 기색이 없어. 흑화한 저 오른팔은 위력을 크게 강화하는 것만이 아니라 갑옷으로 작용하는 측면도 있다는 겁니까. 그렇다면 오른팔을 파괴하거나, 혹은 잠식되지 않은 곳을 공격…. 보통이라면 후자를 선택하겠습니다만….'

"그 이형(異形)을 꺾어버리는 것도 재미있겠지요!"

"의외로 성격이 불같네! 그런 거 좋아해!"

세라가 공중에서 회전해 그 기세 그대로 오른팔을 휘두른다. 주먹은 편 채로 휘둘러, 그 예리한 손톱이 메르피나를 찢어발기려고 육박한다.

"디바인 드레스(신성천의, 神聖天衣)."

메르피나의 등에 흰 천사의 날개가 구현화한다. 날개에서 방출되는 희게 빛나는 신성한 아우라가 갑옷으로, 창으로 전달된다.

모의전을 할 때에는 살상력을 최대한 낮추고 파괴되기 쉽게 만든 무기를 사용한다. 따라서 세라와 메르피나가 현재 장비한 무기는 S급 장비가 아니다. 만에 하나의 사태에 대비하기 위한, 또한 장비의 강도에 의지하지 않고 단련하기 위한 조치다. 그리고 이 모의전 장비로는 강력한 공격을 펼칠 수 없다. 장비 자체가 기술이나 마법을 버티지 못하기 때문이다. 실제로 세라가 오른손에 장착한 너클 계열 무기는 진 스크리미지가 발동됨과 동시에 파괴되었다(애초에 이 경우, 팔의 사이즈가 너무 다르기도 하지만). 참고로 제라르는 장비를 바꿀 수 없기 때문에, 시합 전에 능력 저하를 거는 등의 방식으로 조정하고 있다.

따라서 예외 없이 메르피나의 창도 삐걱삐걱 비명을 지르기 시작했다. 거기에 신경 쓰는 기색도 없이, 메르피나는 자신을 덮치는 세라의 검은 팔에 하얗게 반짝이는 창으로 맞서 싸운다.

"하아아아아아!"
"합!"

흑과 백이 격돌하고, 그 충격파가 켈빈이 있는 곳까지 파문을 미친다.

이윽고 흑과 백이 뒤섞인다. 메르피나의 하얀 창이 세라의 검은 팔의 정확히 손바닥에 해당하는 곳을 찌른 것이다.

하지만 그 순간, 세라는 웃었다.

"그 창, 받겠어!"

세라는 관통당한 주먹을 억지로 창을 움켜쥐어 부수는 데 성공한다. 이미 창의 강도가 너덜너덜했기에 세라의 주먹은 창이 관통한 정도로는 대미지를 입지 않은 것 같다. 이로 인해 메르피나는 무기를 잃고 완전히 무방비 상태가 되어버린다.

자세를 가다듬으려고 몇 걸음 후퇴하지만, 세라가 추격하듯 비행 스킬로 가속해서 거리를 좁힌다. 예상과 달리, 내 뇌리를 세라의 승리라는 단어가 스쳐간다.

"놀랐습니다. 성장했군요, 세라."

다시 흐르는 천사의 미소.

―째앵….

"…어?"

마치 유리가 깨지는 것처럼, 진 스크리미지가 높다란 소리를 내며 부서진다. 무슨 일이 일어났는지 세라는 이해하지 못한 것이리라. 우리도 그렇다.

"디바인 드레스는 강화마법이 아닙니다. 성스러운 기운을 온몸에 휘감아 상태 이상을 정화하는 능력입니다. 상태 이상에서 능력상승, 감소 효과에까지 효력을 발휘합니다. 그리고 그 대상은 저만

이 아닙니다."

달캉….

조금 전까지 세라의 주먹에 꽂혀 있던 메르피나의 창이, 진 스크리미지가 해제됨에 따라 지면에 떨어진다. 조금 남아 있던 하얀 아우라가 그 순간 완전히 소실된다.

"설마, 일부러…."

"직접 닿았는데도 무효화하기까지 꽤 시간이 걸려버렸네요. 만약 몇 초만이라도 검은 팔이 버텼다면 당신이 승리했겠지요, 세라."

세라가 비행으로 가속해서 두 사람의 거리는 가까웠다. 양쪽 다 공격 범위라 할 수 있었다. 둘 다 보조 효과를 잃은 지금, 승부를 결정하는 것은 맨손의 실력과 능력. 메르피나의 마법이 창백하게 반짝이며 세라를 향해 날아가고….

"아직이라고오오오오!"

세라가 지면에 보이지 않는 무언가를 꽂아 억지로 궤도를 바꾼다. 메르피나가 쏜 마법은 세라의 뺨을 스치고, 땅을 얼리며 엉뚱한 방향으로 날아갔다.

'이건… 보이지 않게 만든 세라의 꼬리… 인가요!'

악마인 세라의 뿔, 날개, 꼬리는 위장의 머리장식 때문에 보이지 않는다.

메르피나의 창에 부가된 디바인 드레스의 효과는 진 스크리미지를 없애는 것에 그쳤기 때문에, 위장의 머리장식까지 무효화되지는 않았던 것이다.

세라는 보이지 않던 자신의 꼬리를 지면에 꽂아, 종이 한 장 차이로 사지에서 이탈한다. 그리고 아주 잠깐, 겨우 영점 몇 초 정도이기는 했지만 메르피나의 주의를 돌리는 데 성공했다.

꽁꽁 얼어붙은 뺨을 무시하고, 세라는 다음 공격에 온 힘을 쏟는다. 만약을 대비해 가장 먼저 두었던 포석. 온갖 곳에 묻은 세라의 피에 일제히 마력이 깃든다. 피가 묻은 곳 태반은 리지드 브라이어다. 피는 리지드 브라이어에서 붉은 마력을 추출해서, 세라의 주먹으로 전송한다.

"크루세픽션(혈선역십자포, 血鮮逆十字砲)!"

주먹의 궤도를 따라 그려지는 핏빛 역십자.

그 위력은 흡수한 마력량, 흘린 자신의 혈액이 많을수록 커진다. 붉은 섬광은 메르피나의 복부에 직격해서, 푸른 갑옷을 붉게 물들인다.

"커, 헉…!"

지상에 내려온 여신이 악마에게 무릎을 꿇은 순간이었다.

"둘 다 수고했어. 어디 아픈 데는 없어?"

"켈빈이 고쳐줬잖아? 아픈 데가 있을 리가 없잖아."

"저도 괜찮습니다. 당신, 감사합니다."

결국 시합은 무승부로 끝났다. 메르피나가 무릎을 꿇음과 동시에 전력을 짜내 쓴 세라도 힘이 다해버린 것이다. 양쪽 다 행동 불능 상태가 되어, 이번에는 판정 보류다.

"세라, 훌륭했습니다. 스테이터스의 어드밴티지가 없었다면 패배한 건 저였을 겁니다."

"무슨 소리야. 메르는 아직 그 몸에 익숙해지지 않았잖아? 게다가 처음부터 진심으로 덤볐다면 이렇게 선전하지 못했을 거야."

승부를 겨룬 뒤 자라나는 우정. 서로 교만하게 굴지 않고 냉정히 역량을 판단하고 있다. 멋진걸, 응.

"그나저나 이번에는 굉장히 의욕적이었네. 무슨 일 있었어?"

"응…? 메르, 말해도 되나?"

"네. 오늘 밤, 당신 옆에서 잘 권리를 걸었습니다."

"…네?"

그게 뭡니까….

"켈빈의 침대 오른쪽에는 늘 에필이 있잖아? 거기가 에필의 지정석이라면 남은 건 왼쪽뿐이잖아!"

"그 사실이 몇 시간 전에 판명되어서, 이렇게 권리를 걸고 경쟁한 겁니다. 승부는 나지 않았지만…."

"……."

"메르, 다음에는 뭘 가지고 시합할까?"

"글쎄요. 오늘 에필이 만든 저녁이 일본식인지 양식인지로 내기하지 않으시겠어요?"

안 되겠다, 머리가 아파온다…. 애초에 에필과는 옆에서 그냥 자기만 하는 게 아니… 쿨럭쿨럭.

"할아버지, 귀를 막아서 소리가 안 들려…."

"류카, 너한테는 아직 이르다."

◇　　◇　　◇

—켈빈의 방

"으, 하암…."

아직 날이 밝지 않은 어둠 속인데, 흔치 않게도 이런 시각에 눈을 떴다. 뇌가 각성하기 전에 마음이 편해지는 낯익은 향기가 코를 간질이고, 뭔가 부드러운 온기가 느껴진다.

"쌔근… 쌔근…."

에필은 내 품속에서 아직 잠들어 있었다. 평소에는 에필이 깨워 줄 때까지 나는 푹 잠들어 꿈나라에 있으니까. 자는 얼굴을 보는 건 오랜만일지도 모른다. 여전히 자는 얼굴도 천사 같다.

한참 에필의 자는 얼굴과 온기를 즐긴 뒤, 깨우지 않도록 조용히 에필을 내려놓고 침대에서 나오려고 했… 지만….

물컹.

뭔가가 등에 닿는다. 감촉 자체는 몹시 부드럽다. 그리고 갑자기 내 목에 휘감기는 하얀 팔.

"후헤헤, 이제 배부르다니까~ 하지만, 더 먹을래~."

약간, 아니, 매우 말투가 다르지만, 이 목소리는 메르피나다. 상태를 보아하니 잠꼬대를 하는 것 같다. 이봐, 여신님, 침 흘리고 계세요. 그리고 내 잠옷으로 닦지 마.

메르피나가 왜 내 침대에? 문득 의문스러웠지만, 그 답은 바로 생각났다. 어제 세라와의 시합 '오늘 밤 메뉴는 어느 쪽인가!'에서 승리한 메르피나가 내 침대에 파고들어온 거였나. 역시 행운치가 900을 넘는 녀석답다.

에필도 '주인님이 좋으시다면'이라는 한마디로 끝내버려서, 자연스럽게 지금에 이른 것이다. 미리 말해두겠는데, 오늘은 켕길 만한 짓은 아무것도 하지 않았다. 이건 메르피나가 잠에 취해서 가슴을 들이대고 있는 것뿐이다. 켕길 만한 짓은 하지 않았다. 손바닥만 한 크기의 가슴이 기분 좋은 것뿐이다.

그 사건 이후로 나는 목에 손이 감기는 것에 약간 트라우마를 느끼게 되어버렸지만, 이번 상대는 메르피나다. 아무것도 두려워할 필요 없다. 천천히 목에서 팔을 뗀다.

"후우, 의외로 잠버릇이 나쁘네…."

간신히 메르피나에게서 풀려난다. 팔에서 빠져나오려고 하는 동안에도 다리를 휘감는 등 집요하게 밀착하려고 했다. 꿈속에서도 정말이지 적극적이다.

"이게, 전설의… 스시…!"

"너, 대체 어떤 꿈을 꾸고 있는 거야."

자면서도 내가 태클을 걸게 만들다니 대단한 녀석이다. 그나저나 꿈속에서도 음식 얘기냐…. 의외로 파티 중 가장 잘 먹는 게 메르피나다. 가볍게 제라르의 두 배는 먹는 것 같다. 키 160센티미터쯤 되는 작은 체구의 어디로 그만큼 음식이 들어가는지 신기하다.

"쌔근… 응…."

"으음… 당… 신…."

두 사람의 머리카락을 부드럽게 쓰다듬어준다. 이렇게 다시금 얼굴을 바라보니 정말이지 비현실적인 미소녀들이다.

"전생에서는 이런 상황은 절대로 불가능했겠지… 기억이 안 나지만."

　나는 전생 세계에 대한 지식은 있지만, 나에 대해서는 전혀 기억나지 않는다. 취미나 기호 정도라면 추측할 수 있지만, 가족이나 친구 등 나에 대한 정보는 전혀 없다. 뭐, 그 점에 대해 특별히 아쉬운 구석은 없다. 그건 어디까지나 전생의 기억이니까, 뭐랄까, 남의 기억이라는 느낌이랄까.

　내가 있을 곳은 어디까지나 이 세계다. 이 세계에 환생하게 해준 메르피나, 나를 계속 뒷받침해주는 에필, 동료들과 함께 살아갈 것이다.

　"그러기 위해서도, 우리를 방해하는 녀석들은 없애버려야지."

　달빛이 비치는 창 밖을 바라보며, 이런 시각에 내가 일어나버린 원인에 대해 생각한다.

　─켈빈 저택 발코니
　내가 향한 곳은 저택 2층 발코니. 아무래도 이미 먼저 온 손님이 있는 것 같다.
　"어머나, 늦었네."
　"켈 오빠, 좋은 아침! 아, 아직 그럴 시간이 아닌가?"
　세라, 클로토, 리온, 그리고 그 발밑에 알렉스가 대기하고 있다.
　"좋은 아침. 미안해, 방금 전에 일어나서."

"흐음… 뭘 했기에…."

세라가 뺨을 부풀리며 여기저기 살펴본다. 뭐야, 기분이 조금 안 좋아 보이네?

"세라, 왜 그래?"

"별로…."

"그래?"

뭐, 됐다. 지금은 이러고 있을 때가 아니다.

"냉큼 본론으로 들어가겠는데, 알아차렸어?"

"응. 저택 주위에 수상쩍게 움직이는 녀석들이 있군. 수는… 전부 열넷인가."

그렇다, 지금 이 저택을 누군가가 포위하고 있다. 이런 한밤중에 일어나 있는 사람은 별로 없고, 있다 해도 저택을 감시하는 것 같은 움직임은 보통 하지 않을 것이다. 내가 이런 시각에 눈을 뜬 것도 기척 감지 스킬에 이 녀석들이 걸렸기 때문이다. 지금은 담장 바깥쪽에서 동태를 살피고 있는 것 같지만, 슬슬 움직일 것 같다.

"나랑 알렉스는 세라 언니가 가르쳐줬어. 부끄럽지만 전혀 몰랐어…."

"끄응…."

알렉스는 리온의 방에 큼지막한 쿠션을 두고 늘 거기서 잔다. 아마 세라가 함께 깨운 것이리라.

"에필과 메르피나는 자게 됐어. 둘 다 많이 피곤한 것 같아서."

"나도 피곤해…"라고 세라는 불만스럽게 말했지만, 에필은 그렇다 치고 메르피나는 아침에 약하다. 아니, 깨우려 해도 좀처럼 깨어나지를 않는다. 본인은 성실하고 진지한 신을 자처하지만, 메르피나는 남이 보지 않는 곳에서는 적당히 칠칠치 못한 느낌이다.

"제라르는?"

"에리이와 류카의 방에서 호위하고 있어."

"그래, 제라르가 지켜준다면 안심이겠군."

뭐, 거기까지 가게 둘 생각은 없지만.

일단 골렘 세 마리를 방 주위로 보내둔다.

"여기서 보이는 적들은, 그렇게까지 숙련자는 아니군. 레벨 20이 고작이야. …이런, 한 명만 레벨 26이군. 거리도 제일 멀고, 이 녀석이 두목인가?"

"여기서 보여?"

"아, 에필에게서 '천리안'을 빌려왔거든."

오른손의 스킬 이터를 가볍게 올린다. 이 정도 거리는 에필 수준의 천리안이 있으면 여유롭다. 얼굴을 복면으로 가리고 있어 더욱 수상쩍다.

"그래…. 리온, 알렉스와 함께 갈 수 있겠어?"

"응? 나?"

리온이 의외라는 표정을 짓는다. 뭐, 실전도 손으로 꼽을 정도밖에 경험하지 않았으니까. 이번에는 몬스터가 아니라 인간이 상대이니 당황하는 것도 당연하다. 하지만 이것도 이 세계에 있으려면 언젠가 익숙해져야만 한다. 다행히 스킬 포인트는 숙고한 끝에 나름대로 찍어두었다. 동요하지 않는 정신력을 부여하는 담력 스킬, 전투용 스킬 등등. 장소도 홈그라운드인 내 저택 부지 안. 몸 풀기 상대로는 딱 좋다.

"아, 저택 담장 안쪽에 사일런트 위스퍼(무음풍벽, 無音風壁)가

쳐져 있어. 정문 골렘들은 물러나게 할 테니까, 담장을 넘어온 녀석들부터 처리해줘. 부지 안에서라면 어떤 소리를 내도 바깥에는 새어 나가지 않으니까. 무슨 일이 있으면 우리도 지원할 수 있는데, 어때?"

리온과 알렉스가 마주 본다. 그 시간은 몇 초 정도였지만, 알렉스의 마음을 이해했는지 리온이 웃음을 짓는다.

"응. 나 해볼게!"

리온이 기운차게 고개를 끄덕인다. 알렉스도 전투태세에 들어갔는지, 붉은 눈이 날카로워졌다.

"좋아, 그래야 내 동생답지! 클로토, 분신체를 부탁해."

클로토가 '의사소통' 겸 '보관' 계열 극소형 분신체를 꺼내 리온의 어깨로 뛰어올라간다. 이제 리온에게도 네트워크가 이어졌다. 알렉스와도 더 잘 연계할 수 있을 것이다. 리온에게 클로토가 하는 이 작용에 대해 설명해준다.

『아, 아…. 이제 됐어?』

『문제없어. 기적 감지와 천리안으로 얻은 정보를 맵에 올릴 테니까 참고해.』

『왓! 이거, 무지 편리하네! 고마워, 켈 오빠!』

자, 우리 집 용사님의 첫 출정이다.

—파즈 뒷골목

거리의 뒷골목에 벽에 기댄 남자가 있었다. 한 손에는 술병을 들고, 복장도 파즈에서 일반적으로 입는 것을 착용하고 있어 술에 취한 주정뱅이처럼 보인다.

하지만 평범한 주정뱅이치고 날카로운 눈은, 들키지 않도록 위장하고 있기는 하지만 어느 한쪽에 쏠려 있었다. 시선이 바라보는 곳, 그곳은 켈빈의 저택이었다. 남자는 정문 문지기가 저택에 들어가는 것을 확인한다.

'여기서 감시해서 얻을 수 있는 정보에는 한계가 있어. 내 감정안도 이 거리에서는 문지기의 능력조차 보지 못해. 침입하려면 지금이 좋은 기회인가….'

남자는 손짓으로 부하들에게 지시를 내린다. 은밀 스킬을 사용해서 저택으로 잠입하라고.

'이 저택에 산다는 요즘 두각을 드러내기 시작한 모험자가, 지난번에 크리스토프 님을 붙잡은 델라미스의 용사들과 함께 싸웠다고 들었어. 크리스토프 님이 패배한 요인의 태반은 용사 놈들이겠지만, 앞으로 우리 트라이센에 큰 장애물이 될 가능성이 충분해…. 무엇보다도 트라이센의 영웅인 크리스토프 님 일행에게 도적단 두목이라는 누명을 씌우다니, 말도 안 돼! 지금 여기서 잘 때 습격해서, 가능하다면 용사의 정보를 토해내게 해야지. 그게 우리 암부(暗部)의 임무. 정면으로 싸우면 승산이 없겠지만, 이 시간에 어둠을 전장으로 삼는 암부에는 빈틈이 없다!'

일반인으로 위장해서 저택을 감시하던 이 집단은 군국 트라이센의 밀정이었다.

'왕자님, 범죄자인 우리에게 이런 기회를 주셔서 감사합니다!'

과거에 동대륙 대전(大戰) 끝에, 말기까지 살아남아 서로 싸운 네 나라는 정전 협정을 맺었다. 호전적이고 가장 타국에 대한 침공 경향이 강했던 군국 트라이센도 예외가 아니었다. 이윽고 시간이 흘러 대전 시대에 요인 암살, 타국의 정보 수집, 공작 활동 등으로 맹위를 떨쳤던 암부도 이렇게 평화로운 시대에는 대대적으로 활약할 수 없게 되어버렸다. 그에 따라 트라이센 군대 내부에서 암부의 규모나 입장은 계속해서 축소되어가고 있었다. 그런 시기에 제1왕자이자 용기병단 장군인 아즈그라드가 한 제안은 암부의 대장인 그에게 공적을 남기기 위한 한 줄기 빛이었다.

'반드시 임무를 수행해서 암부 부대의 실력과 중요성을 다시 보여드리겠습니다!'

하지만 암살 명령을 내린 아즈그라드를 포함한 그들은 알지 못했다. 그들이 잠입하려는 이 저택이, 비인간적인 힘을 가진 자들의 소굴이라는 것을.

—켈빈 저택 정원

정원 분수 앞에 한 소녀가 서 있다.

"…왔다."

눈을 감고 부하 네트워크 맵 위에서 적의 움직임에 주의를 쏟던 리온이 중얼거린다.

'정문에서 세 명, 왼쪽 담장에서 네 명, 오른쪽에서 세 명… 남은 네 명은 아직 동태를 살피고 있나? 음… 별로 느긋하게 굴 여유는

없을지도…. 도망쳐버리면 귀찮으니까.'

리온은 바로 조금 전부터 쓸 수 있게 된 네트워크 대화를 구사한다. 대화 상대는 물론 짝꿍인 알렉스다.

『알렉스, 우리가 실전에서 공동 전선을 펼치는 건 처음이지만, 이번에는 스피드 승부야. 화끈하게 해치워버리고 켈 오빠한테 멋진모습을 보여주자!』

『윙!』

『응, 좋은 대답이야!』

알렉스는 의욕 충만. 리온 자신도 상태가 매우 좋다. 켈 오빠 일행도 저택에서 지켜봐주고 있다. 그야말로 딱 좋은 컨디션.

리온은 그 자리에서 탁탁 가볍게 도약한다. 생전과 달리 환생한 이 몸은 대단히 가볍다. 병들지 않았고, '곡예' 스킬을 얻음으로써 TV에서나 보던 서커스 단원 같은 움직임도 할 수 있게 되었다. 이전의 리온이라면 절대 생각조차 할 수 없었을 일이다.

'여기는 정말 꿈의 세계 같아. 에필 언니는 상냥하고 맛있는 음식을 만들고, 켈 오빠는 어딘가 그립고 안심이 돼. 세라 언니 같은 사람들도 함께 있으면 정말로 즐거운 사람들… 음, 악마와 천사들이라고 해야 하나? …아무튼.'

몬스터와 달리 사람을 죽이는 것은 물론 꺼림칙하다. 하지만 그꺼림칙한 기분과 사람들을 저울에 올리면 압도적으로 사람들 쪽으로 기운다.

다행히 담력 스킬이 리온을 차분하게 만들어준다. 각오도 당연히했다.

리온은 아직 마법을 쓰지 못한다. 따라서 이번에는 근접전으로만 싸워야만 한다. 리온은 켈빈에게서 받은 검을 뽑아 앞을 바라본다.

『알렉스, 일단은 정문. 가자.』

하지만 그런 것은 작은 문제. 리온에게 곤란한 것은 이 따스한 장소가 망가지는 것.

몇 번이나 도약한 끝에 발이 땅에 닿은 순간, 리온은 땅을 박차고 앞으로 달려 나갔다. 자신의 소중한 장소를 지키기 위해서.

—켈빈 저택 발코니

"상상한 것 이상이로군."

"그러게. 본래 타고난 검 실력은 아직 멀었지만, S급 검술을 가질 만한 힘은 있어. 제라르가 제대로 지도하면 확 변하겠군. 알렉스와의 연계도 무리가 없고 훌륭하네."

리온이 정문으로 달려 나간 순간, 누군가가 담장을 뛰어넘어 부지 안으로 침입하려 했다. 그 수는 세 명. 치졸하지만 모두 은밀 스킬을 사용하고 있는지 기척을 읽기가 조금 어렵다. 하지만 미리 위치정보를 전해준 리온과 알렉스에게는 별것 아니다. 부지 안에 착지하기 전에 하나는 리온에게 베여 쓰러지고, 또 하나는 알렉스가 목을 물어뜯어버렸다. 이래서야 비명조차 지를 수 없다.

"이런 식이면 고유 스킬을 선보일 틈도 없겠군."

뭐, 이 정도로 잔챙이들이니 고전할 여지도 없겠지만. 설령 자다가 습격을 받아도 질 리가 없고.

"사방에서 공격해오긴 하는데, 저 속도면 저택까지 한 명도 도달

할 수 없겠네…."

"그래, 기껏해야 앞으로 30초 정도 버티겠군."

"하아, 내가 나설 일도 없겠네…."

세라가 한숨을 흘린다.

"주인님…."

"아, 에필. 깼어?"

네글리제에서 메이드복으로 갈아입은 에필이 발코니에 나타난다. 활도 제대로 들고 있는 게 역시 에필답다.

"이렇게 소리가 나니 당연히 알아차리지요. 메르피나 님은 예외이지만…."

사일런트 위스퍼의 효과가 있는 건 담장 바깥이니까. 저택 안에는 제대로 소리가 전달된다. 메르피나는… 음, 피곤해서 그럴 거야! 아마도!

"지금 상황을 여쭤봐도 될까요?"

"사실은 말이야…."

에필에게 상황을 설명한다.

"그럼 아직 거리에 숨어 있는 사람이 있다는 뜻이군요…. 위치는 맵에 표시되니 제가 저격할까요?"

"아니, 활은 자제해. 에필의 실력이라면 맞히겠지만, 거리에는 일반인도 있으니까."

리더 격 남자를 심문하고 싶기도 하고.

"이런, 이야기를 하는 사이에 리온 쪽은 정리되었나. 클로토, 시체를 흡수해줘. 만약 살아 있는 녀석이 있다면 최소한의 치료만 한 다음 붙잡아. 나중에 길드에 넘길 테니까."

리온은 사려 깊다. 한 명쯤은 산 채로 남겨뒀을지도 모른다.

"그럼, 잠깐 바깥 녀석들을 잡아올게. 에필은 리온을 맞이하러 가줘."

목욕도 하고 싶을 테고.

"혼자 가시는 겁니까? …세라 씨."

"알았어. 나도 갈게."

"아니, 혼자서도 괜찮아…."

""안 돼(요)!""

두 사람이 동시에 말한다. 거참, 걱정하기는….

—파즈 거리 뒷골목

'…늦는군.'

부하들이 저택에 침입한 지 꽤 시간이 지났다. 그런데 연락이 전혀 없다. 뿐만 아니라 저택에서 아무 소리도 들리지 않는다. 익숙한 정적이 지금은 불길하게 느껴진다.

'설마, 실패했나?'

사전 작전에 따르면 미리 정한 시각이 되었는데도 실행 부대가 연락을 하지 않을 경우, 즉시 철수하기로 했다. 시간은 곧 그 시각에 이르려 하고 있다.

'젠장, 어쩔 수 없지!'

대기하던 부하들에게 철수 사인을 보낸다.

'……? 뭐야, 아무도 반응이 없어?'

몇 번 지시를 보내도 돌아오는 것은 메마른 바람뿐.

'어떻게 된 거지? 마치 살아남은 게 나쁜인 것 같잖아…?!'

말도 안 되는 상황에 등골에 차가운 땀이 흐른다. 설마, 정말로…? 사고 회로가 헛돌아 그는 이미 정상적인 판단을 할 수 없게 되어버렸다. 느껴지는 것은 곤혹스러움, 공포, 혼란….

'설마 크리스토프 님을 쓰러트린 건, 델라미스의 용사 따위가 아니라….'

하지만 그런 상황도 오래 이어지지는 않았다. ―더 큰 위협이 나타났기 때문이다.

"아, 도망치지 않고 아직 여기 있었군. 꽤 동료를 생각하나 보네, 오토 군."

―트라이센 성

동대륙 동쪽 끝, 군국 트라이센은 결코 풍족하지 않은 대지에 위치한다. 수도를 뺀 국토 대부분이 사막으로 뒤덮여 있어 식량 물자가 해마다 부족하다. 또한 용병단의 모임이 용병 국가로서 나라를 세운 경위 때문인지, 기질이 대단히 공격적이고 배타적이다. 대전 시대에는 물자 확보를 위해 침략도 서슴지 않고, 대량의 노예를 써서 개척해왔다. 지금은 평화 조약을 맺고 겉으로 분쟁을 일으키거나 하지 않지만, 다른 3국에 비해 유대 관계가 희박하다 할 수 있다.

그런 트라이센이 지금 궁지에 놓였다. 수국 트라지를 시작으로 델라미스, 가운 3국이 흑풍 사건을 규탄한 것이다. 트라이센은 모험자 크리스토프 일행을 영웅이라며 칭송했는데, 그 크리스토프가 흑풍 두목으로서 부당하게 여자와 아이들을 유괴해서 노예로 잡고 있다가 용사에게 구조되었다. 용사의 증언이 기록된 매직 아이템이 제시되고, 크리스토프 일당은 잡혀 있던 사람들을 트라이센에 보낼 계획이었다고 자백까지 했다. 이제 말로 대충 넘길 수 없는 상황이 되었다.

이곳은 트라이센 성 원탁 회의실. 나라의 최고 기밀을 두고 토의가 열리는, 왕족이나 소수 귀족, 군부 최고위 사람만이 들어올 수 있는 장소다. 방 중앙에는 호화로운 목제 장식이 된 원탁이 있고, 트라이센의 왕인 젤 트라이센을 필두로 각 군단 장군이 소집되어 있었다.

휑하니 정적에 잠긴 무거운 공기 속에서 젤이 천천히 입을 연다.

"다들 바쁜 가운데 갑자기 소집해서 미안하군."

"아버지, 클라이브 녀석이 아직 안 왔는데."

트라이센 왕을 아버지라 부르는 이 남자는 아즈그라드 트라이센. '용기병단'의 장군이자 트라이센의 제1왕자. 그는 결코 후광으로 이 지위에 있는 것이 아니라, 그 빼어난 재능으로 용맹한 이들이 가득한 군의 정점에 서 있다. 트라이센에는 왕자가 다섯 명 있는데, 군의 우두머리인 장군직에 앉아 있는 것은 그뿐이다. 실력주의인 트라이센에서는 혈통만으로 위에 설 수는 없고, 그 가장 대표적인 예가 켈빈에게 당한 타부라인데, 그는 그 정반대라 할 수 있다. 잘 단련된 육체는 웬만한 무장에 비할 바가 아니고, 용을 타는 능력도 뛰어나다.

"뭐, 어차피 여자를 끼고 방에 틀어박혀 있겠지. 그러고도 실력이 있으니 구역질이 나."

원탁에 있는 유일한 빈자리를 흘끗 보며 아즈그라드가 혀를 찬다.

"…시간이 없다. 시작하도록 하지. 벌써 다들 알고 있겠지만, 크리스토프가 델라미스의 용사에게 붙잡혔다. 계획을 실행한 뒤 그리 시간이 지나지 않은 현 단계에서."

도적단 '흑풍'을 이용해서 노예를 확보하려던 납치 계획. 당시의 흑풍을 토벌한 모험자를 일부러 대대적으로 홍보하고, 세뇌한 잔당을 통솔하게 한 것까지는 좋았다. 조심스럽게 계획해서 최근에야 활동을 시작했는데, 그 결과가 이것이었다.

"아마 이 계획을 제시한 자는… 트리스탄이었지."

젤의 날카로운 눈빛이 그쪽으로 향한다.

그 시선 끝에 있는 인물은 트리스탄 파제. 트라이센이 자랑하는 명문 귀족 출신으로, '혼성마수단(混成魔獸團)'의 장군이다. 마수단이라고 하지만 사실 조련한 몬스터 외에 수인 등 인간의 아종(亞種) 노예도 있다. 나라의 체질과 마찬가지로 인간족 지상주의자인 트리스탄은 이번 계획을 젤에게 제안해서 자신이 이끄는 군을 강화하고자 했다.

"거참, 그들에게는 기대가 컸는데 말이지요…. 결국은 야만적인 모험자이니 그 수준에 지나지 않았던 걸까요."

트리스탄은 어이가 없다는 듯 과장스러운 자세를 취한다.

"트리스탄, 그대의 사상이나 해명은 아무래도 좋다. 국왕께서 말씀하시고자 하는 것은 이 실수의 책임을 어떻게 질 생각이냐는 거다. 이 건으로 우리나라의 그림자 일부가 밖으로 드러났다. 이미 다른 3국은 동맹을 맺기 시작하고 있어."

트리스탄에게 시비를 거는 노기사의 이름은 던 다르바. 오랫동안 트라이센을 섬겨온 백전노장 전사다. 지금은 강철 아머로 방비를 단단히 한 중장병이나 기동력이 좋은 기병, 나아가 공성병기 등 수많은 병종을 한데 모은 '철강기사단'의 장군으로 종사하고 있다. 아즈그라드에게 무술을 가르친 것도 던이라 신뢰도 두텁다.

"그렇게 흥분하지 마십시오, 던 장군. 그러다간 수명이 줄어들지도 모른다고요."

"…뭐라고?"

던이 일어나 트리스탄을 노려본다. 일반인이라면 이 압박감만으로도 기절하겠지만, 당사자 트라스탄은 반쯤 웃으며 던을 바라본다.

"그만두세요. 폐하 앞입니다."

방 안에 그 자리에 어울리지 않는 아름다운 목소리가 울려 퍼진다.

"허나, 슈트라 님…."

"던 장군."

"…알겠소."

아주 잠시 침묵한 뒤, 던이 자리에 앉는다.

분노한 던을 말린 소녀의 이름은 슈트라 트라이센. 젤의 외동딸이자 트라이센의 유일한 공주이다. 그 아름다운 자태는 슈트라와 타부라가 정말 같은 어머니에게서 태어났는지 국민이나 병사들이 의심할 정도다. 본래 장군 지위는 남성만이 받지만, 슈트라는 재능을 유감없이 발휘해서 현재는 젊은 나이에 '암부'의 장군에까지 올랐다. 해마다 축소되어가는 암부의 장군을 맡긴 것이 귀족들에 대한 배려인지, 아니면 그녀의 가능성을 보아서인지는 임명한 젤밖에 모른다.

　"하아, 정말로 공주님께는 약하시군요."

　"……."

　트리스탄이 도발하지만 던은 무시하기로 결정한 것 같다. '뭐야, 재미없군'이라는 듯 트리스탄도 한숨을 흘린다.

　"장난은 그쯤 해둬. 트리스탄, 대략적으로는 던의 말대로다. 현재 우리나라는 난처한 입장이다. 크리스토프를 영웅에서 말소하고 트라이센과는 관계가 없다고 해명하기는 했지만, 그걸로 상황이 정리되지는 않겠지. 자칫 잘못했다간 3국을 상대로 한 전쟁이 일어날지도 모른다. 그야말로 장군인 네가 책임을 져야겠지."

　명확한 살의. 왕만이 가진 발언의 무게. 하지만 그런 말에도 트리스탄은 동요하지 않는다.

　"…그렇다면, 해버리죠. 전쟁을."

　"뭐라고?"

　"평화 조약을 맺은 지 오랜 시간이 지나, 우리 트라이센은 착착

군비를 확장해왔습니다. 그야말로 제 조부의 조부… 또 그 조부까지 거슬러 올라갈까요? 뭐, 그건 그렇다 치고."

트리스탄이 가볍게 헛기침을 한다.

"생각이라도 해보십시오. 우리가 군비를 확장하고자 노력을 아끼지 않던 무렵, 다른 3국은 뭘 했습니까? 그저 평화를 구가하고 있었을 뿐 아닙니까! 그러한 약소국이 모여봤자 우리 트라이센의 적이 못 됩니다. 지금이야말로, 오랫동안 이상이었던 대륙 통일을 이룰 때가 아니겠습니까? 여기서 '장표(將票)'로 결정합시다!"

"확실히 대륙 통일은 우리의 위대한 목적입니다."

"오오, 슈트라 님은 찬성해주시는 겁니까?"

"허나 그건 지금이 아닙니다. 3국은 장군이 말씀하신 만큼 얼빠진 나라가 아니에요. 행동을 한다면 우리보다 다음 세대가 해야겠지요."

슈트라의 말에 트리스탄은 일희일우(一喜一憂)를 재주 좋게 포즈로 표현한다.

"국민에게 인기 많은 슈트라 님이 반대하시다니, 슬프군요. 그건 암부의 정보입니까?"

"글쎄요, 어떨까요."

"…나는 전쟁에 찬성이다."

"…오라버니?!"

찬성에 표를 던진 것은 아즈그라드. 정말이지 의외였는지, 조금 전까지 냉정하던 슈트라가 경악한다.

"가운의 병사와 몇 번 분쟁을 일으킨 적이 있는데, 녀석들이 그렇게까지 강력한 것 같지는 않아. 클라이브 녀석에게 의지하는 건 거슬리지만, 그 녀석이 온 뒤 트라이센의 힘은 대폭 커졌다. 게다가 용기병단에는 그게 있어."

"호오, 큰돈을 뿌려 입수한 그것 말이군요. 이제 찬성 둘, 반대 하나가 되었습니다."

"쳇, 여기서 장표를 제안할 줄이야."

트라이센에는 5인의 장군이 다수결로 결정한 뒤 왕에게 의견을 보고하는 장표라는 제도가 있다.

최종적으로 판단을 내리는 것은 왕이지만, 그 효력은 커서 왕도 쉽사리 기각할 수 없다. 대다수의 장군이 그런 행위를 경멸하기 때문이다. 반대로 장표를 제안한 장군에게도 리스크가 있다. 만에 하나 그 의견이 대다수의 찬성 지지를 받지 못했을 경우, 왕의 재량으로 처벌한다. 벌은 가벼울 경우도 있지만 경우에 따라서는 사형당한 적도 있다. 이번 의제는 일이 일인 만큼 왕의 벌도 상당한 것이 되리라. 표면상 트리스탄은 태연해 보이지만 사실 목숨을 건 도박을 하고 있다.

"나는 당연히 반대다! 헛소리도 정도가 있지!"

"그거 유감이군요. 그럼 이제 표는 동률…. 남은 것은 클라이브 장군인데, 여기에는 없지요."

모두가 공석인 클라이브의 자리로 고개를 돌린다.

"크하하, 트리스탄. 그대는 겉보기와 달리 호방하군. 좋다. 네놈의 목숨으로 이 장표를 인정해주마. 누구 없나! 클라이브를 불러라!"

트라이센 왕은 유쾌하게 입을 일그러트렸다.

◇　　　◇　　　◇

—트라이센 마법기사단 본부

"하아, 왜 내가 이런 데 와야만 하는 거야…."

은백색 갑옷을 장착한 남자가 떫은 표정으로 한숨을 쉰다. 그는 철강기사단 부관 진 다르바. 철강기사단 장군 던의 외동아들이다. 전혀 소집에 응할 기색이 없는 '마법기사단' 장군인 클라이브 테라제를 불러내기 위해, 부관인 그가 직접 마법기사단 본부까지 걸음을 했다. 본래 더 말단인 사람이 맡을 역할이지만, 이번 소집은 원탁 회의다. 일개 병졸 따위는 출입조차 허락받지 못한다. 그 역할을 할 수 있는 경계선상의 아슬아슬한 위치에 서 있던 그가 자동적으로 오게 된 것이다.

"옛날이었다면 기쁘게 엿보러 갔겠지만 말이지…."

트라이센군의 일각인 마법기사단은 여성만으로 구성된다. 명가 출신에 조신하고 아름다운 외모를 가진 사람이 많아서, 남자 냄새가 나기 마련인 군대 중에서도 절벽 위의 꽃처럼 여겨지는 부대였다. 그 남자가 오기 전까지는….

진은 초조해하며 기다릴 아버지의 얼굴을 떠올리며 무거운 발을 간신히 앞으로 움직여, 본부 안에 있는 클라이브의 방에 도착한다.

이곳에 도착하기까지 여성 기사들과 몇 번 마주쳤지만, 나름대로 지위가 높은 진에게 가볍게 인사를 할 뿐이었다. 옛날이었다면 그 자리에 멈춰 서서 척 하고 경례를 했을 텐데.

'애초에 뭔가 마음이 여기 없는 것 같단 말이지.'

눈에 빛이 없고 생기가 느껴지지 않는다고 해야 할까. 머리 한구석으로 그런 생각을 하며 진은 문을 노크한다. 한 박자 후 방 안에서 목소리가 들려왔다.

"음~? 잠그지 않았으니까 들어와도 돼~."

맑은 미성이기는 하지만 뭔가 넋 빠진 말투. 문을 열기 전에 다시한번 한숨을 쉬며 진은 문고리에 손을 가져간다.

"실례하겠습니다!"

기운차게 열린 문을 넘어서자 펼쳐진 것은, 향을 피웠는지 이질적인 냄새가 나는 어두운 방. 잠시 냄새를 맡는 것만으로도 '머리가 이상해질 것 같다'고 위험 감지가 발동하는 것을 느끼며 앞을 본다. 커튼은 닫혀 있고, 틈새로 약간 빛이 새어 들어오지만 충분한 광원은 아니다. 방 안쪽의 거대한 침대 위에서 구물구물 무언가가 움직이는 것 같은데, 진이 선 곳에서는 잘 보이지 않는다. 하지만 침대 밑에는 여자의 옷이 흩어져 있는 것이 싫어도 눈에 들어왔다.

"어라아? 내 부하가 아니잖아…. 너, 누구더라?"

어둠 속에서 그림자가 나타나 고개만 이쪽으로 돌린다. 키는 진과 마찬가지로 180센티미터 남짓. 척 보기에는 예쁘장한 남자라는 인상이지만 탄탄한 근육은 잘 단련된 티가 난다. 무엇보다도 인상적인 것은 마치 이상을 그림으로 그린 것 같은 절세의 미남이라는 점이다.

웬만한 시골이나 동네 처녀라면 웃기만 해도 마음을 빼앗을 수있을 것이다. 아니, 귀족도 예외는 아니겠지. 실제로 저기에 지금도 쓰러져 있으니까.

"철강기사단 부관 진 다르바입니다!"

"…아아~, 던 씨네 아들."

클라이브는 생각났다는 동작을 취한다.

"국왕께서 원탁 회의를 소집하셨습니다. 클라이브 장군, 서둘러 명을 받드시오!"

"귀찮네…. 나, 지금 무지 바쁘다고."

다시 클라이브의 그림자가 어둠 속으로 사라지고, 침대가 삐걱거리는 소리가 나기 시작한다. 그쯤 되자 진도 적당히 좀 했으면 싶어 짜증이 났지만, 이건 끈기 승부다. 아버지의 얼굴에 흙탕물을 끼얹는 짓은 할 수 없다.

"장표가 행해지고 있습니다. 의제에 대해서는 여기서 말씀드릴 수 없으나, 현재 표는 2대2로 나뉘었습니다."

꿈틀거림이 딱 멈춘다.

"…그거, 제안자가 누구야?"

"여기서는 말씀드릴 수 없습니다."

"음…."

어쩔 수 없네, 이렇게 말하고 싶은 듯 클라이브가 침대에서 일어난다.

"제안한 사람이 슈트라라면 좋겠는데~."

조화롭고 단정한 얼굴이 어둠 속에서 추하게 일그러진 것 같았다.

—켈빈 저택 지하 감옥

"이 녀석이 토해낸 정보는 그 정도로군요."

"…흐음, 트라이센이 마침내 움직였다는 건가."

어젯밤 내 저택을 감시하던 집단의 사령탑으로 여겨지는 남자를 붙잡는 데 성공한 우리는, 흑풍 때와 마찬가지로 세라의 흑마법으로 정보를 몽땅 토해내게 만들었다.

오토 군은 트라이센의 암부라는 조직에 소속된 대장 중 한 명인 것 같다. 그의 이야기에 따르면 트라이센의 군대는 다섯 개가 있고 장군, 부관, 대대장, 대장이라는 순서대로 서열이 존재한다. 오토 군의 부대는 소규모라고 한다. 뭐, 암살이나 스파이 행위를 하는 녀석이 떼로 올 리가 없지.

크리스토프 일당이 정말로 트라이센의 영웅이라고 생각하는지, 도적 두목이라고 단죄한 나나 토우야 일행을 부모의 원수처럼 원망했다.

말단이라지만 군대 내부의 대장 수준이 이 꼴이니, 아마 트라이센의 진실은 일부 상층부밖에 모를 것이다.

정보 제한이란 무섭군.

대강 정보를 들어낸 뒤에는 세라의 히프노시스(덧없는 꿈)를 강하게 걸어 지하에 급히 마련한 감옥에 휙. 길드장 리오에게 사건의 전말을 전달한 뒤 지금에 이르렀다.

"지금까지 흑풍과의 관계성을 부정하고 일을 크게 만들지 않으려던 트라이센이 암살을 계획했다고…. 이 건의 실질적인 흑막은 제1 왕자 아즈그라드 같은데, 정보가 아직 부족하군. …사실은 말일세, 요즘 트라이센 국경 부근을 중심으로 각지에서 크고 작은 움직임이 보이네."

"…그렇다면?"

"지금까지도 가운과 작은 분쟁은 몇 번 있었지만, 그래도 공공연히 드러나는 행동은 하지 않았네. 하물며 평화의 상징인 파즈나 식량 조달에 중요한 트라지에 대해서는 조심했겠지. 그런데 지금은 이웃 나라에 위력을 정찰하거나 노예를 조달하러 오다니… 뭔가 이유가 있어 내부가 온건파에서 과격파로 변화했는지도 모르네. 이대로는 트라이센이 침략 행위를 할 가능성도 있지."

"전쟁… 입니까."

"그래."

흑풍 사건이 발각된 이후 트라지, 델라미스, 가운은 협동해서 트라이센을 비난하고 규탄하기 시작했다.

트라이센은 모르쇠로 일관했지만 그러기에는 증거가 너무 많았다.

구석에 몰린 트라이센이 난처해진 김에 3국을 상대로 전쟁을 걸려는 것일까? 이성적으로 생각하면 그건 너무 무모한 것 같은데….

"지금 단계에서는 아직 나 개인의 예상에 지나지 않네. 하지만 충분히 조심하게. 이 녀석의 증언이 옳다면 켈빈 군도 또 표적이 될 가능성이 높아."

"…그렇겠네요. 명심하겠습니다."

어찌 되었건 경계해서 나쁠 건 없다. 리온이 쓸 장비도 서둘러 만들어야겠네.

"아, 그래, 그래. 켈빈 군에게 부탁하고 싶은 의뢰가 있었지."

"길드장의 특별 의뢰요? 오랜만이군요."

"아니, 이번에는 내 의뢰가 아니야. 수국 가운의 수왕(獸王), 레온하르트 가운 님의 의뢰일세."

리오는 품에서 담배를 꺼내는 것처럼 가볍게, 몹시도 호화로운 봉투를 꺼냈다.

—가운 영토 남동쪽 문장의 숲

"후우, 꽤 오래 달렸군. 여기에 엘프의 마을이 있는 건가."

이곳은 수국 가운 남동쪽, 트라이센과의 국경 근처의 깊은 삼림이 펼쳐진 녹음이 풍부한 장소다. 리오에게서 수왕 레온하르트의 편지를 받아 읽은 우리는 며칠간 준비 기간을 가진 끝에 이곳을 찾아왔다. 생각보다 시간은 별로 안 걸렸군. 지금 우리의 다리는 말보다 몇 배 빠르다.

그나저나, 문제의 편지 말인데, 내용은 몹시 간결했다. 레온하르트의 직필로 'S급 승격 시험 실시 안내'라고 적혀 있었던 것이다!

…거참, 솔직히 내용이 너무 예상 밖이라서 뒤집어졌다고. 묘하게 힘찬 글씨로 그런 게 적혀 있으니까. '아니, 왜 가운 국왕이 시험 편지를 보내는 거야'라고 그 자리에서 태클을 걸었을 정도다.

이것에 대해서는 리오가 보충해주었다. 우선 모험자 랭크 S급 승격에는 몇 가지 조건이 있다. 간단히 정리하자면 아래와 같다.

① A급 이상 의뢰를 10회 연속으로 성공

② S급에 해당하는 의뢰를 달성한 경험이 있음

③ 동대륙(東大陸) 2국의 국왕에게서 허가를 받음
(서대륙 소속일 경우에는 다른 조건)

④ S급 모험자 입회하에 승격 시험에 합격함

나의 경우 ①과 ②는 이미 달성했다. 문제는 ③과 ④다. 사실은
이 두 가지가 레온하르트의 편지와 관계가 있었다.

우선 ③은 리오가 미리 준비를 해줬는지, 트라지의 츠바키 님께
허가를 얻었다. 유일하게 면식이 있는 국왕이기 때문인지 츠바키
님은 흔쾌히 승낙해주셨다고 한다. 역시 연줄은 소중해.

하지만 ③을 달성하려면 또 한 국가의 국왕에게서 허가를 얻어야
만 한다. 트라이센은 현재 상황이 좋지 않으니 빼고, 남은 것은 수
국 가운과 신황국 델라미스. 바로 반응한 것은 가운의 왕 레온하르
트였다.

가운의 왕족은 10대에 무사 수행 여행을 떠나는 풍습이 있다는
데, 레온하르트 왕은 그때 모험자로서 생활해서 S급까지 승격했다
고 한다. 수행 여행을 마친 뒤 국내 최강의 사람을 선정하는 배틀
로열에서 훌륭히 우승해서 지금의 지위를 움켜쥐었다는 거다. 나도
남 말 할 수는 없지만, 꽤 터무니없는 경력이다. 그런 레온하르트
왕이 편지를 보내다니, 그 속마음은….

뭐, 요컨대 S급 모험자인 레온하르트 왕이 몸소 승격 시험에 입
회해준다고 한다. 모습은 보이지 않고 어디서 감시하고 있을 모양
이다. 왜 그렇게까지 하는지 신경은 쓰였지만, 리오의 말에 따르면
츠바키 님의 자랑이 레온하르트 왕의 귀에 들어갔기 때문이라고 한
다.

수국 가운은 강자를 칭송하는 국가이고, S급 모험자 후보는 쉽게
나타나지 않는다. 요컨대 흥미가 생긴 거겠지. 왕 자신이 시험관으

로서 내 힘을 지켜보려는 것이리라.

"…신기해요. 그리운 느낌이 들어요."

에필이 멍하니 숲의 나무들을 올려다본다.

"에필은 하프 엘프니까. 엘프의 피가 그렇게 만드는 것일지도. 이 숲은 마력이 짙기도 하고."

"하지만 이상하네. 엘프는 서대륙의 종족이 아니었어? 모험자나 상인인 외톨이 엘프는 가끔 보지만, 본거지인 마을은 동대륙에는 없다고 배웠는데?"

순수한 엘프는 폐쇄적이고 희귀한 종족이다. 세라가 기억하는 대로 이상한 녀석이 아닌 한 동대륙에서는 흔히 볼 수 없다.

"십여 년 전에 서대륙에서 이주한 엘프 마을이 있었대. 무슨 일이 있었는지는 모르지만 지금은 가운에서 보호하고 있다는군."

"흠, 그리고 그 새로운 엘프의 마을을 지키는 것이 이번 시험인가…."

레온하르트 왕의 편지에 적힌 시험, 그것은 엘프 마을에 출현한 정체불명의 몬스터를 토벌하는 것이었다. 전에 리오는 트라이센과의 국경선 부근에서 수많은 분쟁이 발생하고 있다고 했다. 이 엘프의 마을도 마찬가지라서 요즘 몬스터가 숲에 생겨났다고 한다.

E급이나 D급이 토벌할 수 있을 만한 몬스터는 전부터 출현했지만, 이 신종 몬스터는 B급 레벨의 몬스터를 데리고 엘프를 납치한다고 한다. 수준은 아마 S급 상당… 가운의 일반 병사들은 졸개 몬스터에게도 대항하지 못하고 고전하고 있다고 한다.

본래 왕이나 군 내부에서도 고위급인 자가 대처한다는데, 요즘은 몬스터가 흉포화한 영향도 있어 일손이 부족하다고 한다. 레온하르트 왕의 입장에서는 내 실력을 가늠할 수 있고 문제도 해결할 수 있으니 일석이조를 노리는 것이리라.

뭐, 나는 별로 상관없지만 말이지. S급과 싸울 기회는 좀처럼 없기도 하고.

"켈 오빠, 역시 그 트라이센이라는 나라랑 관계가 있는 것 아냐?"

"십중팔구 그렇겠지. 엘프는 늙지 않고 남녀 모두 아름다워. 노예로 삼으려고 하는 녀석이 있어도 이상할 게 없어."

"음, 왕처럼 말이로구먼."

"그래, 켈빈처럼 말이지!"

"네, 당신처럼."

이봐, 왜 다 같이 나를 보는 건데. 말해두지만 에필이 싫어할 짓은 안 해. 할 생각도 없어.

"켈 오빠, 엘프 모에였구나!"

"리온, 오해하지 마."

요즘 깨달았는데, 리온의 지식은 상당히 편향적이다.

'남매는 함께 목욕하는 법!'이라며 일상적으로 욕실에 돌입하기도 하고. 어쩌면 일부 만화나 소설에서 본 지식을 순수하게 믿고 있는 것일지도 모른다.

이런 건 오빠(가짜지만)인 내가 제대로 가르쳐줘야지!

마음속으로 결심하고 있을 때, 에필이 내 소매를 살짝 잡았다.

"괜찮아요, 주인님. 저는 주인님을 사모하고, 주인님의 노예로서 자부심을 가지고 있어요."

역시 에필은 천사였다.

◇　　◇　　◇

―문장의 숲 엘프 마을

엘프가 사는 숲, 이 주변에서는 '문장의 숲'이라 부른다는 그 숲은 이름과 같이 온갖 곳에 문장이 새겨져 있다. 감정안으로 보아하니 마법적인 결계의 역할을 하는 것 같다. 숲에 침입하는 외적에게서 몸을 지키기 위한 수단이겠지만, 우리에게도 효과를 발휘하는 게 문제다. 하늘에서 내려다보기도 했지만 시각적으로도 환영을 발생시켜 장소를 알아내지 못하도록 방해하고 있었다.

"감각성을 마법으로 강화하겠습니다."

"음… 이쪽이네!"

"아, 그렇구나…. 켈 오빠, 이 작은 새가 저쪽에 마을이 있대!"

"저쪽에서 그리운 기적이 느껴져요."

그런데, 메르피나의 보조마법을 걸고 세라가 감지 스킬을 쓰고 리온이 친해진 숲속 동물들에게 마을의 방향을 듣고 에필이 엘프로서의 감각을 따라가는 등, 찾을 방법은 충분하고도 넘칠 정도로 많다. 모두의 능력을 이용해서 나아가자 나무로 만든 망루와 담장이 보였다. 특별히 헤맬 것도 없이 마을에 도착한 것 같다.

일단 우리의 목적은 토벌인데, 만약 여기서 길을 잃기라도 하면 어떻게 할 생각이었던 거야…. 뭐, 이것도 시험 내용에 속하는 거겠지만.

참고로 유감스럽게도 지금까지 B급 이상으로 여겨지는 몬스터와는 마주치지 못했다.

"거기, 멈춰라!"

정면 문으로 다가가자 망루 위에서 외치는 소리가 들린다. 올려다보니 엘프 세 명이 화살을 메긴 활을 이쪽으로 향하고 있었다.

"이 숲은 결계가 수호하고 있다! 길을 잃은 게 아닐 텐데, 너희는 대체 누구냐!"

"레온하르트 왕의 명령을 받고서 왔습니다. 모험자 켈빈이라고 합니다."

"구, 국왕 전하의 명령이라고?!"

엘프들이 당황한다.

"이게 소개장입니다. 확인하시죠."

나는 리오에게서 받은 레온하르트의 소개장을 들고 녹마법으로 산들바람을 일으켜 엘프에게로 전해준다.

"자, 잠깐! 장로님을 모셔오겠다! 잠시 그 자리에서 대기해라!"

"알겠습니다."

단숨에 장로에게까지 이야기가 전해지는 건가. 역시 가운 국왕의 소개장, 효과가 뛰어나군. 뭐, 아직 남은 엘프들이 활을 놓지 않는 게 신경 쓰이긴 하지만. 몬스터가 출현해서 신경이 날카로운지도 모르지.

"…기다리게 해서 죄송합니다. 당신들을 손님으로 맞이하겠습니다. 무례를 범해서 죄송합니다. 문을 열어라!"

덜컹덜컹 하고 목제 문이 올라간다. 우리가 문 안으로 들어가자 마을 광장으로 여겨지는 장소에 수많은 엘프들이 모여 있었다. 나이 든 사람은 없이 모두 젊고 아름답다. 그 선두에 한 엘프 남성이 서 있다. 이 엘프가 장로일까? 당연히 겉보기에는 젊은이 같다.

"먼 땅에서 잘 오셨습니다. 이 엘프 마을의 장로를 맡고 있는 넬라스라고 합니다."

역시 장로인 모양이다.

"켈빈입니다. 이번에 찾아뵌 것은⋯."

간단하게 인사를 하고 자기소개를 마친다.

─사건은, 순서대로 소개를 하고 에필 차례가 되었을 때 일어났다.

덜컹!

"마, 말도 안 돼⋯?!"

"장로님? 왜 그러시죠?"

에필을 본 넬라스가 기겁을 하며 쓰러져버린 것이다. 전원은 아니었지만 주위 엘프 몇 명도 몹시 놀란 것 같다.

"루, 루밀⋯. 네가, 어떻게 살아서⋯?!"

⋯누구?

─엘프 마을 장로의 집

아까는 기겁을 하던 넬라스였지만, 그 후 바로 진정하고 그 자리에서 집회를 해산했다. 그 후 우리는 엘프 장로인 넬라스의 집으로 초대받아 다시 여기서 이야기를 재개하게 되었다.

방 소파에 앉자 급사 여성이 홍차로 보이는 음료를 가져다주었다. 지금까지 맡아본 적이 없는 향기로군. 무슨 차지?

『이 숲에서 채취되는 약초 몇 종류를 달인 것이로군요. 향기로 짐작하건대 마력을 풍부하게 머금은 고급품을 사용한 것 같습니다.』

내 의문에 메르피나 선생님이 즉시 대답해주었다. 향기만으로 판별하다니, 늘 그렇지만 역시 대단하다.

흠… 우리에게 이런 고급품을 내주는 걸 보면, 적어도 환영은 하는 것 같다. 그렇다면 아까는 대체 왜 그렇게 놀란 것일까?

"쿀빈 님, 아까는 대단히 실례했습니다…."

"아뇨, 에필도 신경 쓰지 않으니 괜찮습니다. 그보다…."

"알고 있습니다. 제가 경악한 이유를 알고 싶으신 거군요."

"괜찮다면, 여쭤봐도 될까요?"

넬라스는 고개를 조금 숙이고 나와 에필을 번갈아 바라본다.

"…네. 말씀드리지요. 국왕 전하의 의뢰와는 직접적인 관계가 없지만, 그쪽 소녀에게는 대단히 중요한 일일 테니까요."

"저에게…?"

에필이 무릎 위에서 꽉 주먹을 움켜쥐는 것이 보였다.

"그건, 아직 우리의 보금자리가 서대륙이던 시절의 일입니다…."

장로의 이야기는 20년 전쯤으로 거슬러 올라간다. 엘프들은 서대륙의 어떤 숲 깊은 곳에서 평온하게 살고 있었다. 이 문장의 숲과 마찬가지로 결계를 겹겹이 쳤기 때문에, 바깥 세계와 접점도 거의 없었다고 한다.

엘프 중에는 나서서 바깥으로 나가는 사람도 있었지만, 대부분은 마을을 떠나지 않는다. 엘프는 희귀한 종족이고 외모가 대단히 아름다워서 과거에 다른 종족의 사냥감이 되는 경우가 빈번히 있었기 때문이다. 엘프가 폐쇄적인 종족이 된 것도 그 때문이라, 지금은 수인족만이 교우 관계를 유지하고 있다.

그런 엘프들이 왜 동대륙에까지 몸을 의탁할 필요가 있었을까? 그 원인이 된 것은 용이었다. 그것도 평범한 용이 아니다. 위대한 용족의 왕 중 하나인 '화룡왕'이다. 사룡과는 비교할 수 없을 정도로 강한, S급 중에서도 최상급의 존재라고 전해진다.

화룡왕은 숲에서 멀리 떨어진 화산구에 둥지를 튼다. 본래 엘프와 접촉할 기회는 전혀 없지만, 그날은 달랐다. 매우 맑고 날씨가 좋은 날이었다. 나무들이 높이 자란 엘프의 마을에도 햇빛이 쏟아지는 대단히 따스한 한낮. 갑자기 커다란 그림자가 마을 중앙에 드리웠다.

마을 사람들은 처음에 구름이 낀 줄로만 알았지만, 서서히 팽창해서 퍼지는 그림자를 수상쩍게 생각하기 시작했다. 결정적이었던 것은 나무들이 픽픽 쓰러지기 시작한 것이었다. 숲에 친 결계 등도 아랑곳없이, 거대한 나무를 결계째로 쓰러트리며 붉고 거대한 몸의 주인이 마을에 나타났다.

"…나에게 치욕을 준 엘프를 내놓아라. 그렇지 않으면 숲을 잿더미로 만들겠다."

그 자리에 있던 엘프들은 멍해졌다. 너무나 갑작스러운 사건이었기에 이해를 못 했던 것이리라. 그저 붉은 용을 바라볼 수밖에 없었다. 가장 불행했던 것은 용과 가장 가까운 곳에 있던 엘프였다. 다음 순간에는 용에게 잡아먹히고 말았으니까. 자신이 잡아먹혔다는 것도 인식하지 못했으리라.

"으, 으아아아아아아악!"

그다음부터는 그야말로 지옥 그 자체였다.

숲이 불타고 엘프들이 도망쳤다. 용은 여자건 아이들이건 관계없이 엘프를 잡아먹고, 도망친 사람도 활활 타는 불에 삼켜졌다.

사태가 수습되기 시작한 것은 마을 인구가 4분의 1로 줄어들어버릴 무렵이었다. 한 엘프 여자가 용 앞에 서서 이렇게 말했다.

"당신의 분노를 부디 제게 돌려주십시오. 그 대신 다른 사람들을 놓아주시지 않겠습니까?"

용을 앞에 두고도 주눅 들지 않는 여자는 엘프 중에서도 특별히 아름답고 상냥한 사람이었다. 분노에 몸을 맡겼던 용도 그 모습을 보고 이성을 되찾았는지, 파괴 행위를 멈춘다.

"너는 내가 찾는 엘프가 아니다. 허나 너는 이종족인 내가 보기에도 아름답군…. 좋다, 네가 내 신부가 되겠다면 치욕에 대해서는 잊어주마."

고등한 용족은 인간화하는 방법을 안다.

그것은 즉, 이종족에게 아이를 낳게 할 수 있다는 뜻이다. 화룡왕이 무엇에 분노하고 있었는지는 불확실하지만 화해안으로서 제시된 것이 그것이었다.

"…알겠습니다. 하지만 부디 가족과 작별 인사를 나누게 해주세요.”

“좋다. 오늘 밤 다시 너를 맞이하러 오마. 그때까지 인사를 마쳐
둬라. …알고 있겠지만, 도망쳐도 소용없다.”

그런 말을 남기고 용은 하늘로 날아갔다.

모습이 보이지 않게 될 때까지 여자는 눈을 떼지 않았지만, 완전
히 떠난 것을 확인하고 울며 그 자리에 쓰러졌다고 했다.

여자는 아직 젊고 곧 결혼을 앞두고 있었다. 애초에, 그 결혼 상
대인 남자는 이미 용의 배 속에 들어가버렸지만….

당시의 장로도 이 소동으로 죽어, 아들인 넬라스가 새로운 장로
로 취임하게 되었다.

보통은 새 장로의 취임 축하연도 열리지만 그럴 상황이 아니었
다. 앞으로 일족의 방침, 용의 신부가 될 여자를 감시하는 일 등 괴
로운 결단을 내려야 할 때도 많았다고 한다.

감시 속에서 여자는 살아남은 가족과 짧은 시간을 보내고 밤을
맞이했다.

약속한 시간, 용은 홀연히 정적 속에 나타났다. 여자의 얼굴에 더
이상 눈물은 없었다. 그저 용이 날아오르기 전에 이런 말 한 마디를
남겼다고 했다.

“저는 이제 잊어주세요.”

그리고 몇 년이 지났을 무렵, 여자의 시체가 숲 한쪽에서 발견되
었다. 엘프들은 용이 두려워 고향을 버리고 서대륙에서 도망치기로
결단, 일족의 생존자를 모아서 동대륙의 수국 가운을 찾아 신천지
로 향했다.

◇　　◇　　◇

"…이게 우리 일족이 동대륙으로 건너간 경위입니다. 용이 마을을 습격한 이유는 끝내 알 수 없었고, 용이 찾던 엘프에 대해서도 판명되지 않았습니다."

무거운 분위기가 방 안을 지배한다.

"혹시, 그 신부가 된 여자라는 게?"

"네, 그녀의 이름은 루밀. 제가 에필 씨로 착각한 엘프입니다."

음, 내 예상이 틀리지 않다면 혹시 그 사람이 에필의 어머니인 게… 아니, 그게 문제가 아니라 아버지는 화룡왕?!

『아뇨, 그럴 리는 없습니다. 하프 엘프는 인간과 엘프 사이에만 탄생합니다. 상대가 용이라면 피가 너무 짙습니다.』

『그, 그런가….』

안심이 되는 것 같기도 하고, 수수께끼만 더 깊어진 것 같기도 하고…. 그러고 보니 에필은 처음 만났을 때부터 '화룡왕의 저주'를 가지고 있었다. 지금은 반전시켜서 가호가 되었지만 이 저주 때문에 에필은 불우한 시절을 보냈다.

…생각하기에 따라서는 그 덕분에 우리가 만났다고 할 수도 있겠지만. 아니, 그보다 에필은 괜찮을까?! 충격을 받지는 않았나?!

"저도 루밀과 아는 사이였습니다. 그리고 그녀가 죽은 것을 제 눈으로 보았습니다…. 에필 씨, 대단히 말씀드리기 어려운 일이지만…."

"아뇨, 제가 철이 들 무렵에는 아버지도, 어머니도 없었고 기억나지도 않아요. 그러니 넬라스 님이 걱정하실 필요는 없습니다. 저에게는 주인님과 동료들이 있으니까요."

에필이 내 어깨에 머리를 얹는다.

…걱정할 필요 없었나?

"아무래도 믿을 수 있는 분을 만난 것 같군요. 동족으로서 축하드립니다."

"아, 아뇨, 저와 주인님은 그런 관계가….."

흔치 않게 에필이 당황한다. 뒤에서는 세라와 메르피나가 눈을 반짝이고 있어서 저는 아무 말도 할 수가 없습니다, 네.

어머니 쪽뿐이기는 하지만, 에필의 출생에 대해 알 수 있게 된 것은 예상 밖의 수확이었다. 하지만 우리가 이곳에 온 목적은 어디까지나 마을을 방어하는 것, 슬슬 본래의 목적을 수행하도록 하자.

"장로님, 마을 주변 지도가 있나요?"

"지도 말입니까? 네, 있고말고요."

장로가 급사 여성에게 지도를 준비하라고 지시를 내린다. 여성은 황급히 방에서 나갔다. 별로 그렇게까지 서두르지 않아도 되는데.

"의뢰의 정보에 따르면 신종 몬스터는 부하를 데리고 엘프들을 납치한다고 들었습니다."

"네. 숲에는 방향 감각을 잃게 만드는 결계를 엄중히 쳐두었는데, 부끄럽게도 몬스터들은 마을 위치를 정확하게 파악하고 있는 것 같아서요….."

뭐, 그런 결계라면 스킬 운용에 따라서는 어떻게 하긴 쉬우니까

…. 우리도 돌파할 수 있었던 것이 무엇보다도 큰 증거다. 몬스터에게도 가능하긴 할 것이다.

"몬스터 습격은 지금까지 세 번 있었습니다. 신기하게도 몬스터들은 이쪽에서 공격하지 않는 한 우리를 습격하지 않습니다. 그 대신 엘프를 몇 명 붙잡아 그대로 어딘가로 돌아갑니다."

"…몬스터치고는 조직적이네요."

쓸데없이 손을 대지 않으면 살생은 하지 않는다. 목적은 엘프를 납치하는 것뿐이라는 건가.

"물론 저항은 했습니다. 하지만 우리 힘으로는 부하 몬스터들에게도 공격이 전혀 통하지 않았습니다. 가운이 파견한 병사들도 마찬가지라서…. 우리가 할 수 있는 일은 쓸데없는 희생자가 나오지 않도록 그저 악마가 지나가기를 기다리는 것뿐…."

이대로 있다가는 또 마을을 버리게 된다. 장로는 그렇게 말하지는 않았지만, 벌써 그 결단이 눈앞에 닥쳐온 단계일 것이다.

"장로, 안심해라. 그걸 저지하기 위해 우리가 있으니."

"그렇고말고요. 우리가 반드시 당신들을 지키겠습니다."

"나랑 알렉스도 노력할게!"

"윙!"

믿음직한 내 동료들은 의욕 충만. 이게 에필과 인연이 있는 땅이라는 것도 원인이겠지. 뭐, 나도 마찬가지지만.

"하하하, 장로님, 제 동료들도 사기가 충만해요. 그래서 말인데, 이 마을을 조금 개조하는 걸 허가해주셨으면 좋겠는데요."

"개조… 라고요? 맞서 싸우기 위한 덫이라도 설치하실 겁니까?"

"뭐, 그 비슷한 거예요. 허가만 해주시면 몬스터들이 당신들에게 손가락 하나 댈 수 없게 만들겠다고 약속하겠습니다."

"…어느 쪽이든 이대로 있다가는 쓸데없는 희생자만 늘어나겠지
요. 알겠습니다. 켈빈 님의 말씀대로 하지요."

"감사합니다."

좋아, 허가를 받았다. 이제부터 조금 바빠질 것 같다.

—문장의 숲 엘프 마을

"장로님, 모험자님의 지시대로 했는데요…."

"케, 켈빈 님, 이건 대체?"

우리가 행동을 시작한 지 한나절, 엘프 마을의 대개조가 끝났다.
내 생각에도 훌륭한 것 같다. 장로나 엘프들도 감동해서 떨고 있는
모양이다.

"다음 몬스터 습격 대비책이에요. 생각한 것 이상으로 잘되었다
고 자부합니다. 설명은… 음, 메르, 부탁해도 돼?"

"알겠습니다. 주제넘지만, 제가 설명하겠습니다."

메르피나가 생글생글 웃으며 흔쾌히 앞으로 나선다.

아까 엘프 향토 요리를 음식에 깔릴 정도로 몇 그릇이나 먹어서
인지 기분이 좋아 보인다. 지금은 완전히 먹보 캐릭터가 되어버렸
군. 여행 초반에 그녀를 소환하는 데 성공했다면 우리 파티는 재정
난에 빠졌을 것이다. 최근에야 성공한 게 정말 다행스럽다….

"일단 마을을 둘러싸고 있던 목제 방벽, 이것으로는 B급 몬스터
침공을 전혀 막을 수 없습니다. 덤으로 방벽 높이도 부족했습니다."

장로에게서 몬스터 이야기를 자세히 들어보니, 대부분은 사이클롭스나 오거 등 거인 계열 몬스터라고 했다. 현재의 방벽은 강도도, 고도도 부족하다. 실제로 지난번 침공 때의 흔적이 여기저기 보였다.

"그래서 현재의 방벽 바깥쪽에 녹마법으로 새로운 방벽을 만들었습니다. 고도는 세 배, A급 몬스터가 공격해도 꿈쩍도 하지 않습니다. 이 흑벽(黑壁)은 안쪽 계단을 통해 올라갈 수 있고, 꼭대기에서 활이나 마법을 쏠 수도 있습니다. 나아가 벽 바깥쪽은 해자로 덮여 있어, 정문에 걸린 다리로만 건널 수 있습니다. 참고로 이 다리도 방벽과 같은 소재입니다. 당연히 해자의 물은 보통 물이 아니니, 절대로 만지지 않도록 주의하세요. 죽을 수도 있으니까요…."

"네, 네에…."

"아, 일이 끝나면 본래대로 되돌릴 테니 안심하시길. 환경에 영향도 없습니다."

요컨대 내 아다만 램퍼트로 마을을 둘러싸고, 메르피나가 생성한 해자의 물에 세라의 흑마법을 건 것뿐이다. 뭐, 이건 어디까지나 보험이다. 실제로 몬스터가 다가오게 둘 생각은 조금도 없다.

"그, 그럼, 이 망루는… 망루지요, 이건?"

"네, 조금 높지만."

장로가 떨리는 손으로 마을 광장에 건설한, 에필을 위한 특제 망루를 가리킨다. 이것도 아다만 램퍼트를 응용해서 건조한, 방벽보다도 더 높은 망루다. 거의 탑이라고 불러야 할까. 그나저나 아다만 램퍼트는 편리하군. 벽 같은 것이라면 기본적으로 뭐든 만들 수 있을 것 같다.

"이쪽은 에필 전용의 활 쏘는 망루입니다. 제 청마법, 폴스 포그 (허위의 안개)의 효과로 방벽 밖에서는 망루를 볼 수 없게 만들었습니다. 본래 마을에는 환영 계열 결계가 쳐져 있으니, 효과가 두 배겠죠♪"

"하, 하하하…. 허, 허나 망루가 이렇게 높으면, 아무리 그래도 조준을 할 수 없지 않을까요? 궁술에 능숙한 우리 엘프들도 이건……."

"전혀 문제 되지 않습니다. 후방 지원은 맡겨주세요."

"에필이 이렇게 말하니까 괜찮습니다. 시험 삼아 쏜 화살도 백발백중이었고요."

숲속을 얼쩡거리던 토끼 형태 몬스터와 나무에 열린 과실을 보여준다. 몬스터의 미간, 과실 한가운데를 화살이 꿰뚫었다. 당연히 이 망루에서 에필이 쏜 것이다.

오오…! 하고 주위 엘프들이 감탄했다.

"몬스터가 습격할 때에는 저와 에필이 이 망루에서 전투 구역 전역을 지원하겠습니다. 제라르가 다리를 방어하고 세라, 메르, 리온, 알렉스가 방벽 밖에서 맞서 싸우는 것을 담당합니다."

클로토는 만약의 때를 대비한 비장의 카드다. 상황에 따라 각 장소에 직접 소환해서 유격하게 할 것이다.

"아, 그리고 혹시 모르니 골렘을 몇 마리 설치해둘까요. A급 몬스터 정도의 실력은 있으니 어쨌든 도움이 될…."

"…켈빈 니이이임…!"

"네, 네?"

장로가 갑자기 내 손을 양손으로 붙잡았다. 뭐지?!

"당신은 정말로 이 마을의 구세주 아니십니까?! 아니, 틀림없이 그렇겠지요! 오오, 레온하르트 님! 켈빈 님을 보내주셔서 감사합니다! 다들 오늘 밤은 연회다!"

""""오오…!""""

완전히 침울하던 엘프 마을에 활기가 돌아왔다… 고 말하면 좋을까. 그나저나 장로님, 너무 흥분한 것 아닌가.

엘프들에게서 최대한의 환대를 받았으니 남은 건 이 마을을 지키는 것뿐. 아마도 이 일에 얽혀 있을 트라이센이 엘프 마을을 어지럽힌 죄를 뉘우치게 해주겠어.

—문장의 숲 동쪽 끝

한밤중, 문장의 숲은 정적에 잠겨 있었다. 본래 숲에 사는 몬스터도 태반은 주행성(주4)이라 이런 시간에 활동하는 경우는 별로 없다.

하지만 그런 숲에 이단적인 몬스터들이 있었다. 나무들의 높이에 필적하는 거대한 몸체를 갖고 있으면서도 야생에서는 볼 수 없는 통솔된 움직임을 하는…. 그것은 그야말로 몬스터로 구성된 군대였다.

"부관님, 준비가 끝났습니다."

쓰러진 나무에 앉은 장년층 남자에게 그 부하로 보이는 젊은이가 경례한다. 양자 모두 허리에 채찍을 장착하고 있었다. 공격에도 사용하지만 주요 용도는 동물의 버릇을 들이기 위한 것. 조련사가 흔히 사용하는 무기이다.

주4) 주행성: 晝行性. 동물이 주로 낮에 활동하는 것.

"생각보다 빨랐군."

"당연하지요. 오늘로 침공도 네 번째, 이제 아인종(亞人種) 놈들을 일소할 수 있잖습니까! 가운 녀석들을 유인하기 위해서라지만, 찔끔찔끔 납치하는 것도 다들 지겨워하던 참입니다. 부관님도 그러시죠?"

젊은이가 히죽 입을 일그러트리며 웃는다.

트라이센은 인간족 지상주의다. 국민은 어린 시절부터 그렇게 교육받아와 노예인 아인종들을 벌레처럼 다뤄왔다. 이 젊은이도 예외가 아니라, 몬스터나 아인종을 사역하는 '혼성마수단'에 자발적으로 지원했다. 젊은 나이에 대대장까지 승진한 유망주다.

"그래. 하지만 저항하지 않는 엘프 놈들은 웃기는군. 그 녀석들, 정말로 저항하지 않으면 죽지는 않을 거라고 생각하는 거겠지."

"거참, 결국은 인체 실험이나 병사들의 기운을 발산시키기 위한 도구로 쓰일 텐데…. 아, 저는 아인종을 상대하기는 싫으니까요."

"너는 귀족 출신이었나. 그러지 말고 한 번 시험해봐라. 꽤 괜찮다고."

"사양하죠. 그보다 제가 사역하는 몬스터와 같은 침상에 집어넣는 게 재미있을 것 같습니다."

"정말이지, 너도 취향 한번 특이하군…."

구름에 숨어 있던 달이 고개를 내민다. 달빛이 어렴풋이 주위를 비춰, 문장의 숲에 집결한 세력이 모습을 드러냈다. 수가 천을 훌쩍 넘는 그들은 모두 B급 이상의 몬스터였다. 그것도 장로가 말한 거인족만이 아니라 온갖 종족 몬스터들이다.

혼성마수단에 소속된 인간은 500명도 되지 않아 트라이센 군대에서 가장 적다. 하지만 그 500명은 모두 직업이 조련사로서, 부하인 몬스터를 사역한다. 조련사들은 몬스터나 노예에 대한 애정이 없고 단순한 병기로서 다루기 때문에, 가장 대체하기 쉬운 부대로서 최전선에 서는 역할을 한다. 희생을 꺼리지 않는 몬스터의 진격으로 대전 시대에는 상대국을 공포의 나락에 빠트렸다.

이 자리에는 무려 혼성마수단의 반수에 이르는 병사가 집결해서, 부관을 필두로 다음 전투에 대비하고 있었다.

"가운에 충분히 정보를 준 다음, 토벌하러 온 군대를 친다는 작전을 고안한 건 트리스탄 장군이지. 세 번째에 간신히 가운 군대가 왔지만, 결국 그 녀석들은 말단 부대다. 아마 다음에 오는 녀석들이 진짜겠지. 뭐, 없으면 없는 대로 여유롭게 엘프를 손에 넣으면 되고."

"이 전력이라면 수왕이나 그 자식들이 와도 이길 수 있을 겁니다. 부관님의 그것도 있으니까요."

"……."

장년층 남자의 뒤에 무릎을 꿇은 한층 커다란 거인. 그 굵은 목에는 고대 문자가 그려진 목걸이가 채워져 있었다.

"장군님은 이 목걸이를 어디서 손에 넣은 걸까요? 덕분에 몬스터 포획이 편해지긴 했지만요."

"이건 소문인데, 얼마 전 왕성에 출입하는 상인에게서 샀다더군. 어떤 녀석인지는 몰라도 이걸 장착하기만 해도 몬스터가 얌전해지니 엄청난 매직 아이템이야. 이 특별제 목걸이는 무려 S급에게도 효과가 있다고."

"특별제는 전부 세 개였던가요? 그중 하나는 아즈그라드 왕자에게 헌상했다던데…."

"아깝군. 그것만 있어도 부대를 얼마만큼 강화할 수 있을지 모르는데. 뭐, 장군이 하는 일이니 뭔가 생각이 있겠지. 왕자에게 선심을 쓰고 이득을 얻으려는 것일지도."

"선심이라고요?"

"예를 들자면 그렇다는 거야…. 자, 슬슬 시간이 됐다. 너는 제4부대를 이끌고 정면으로 먼저 가라. 후발 부대로 대대장 딜에게 제5부대를 인솔해 보내겠다."

"부관님은?"

"나는 상황을 지켜보겠다. …그럼 유린을 개시한다."

부관은 높이 치켜든 팔을 마을 방향을 향해 휘둘러 내린다. 땅울림 소리를 내며 마수 군대가 행동을 개시했다.

―문장의 숲

제4부대는 숲 중턱에 접어든다. 비행 계열 몬스터를 끊임없이 척후로 내보내고 있지만, 아직까지 가운의 군대가 있는 기척은 없다.

"대대장님, 아무래도 겁쟁이 가운 놈들은 없는 것 같네요. 혹시 우리가 무서워서 도망친 게 아닐까요?"

"그래, 이렇게 큰 소리를 내며 행군하고 있으니 모를 리가 없을 텐데… 그 녀석들은 비겁하니까 복병에 주의하면서 진군하자고!"

부대의 가장 후방에서 병사들의 웃음이 폭발한다. 긴장감이 없는 것은 조련사인 그들이 진의 후방, 요컨대 안전권에 있기 때문일까. 아니면 강력한 몬스터들이 최전선에서 단단히 수비하면서 진군하고 있기 때문일까…. 설령 그렇다 해도 전장에 절대적인 안전이란 없는 법이지만, 그들은 신경 쓰지 않고 계속 진군한다. 킬 존의 경계선을 넘어선 것도 모르고….

"으악?!"

갑자기 대대장 앞쪽에서 몬스터를 타고 있던 병사가 위를 보고 쓰러졌다.

"왜 그러나?!"

"모, 모르겠습니다! 갑자기 이 녀석이 쓰러져서…."

주위에 있던 병사들이 쓰러진 자를 일으키려고 달려가지만….

"이봐… 히익!"

남자의 미간에 작은 구멍이 뚫려 있었다. 바로 조금 전까지 무언가가 꽂혀 있던 것처럼 또렷한 구멍이. 거기에서 새빨간 피가 줄줄 흘러나온다. 문외한의 눈으로 보아도 그는 죽은 뒤였다.

"이, 이건 화살 자국인가?"

"말도 안 돼. 화살이 바람을 가르는 소리조차 안 들렸다고! 무엇보다도, 척후로 나가 있는 몬스터들도 아직 반응이 없어! 엘프 마을도 아직 한참 먼 거리인데!"

"하지만, 실제로 이 녀석은…."

"으아악!"

조금 떨어진 부대에서 단말마의 비명이 들린다. 아무래도 다음 희생자가 나오고 만 것 같다.

"적습이다! 적습이다!"

"몬스터를 벽 삼아 몸을 지켜라! 적은 보이지 않는 공격을 한다!"

조금 전과 분위기가 확 달라져서 부대는 혼란에 빠져든다. 병사들은 몬스터나 나무들을 방패로 삼아 몸을 숨겼지만, 조금이라도 머리가 드러나면 즉시 사살당했다.

"이런 공격은 지금까지 한 번도 없었는데…! 이런 와중에 엘프 마을까지 진군한다는 거야? 말도 안 돼…!"

슬금슬금 앞으로 걸어 나가지만, 정체불명의 공격은 쉴 새 없이 쏟아진다. 대대장인 젊은이의 얼굴은 점점 창백해졌다.

─엘프의 마을, 활 쏘는 망루

"에필, 다음에는 트롤 뒤에 숨은 저 녀석이야."

"알겠습니다."

"저 계급이 높아 보이는 남자는 나중에. 잡아서 이것저것 정보를 얻겠어."

트라이센의 부대가 에필의 사정 범위에 들어온 지 몇 분이 지나, 나는 에필의 '천리안'을 빌려 침입자를 공격하기 시작했다.

보아하니 인간 병사는 모두 조련사다. 몬스터를 전면에 들이밀어 힘으로 밀어버리는 작전일 것이다. 그렇다면 뒤에 있는 조련사를 먼저 쓰러트리면 부대는 자연스럽게 와해된다. 쓰러진 조련사는 부하 몬스터에 대한 지배가 끊기기 때문이다. 트라이센의 병사들이 부하 몬스터를 애정 깊은 감정으로 접한다면 또 다른 전략을 택해야 했겠지만, 뭐, 저 녀석들이 그럴 리는 없다.

"그 화살도 문제가 없어 보이는군."

"네. 마력을 담으면 어디까지라도 닿을 것 같습니다. 게다가 활 소리도 전혀 나지 않아요."

에필에게 새로 선물한 활은 은밀용이다.

'은궁(隱弓) 머실레스(merciless)'는 마력을 담으면 화살이 생성되고, 그 마력에 비례해서 비거리가 늘어난다. 무엇보다도 특징적인 것은 활을 당기는 소리, 쏘는 소리가 전혀 들리지 않고 쏜 화살에 은폐 효과가 걸리는 것이리라. 효과는 화살이 맞을 때까지 지속되고, 맞으면 바로 화살이 사라진다. 증거가 아무것도 남지 않는 무시무시한 활이다.

『침입자를 확인했다. 각자 얻은 정보는 즉시 네트워크에 갱신해 두지.』

장로에게서 받은 숲의 지도로 주위 토지 정보는 이미 파악했다. 이제 적의 위치만 적어 넣으면 된다. '병렬 사고'가 있으면 지시를 내리면서 실시간으로 갱신할 수 있다.

『음. 다들, 내 몫까지 힘을 내라.』

『알았어! 제라르는 나설 자리가 없으니까 누워서 기다려!』

『세라, 다 죽이면 안 됩니다.』

『그래, 그래. 메르 언니 말이 맞아. 높아 보이는 사람은 붙잡으라고 했지?』

『가능하다면. 목적은 어디까지나 마을을 방어하는 거야. 숲을 지나치게 어지럽히는 행위도 금지야.』

세라 일행도 숲으로 들어가 흩어지기 시작한 것 같군. 좋아.

『그럼, 유린을 시작할까.』

─문장의 숲

나는 나무들 사이를 달려 곡예사처럼 가볍게 목적지로 향했다.

'음, 맵에 따르면 이 앞에 적이 있는 것 같네.'

에필 언니의 천리안으로 아까 확인한 적의 위치는, 이미 부하 네트워크의 맵 위에 표시되고 있다. 나는 일직선으로 그 장소로 향한다.

『내 쪽은 슬슬 도착할 것 같아. 세라 언니랑 메르 언니는?』

『나도 슬슬 도착… 뭐야, 메르피나, 너 벌써 전투 중이야?!』

세라 언니의 말을 듣고 황급히 맵을 확인한다. 확실히 메르 언니의 마커는 적진지 한가운데에 있었다.

『네, 절찬 교전 중입니다. 1등은 제가 접수했습니다.』

『아, 진짜! 내 몫도 남겨둬!』

『보장은 못 하겠네요.』

세라 언니는 상당히 분해 보인다. 요즘 어째서인지 메르 언니를 라이벌 취급하는 것 같은데, 무슨 일 있었나?

『알렉스, 여기서 또 활약하면 켈 오빠도 우리 힘을 인정해줄 거야. 열심히 하자!』

『웡!』

내 그림자에 숨어 있는 알렉스가 기운차게 대답해주었다.

알렉스의 고유 스킬 '그림자 이동'은 그림자에서 그림자로 이동해서 머물 수 있다. 그림자 속이 어떤 상태인지는 모르지만, 계속 내 그림자 속에 있는 걸 보니 의외로 기분이 좋은 걸까?

알렉스와 나를 비교하면 내 쪽이 민첩도가 높다. 그래서 이번에는 적진지에 도착할 때까지 알렉스더러 내 그림자 속에 숨으라고 하고, 전속력으로 향하고 있다.

…메르 언니한테는 졌지만.

『리온, 켈빈의 정보에 따르면 몬스터는 B급 레벨이래. 지금 실력이라면 문제없겠지만, 절대로 무리하면 안 돼!』

『그래요. 자칭 중급자가 제일 위험하니까요.』

『아이, 참, 둘 다 걱정이 지나쳐!』

걱정해주는 건 굉장히 기쁘지만, 어린애 취급은 말아줬으면 좋겠는데. 에필 언니랑은 두 살밖에 차이가 안 나고.

…가슴은 완패지만.

이러면 안 된다. 이상한 방향으로 부정적인 생각을 하다니.

그래, 여자의 가치는 가슴의 크기에만 있는 게 아니야. 켈 오빠도 아마 그렇게 생각할 거야! 게다가 나도 아직 성장기고 매일 우유도 마시고 있고, 전생에 비해 건강한 생활을 하고 있어. 응, 아직 기회는 있어!

좋아, 그럭저럭 마음을 가다듬었다.

『우우우…!』

『응, 그래. 이제 보여.』

알렉스가 경계 태세에 들어간 것 같다. 나도 눈앞의 상황에 집중하자.

귀를 기울이자 정적에 잠겨 있던 숲 안쪽에서 소리가 들려왔다.

나는 속도를 더 올려 단숨에 나무들 사이를 달려갔다.

몬스터의 무리가 보이기 시작한다. 장로님은 거인들뿐이라고 했는데, 큰 도마뱀이나 나무에 의태한 기묘한 몬스터 등 다양한 종류가 있다. 더 안쪽에서는 인간의 목소리 같은 소리도 들리는데, 여기서는 안 보인다.

군데군데 거대한 새나 박쥐가 지면에 누워 있는 것은, 에필 언니가 쏘아 떨어트린 걸까. 하늘에서는 더 이상 무언가가 날아다니는 듯한 모습을 볼 수 없다.

게다가 동료인 몬스터끼리 서로 싸우는 것도 보인다. 분열이 일어난 걸까?

"주인인 조련사가 쓰러져서 그 부하 몬스터를 컨트롤할 수 없게 된 겁니다."

"아, 메르 언니."

장엄한 창을 한 손에 들고 아름다운 푸른빛 갑옷을 입은 메르 언니가 난투 중인 몬스터 무리 사이에서 걸어 나왔다. 싸우고 있었는데도 메르 언니의 장비에는 상대의 피나 먼지 한 점 묻지 않았다.

단지, 창끝에 무언가가 대롱대롱 매달려 있는데….

"그게 뭐야? 주웠어?"

"이것 말인가요?"

메르 언니가 창을 높이 치켜들어 보여주었다. 아, 모르는 사람이 목이 졸린 상태로 매달려 있다.

"이 부대 사령관, 대대장 분입니다. 한발 먼저 잡았습니다."

"어어! 벌써?!"

자세히 살펴보니 남자는 질 좋은 복장을 입고 있다. 축 늘어져 있는 느낌인데, 괜찮을까?

『선수를 빼앗기다니…!』

앞쪽 전장에서 큰 소리로 네트워크 대화가 전해진다. 아무래도 세라 언니도 나보다 먼저 도착했던 모양이다.

"세, 세라 언니…."

"후후, 이번에는 제가 이겼군요."

의기양양하게 기쁜 표정을 짓는 메르 언니. 이런 얼굴은 에필 언니의 음식을 먹을 때밖에 본 적이 없다. 의외로 메르 언니도 세라 언니를 라이벌로 의식하고 있는 것일지도.

"그렇구나. 내가 늦었네…."

꽤 서둘러 왔는데 말이야….

"세라는 잔당을 사냥하러 갔는데, 리온은 앞으로 어떻게 하겠습니까?"

"아직 아무것도 안 했으니까…. 나도 세라 언니를 따라갈까 봐."

"그럼 함께 갈까요. 역시 걱정이 되기도 하고요…."

"아이, 참, 어린애 취급하지 말라니까…. 그런데 메르 언니, 그 사람은 어떻게 할 거야?"

창에 매달려 있으면 전투에 방해가 되지 않을까.

"잠시 기다리십시오."

『당신, 대상을 잡았습니다. 클로토를 소환해주세요.』

『알았어. 지금 보낼게.』

그러자 우리 바로 눈앞에 작은 마법진이 나타나고, 툭 하고 소형 사이즈 클로토가 소환되었다.

"아, 클로토다."

『그 클로토가 나에게 그 녀석을 날라줄 거야. 내 부하인 메르피나 나 세라, 같은 파티인 리온 근처라면 장거리 소환도 가능하니까 잘 써.』

『감사합니다.』

메르 언니는 클로토에게 남자를 넘긴다. 클로토는 자기 몸으로 남자를 둘둘 감더니 그대로 마을 방향으로 달려갔다.

"뭐, 이런 식입니다. 그럼 갈까요. 아직 안쪽에 별동대가 있는 것 같으니까요."

"메르 언니, 내가 활약할 자리도 남겨줬으면 좋겠는데."

아직 실력 차이가 큰 것 같네….

─문장의 숲 동쪽 끝

"…정시 연락이 없어. 무슨 일이 있었나?"

혼성마수단 부관인 울프레드는 본진에 주력 부대를 두고 몬스터를 정찰에 내보낸 상태였다. 전장의 움직임을 제일 먼저 확인하기 위해서였는데, 아까부터 몬스터가 한 마리도 돌아오지 않는다.

그것만이 아니다. 대대장 두 사람이 이끄는 2부대에서도 아무 보고가 없다. 보통 발 빠른 몬스터를 연락 역할로 보내는데.

"보고, 보고드립니다!"

"이제야 왔나."

숲의 어둠 속에서 먼저 갔던 부대의 병사가 나타난다. 급하게 오느라 타고 있던 몬스터는 도착하자마자 죽어버린 것 같다. 그것을 보고 울프레드는 어이없어하며 고개를 가로저었다.

"부관님, 크, 큰일입니다!"

"진정해라. 수왕이라도 나왔나?"

"가운이 아닙니다! 엘프 마을 목전에서 적이 출현! 먼저 갔던 제 4부대는 괴멸하고, 가제나 대대장은 적에게 사로잡혔습니다!"

"뭐?! 가운이 아니라면 어느 군대지? 트라지냐?! 델라미스냐?!"

"군대가 아니라 모험자 같은 파티입니다! 정체는 불확실하지만 현재 확인한 것은 여자 세 명과 섀도 울프 한 마리! 모두 무시무시하게 강해서 B급 몬스터로는 맞설 수가 없습니다! 게다가 머리 위에서 보이지 않는 화살 같은 공격이 비처럼 쏟아져서, 진군을 할 수 없는 상태입니다!"

"뭐, 라고…?! 겨우 몇 명이란 말이냐?!"

수왕을 상대할 것을 예상하고 편성한 부대가 겨우 몇 분 만에 괴멸. 예측이 허술했던 것일까, 아니면 예상 범위를 넘어선 괴물이 나타난 것일까. 울프레드는 판단할 수가 없다.

"딜 대대장이 이끄는 제5부대가 지금 교전 중이지만, 진이 붕괴하는 것도 시간문제입니다! 부관님, 부디 지시를!"

"…젠장! 어이, 기간트 로드(거인의 왕), 일어나!"

울프레드의 뒤에서 무릎을 꿇고 있던 거인이 일어난다. 일어난 거인의 키는 숲의 나무들의 키를 여유롭게 능가했다.

"오오, 이게 소문으로만 듣던…!"

"어떤 녀석이든 S급 몬스터를 이길 수는 없지! 기간트 로드를 주력으로 적을 섬멸한다. 다른 몬스터는 보조로 돌려! ……어이, 듣고 있나?!"

엉뚱한 방향을 보는 병사를 울프레드가 질타한다.

"부, 부관님…."

하지만 병사는 떨고 있었다. 한쪽 방향을 가리키며 바들바들 떨고 있다.

울프레드는 불길한 예감이 들었다. 아니, 그럴 리가 없다. 아무리 그래도 너무 빠르다. 게다가, 거기에는 울프레드가 이끌고 온 주력 제2부대도 있었다. 머리로 부정하면서 그 방향으로 시선을 돌린다.

"어머나, 벌써 적 부대를 통과해버렸군요. 뭐, 남은 건 세라에게 맡기면 괜찮겠지요."

"봐, 봐! 저 거인 무진장 커! 메르 언니! 만화 같아!"

거기에는 마치 도시에 놀러 오기라도 한 것처럼 구는 아름다운 소녀들이 있었다.

"말도 안 돼. 정말로 여자와 아이들이잖아…."

울프레드가 당황하는 것도 당연하다. 리온은 당연하지만, 메르피나도 겉모습으로는 스물이 되지 않은 소녀의 모습. 트라이센이 자랑하는 혼성마수단이 그들에게 괴멸당했다는 사실을 도저히 믿을 수 없었다.

"아, 아아…."

병사는 엄청나게 겁을 집어먹었다. 최전선 전투에서 무슨 일이 일어난 것일까. 푸른 머리카락의 늠름한 소녀는 성녀처럼 미소를 보낸다.

"길 안내, 수고하셨습니다. 덕분에 헤매지 않고 여기까지 도착했어요."

"세라 언니에게 맡겨두고 따라오길 잘했네."

"이 녀석을 일부러 도망치게 두고, 뒤를 따라왔나…!"

저쪽에 쓰러져 있는 몬스터는 '그랜드 버드'. 날개가 퇴화해서 날수 없는 새 형태 몬스터이지만, 땅을 달리는 속도가 준마보다도 빠르다. 그런 그랜드 버드가 죽을 정도로 빠르게 달려온 병사를 유유히 추적해온 능력…. 겉모습에 속아서는 안 된다고, 울프레드는 망설임을 버렸다.

"기간트 로드, 절대 방심하지 마. 동족의 원수라고 생각해라!"

채찍을 내리치며 거인의 전투 욕구에 불을 지른다. 거인은 낮은 신음을 내고 땅을 울리며 앞으로 나온다.

"근처에서 보니 더 크네. 켈 오빠가 만든 벽 정도는 되지 않을까?"

"흠, 이대로 싸워도 좋겠지만, 어떻게 할까요…."

메르피나가 턱에 손을 대고 고민하는 것 같은 동작을 했다. 리온은 "안 싸워?"라고 말하며 검을 한 손에 들고 그런 메르피나의 얼굴을 살핀다.

『리온, 당신들의 힘으로 이 몬스터를 쓰러트려보세요.』

『어… 우리끼리?』

『네. 지금까지 당신이 싸워온 적은 약간 실력이 부족했으니까요. 자신보다 약한 자를 이겨봤자 진정 강하다고 할 수 없습니다. 당신도 빨리 오빠의 인정을 받고 싶잖아요?』

『…응.』

『쓰러트리면 당신을 명실공히 한 사람 몫을 하는 어른으로 인정하도록 하죠. 어린애 취급도, 뭐, 최대한 자제하겠습니다.』

『계속 하긴 할 거구나….』

어쨌거나 다들 리온의 실력은 알고 있다. 하지만 실전 중인 극한 상태에서 그 실력을 발휘할 수 있을지 걱정스럽다. 류카와 마찬가지로 저택의 여동생 같은 존재이기에 걱정스럽다고 표현하면 될까. 특히 파티 내에서는 그런 경향이 강하다.

『저 몬스터는 아마 S급 정도일 겁니다. 그래도 할 수 있겠습니까?』

『…할 수 있어. 요즘 매일 제라 할아버지한테서는 검술을, 켈 오빠한테서는 마법을 지긋지긋할 정도로 배웠다고.』

용사인 리온의 재능은 일반적인 규격을 벗어난다. 레벨업으로 강화된 스테이터스도 그렇지만, 켈빈과 마찬가지로 얻은 '담력' 스킬이 동요하지 않는 정신력을 준다(신체적 특징을 지적받는 것은 예외).

무엇보다도 엄한 훈련을 견딜 수 있었던 것은, 리온 자신이 사람들을 지키고 싶기 때문이다. 그런 단순한 이유다.

『리온이 노력하고 있다는 것은 압니다. 괜찮아요. 당신의 힘을 다 발휘하면 틀림없이 이길 수 있을 겁니다.』

메르피나의 조용한 목소리에 리온은 안도한다. 켈빈과 마찬가지로 존경하는 사람이 그렇게 믿어준다. 그것만으로도 리온의 마음에서 망설임은 사라졌다.

『응! 그럼 다녀올게!』

거인이 앞으로 나온 것보다 조금 늦게, 리온도 걸어간다.

'혼자, 서…? 기간트 로드를 얕보다니!'

울프레드는 눈을 의심했다. S급 몬스터를 앞에 두고 가벼운 까만 장비를 장착한 소녀가 혼자 앞으로 나섰기 때문이다. 소녀가 든 한 손검은 보아하니 잘 닦여 있다. 하지만 그래도 기껏해야 B급 정도의 물건이리라. 지금까지는 그 정도로도 통했겠지만, 이 기간트 로드의 강철 같은 피부에는 흠집 하나 낼 수 없다.

'닿은 순간 뿌리 끝부터 뚝 부러질걸! 애검(愛劍)이 부서진 뒤면 섣부르게 행동한 걸 후회해봤자지!'

다시 채찍을 내리치자 거인은 포효를 지르며 리온 쪽을 향해 달렸다. 강인한 잿빛 몸이 탄환처럼 튀어나간다. 거대한 몸에 걸맞지 않게 민첩하다.

"가라, 기간트 로드!"

"갈게!"

울프레드의 시야에서 리온의 모습이 사라졌다.

'뭐야, 어디 있지?!'

리온은 예비 동작 없이 단숨에 최대 속도에 이른다. 사실 리온의 스테이터스상의 민첩성은 이미 세라나 메르피나를 넘어섰다. 단순히 지속력이 없기 때문에 평소에는 아껴두고 있을 뿐이다. 하지만 기간트 로드는 그런 속도로 이동하는 리온조차 포착하고 있었다.

기간트 로드가 맹렬히 돌진하면서 오른팔을 휘두른다. 노리는 것은 비스듬히 오른쪽 앞, 정확히 리온이 있는 장소다. 주먹이 땅에 닿은 순간에 대지가 갈라지고 커다란 구멍이 생겨나 거기 있던 나무들이 구멍 속으로 잠긴다. 그 위력은 미야비의 그레이브 데스오

거(대흑시귀, 大黑屍鬼)에 비할 바가 아니다. 하늘에서 내려다보면 문장의 숲 일부에서 나무들이 없어진 것이 잘 보이리라.

"엄청난 위력이네!"

"! 피했… 뭐?!"

리온이 감탄하고, 그 목소리를 듣고 장소를 확인한 울프레드가 경악한다. 리온은 거인의 공격을 피한 것만이 아니라, 휘두른 팔을 타고서 거인의 몸체로 달려가고 있었다.

"알렉스!"

또, 리온의 그림자에 숨어 있던 알렉스도 드디어 모습을 드러낸다. 시각은 한밤중, 흐릿한 달빛을 받아 형성되는 그림자는 이 숲에 얼마든지 있다.

타고난 예리한 엄니와 발톱으로 거인을 할퀴고, 거인도 응전하려고 주먹으로 자기 몸을 두드린다. 하지만 알렉스는 새로운 그림자 속으로 모습을 감추어버렸다.

—드드득!

'…하지만, 얕아.'

상처는 겨우 가죽 한 장 두께. 거인의 잿빛 피부에서는 피도 나오지 않는다.

'생각보다 가죽이 두껍네…. 그렇다면….'

거인이 알렉스에 집중한 사이에, 리온은 눈 깜짝할 틈에 머리 쪽에 도달했다. 그대로 힘을 주어 거인의 머리에 검을 휘두르자….

쨍강!

―검이 부러져버렸다. 울프레드의 생각대로 검의 내구력이 부족했던 것이다. 이 검의 이름은 '강화 미스릴 소드'. 과거에 켈빈이 카셸에서 빼앗은 검을 다시 제련한 것인데, 거인에게는 통하지 않는 것 같다.

공격을 받은 거인도 그쪽으로 눈을 돌려, 대상을 리온으로 바꾼다.

"꼴좋다…!"

"해, 해냈어!"

리온의 검이 부러진 것을 보고 울프레드와 병사가 환희에 차서 소리친다. 하지만 그 모습에 메르피나는 측은한 시선을 보냈다.

'리온에게 집중한 건 좋지만, 저에 대해 완전히 잊고 있군요. 거인이 리온과 싸우는 지금, 당신들은 무방비 상태인데…. 뭐, 그래서야 리온의 시련이 되지 않겠지만.'

자신들의 뒤에 얼음벽이 만들어지고 있는 것을 울프레드 일행은 모른다. 도주 방지용으로 메르피나가 은밀히 만들었는데, 그녀는 별로 필요 없었을지도 모른다고 생각하고 있었다.

'게다가 리온의 검이 하나라고 누가 그랬죠?'

검을 잃고 양손이 빈 리온은 거인의 공격을 계속 피한다. 때로는 '천보'로 궤도를 바꾸고, 때로는 위력을 죽여 거인의 몸에 타오르고. 알렉스도 빈틈을 보며 공격하지만, 거인은 해가 되지 않는다고 판단했는지 완전히 무시하고 있다.

'이대로는 곤란하겠는데…. 이거, 한 번이라도 맞으면 즉사할 것 같기도 하고. 켈 오빠의 말대로 담력 스킬을 가지고 있길 잘했어.'

리온이 알렉스가 마지막으로 몸을 숨긴 그림자를 본다.

『알렉스, 클로토, 합치자!』

리온의 암 가드에서 소형 클로토가 뿅 하고 고개를 내민다. 그리고 보관에서 새로운 검 세 개를 토해냈다. 두 개는 리온의 양손에, 한 개는 알렉스의 그림자를 향해.

"가우!"

리온은 거인의 오른팔에 착지하고, 그림자에서 뛰쳐나와 입으로 검을 문 알렉스는 왼팔에 착지한다. 세 개의 검은 모두 심상치 않은 분위기를 뿜고 있었다.

"이, 이도, 류?! 그, 그 스킬은 용사밖에 쓸 수 없을 텐데?!"

"어, 그래? 그냥 스킬란에 있었던 거라서 잘 몰라. …게다가 말이야, 우리는 이도류 따위가 아냐."

리온이, 알렉스가 검을 겨눈다.

"인랑(人狼) 일체, 삼도류라고!"

포즈를 잡은 리온과 알렉스를 보고, 메르피나는 고개를 끄덕거리며 만족스러운 미소를 띠었다.

"제너레이트 엣지(벽력(霹靂)의 굉검(轟劍))."

갑자기 강렬한 빛이 확 번지고, 번개가 친 것 같은 굉음이 터졌다. 너무나 갑작스러웠기에 울프레드와 병사는 눈을 가리고 무슨 일인가 혼란에 빠진다. 거인도 아주 잠시나마 눈을 감아버린다.

그 빛과 소리의 정체는 리온의 A급 적마법 '제너레이트 엣지'. 켈

빈의 볼텍스 엣지를 흉내 내어 만든 오리지널 마법이다. 자연의 위협을 검으로 구현화한 것이다.

이 마법을 오른손에 든 '마검 칼라드볼그'에 부여했다. 자세히 보니 칼날 끝에서 날밑에 걸쳐 가느다란 빈 공간이 있고, 그 틈새에 파직파직 번개가 넘실거리는 것이 보인다.

"우리, 슬슬 진짜로 갈게, 거인 씨."

리온이 사라진다. 이번에는 울프레드만이 아니라 눈을 감고 있던 거인도 리온을 포착하지 못했다. 아마도 그 자리에서 인식할 수 있었던 것은 메르피나뿐.

리온은 자신의 기어를 최대 속도까지 올려, 다시 거인의 오른팔에서 머리 쪽을 향해 달려갔다. 달려 나가면서 동시에 덤으로 팔을 일자로 베기까지 한다. 조금 전까지 철벽을 자랑하던 거인의 피부에 검은 몹시도 간단히 박혀, 그곳에서 앞으로 앞으로 달려가는 것만으로도 젓가락으로 두부를 가르는 것처럼 갈라졌다.

상처에서 번개의 잔재가 파직파직 소리를 내고, 살을 태우며 형용할 수 없는 냄새를 풍긴다.

마검 칼라드볼그의 특성은 번개를 증폭하는 것. 독립적으로도 전기를 발하지만, 마력을 가하면 더 위력이 강해진다. 마법으로 번개를 강화하면 그 위력은 두 배가 된다.

"그아아아악!"

거인조차 견디지 못하고 비명을 지른다. 강인한 피부로 뒤덮인 기간트 로드는 어떤 의미에서 천연의 강철제 갑옷을 온몸에 장착하고 있는 것이라 할 수 있다. 그런 그가 대미지를 입는 것도 모자라 이 정도의 중상을 입은 적이 지금까지 있었을까.

계속해서, 리온은 머리 쪽에 도달함과 동시에 머리 위에서 공격한다. 그것은 그야말로 강화 미스릴 소드가 파괴되었을 때를 재현한 것 같은 동작. 하지만 이번에는 수준이 압도적으로 다른 이도(二刀)로, 눈에도 보이지 않을 정도의 연속 공격을 날린다. 거인의 얼굴은 한순간에 붉게 물들고 말았다.

이러는 동안 검을 문 알렉스도 거인의 사각 지대에서 움직이고 있었다. 알렉스가 문 눈부신 보라색 칼날의 장검은 달빛을 반사해서 몹시 아름답다.

그림자에서 신출귀몰하게 나타나는 알렉스가 거대한 몸 이곳저곳을 베어, 그 칼날이 거인의 피를 빨아들인다.

마검 칼라드볼그와 같은 강도로 거인을 베는 이 검은 '극검(劇劍) 리설(lethal)'. 아름다운 칼몸과는 정반대로, 무시무시한 능력을 가지고 있다.

한 번 휘두르는 것을 맞으면 미각을 잃고, 두 번 맞으면 후각을, 이어서 시각, 청각, 촉각 순으로 차례차례 오감을 빼앗는다. 대인전은 물론이고 내구성 높은 대형 몬스터에게 절대적인 효과를 발휘하는 무시무시한 검이다.

기간트 로드는 이미 연달아 오감의 수를 초과한 공격을 받았다. 한마디로 오감을 모두 잃었다는 의미다.

리온과 알렉스는 거인의 행동을 서로 관찰해서 의사소통을 하며 공격한다. 척 보기에는 드문드문 공격하는 것 같지만 페인트와 갑작스러운 공격 등을 뒤섞으며 서로를 활용한 액션을 하고 있다. 그것은 그야말로 삼도류라는 의미에 부합했다.

쿠웅!

방향 감각을 잃은 거인은 마침내 지면에 무릎을 꿇는다. 이제 승부는 결정….

"기간트 로드! 트랜스(형태해방) 해!"

"헤?"

울프레드의 외침에 리온이 멍하니 멈춘다. 알렉스도 뭔가를 느꼈는지 거인에게서 거리를 벌렸다.

"그오오오오!"

거인이 외치자 동시에 상처가 새빨갛게 물든다. 그것은 피가 아니었다.

"호오, 이게 진정한 모습이군요."

"아니, 메르 언니, 감탄하는 것도 좋지만 뭔가 열기가 엄청나다고?!"

"오감을 잃었으니 저 남자의 명령으로 변화한 게 아닌 것 같네요. 본능적으로 위기를 느낀 것일까요."

거인의 상처는 붉게 타오르다 증발해서 마그마처럼 변했다. 그 열은 주위에도 확산되어, 메르피나의 빙벽에도 영향이 드러났다. 다시 일어난 것을 보니 형태가 변함으로써 지금까지 입은 대미지도 회복한 것 같다.

"하하핫! 단단하고 힘이 세다는 것만으로 S급일 리가 없잖아! 이게 이 녀석의 진정한 힘! 이제 너희는 뼈도 안 남을걸! 자, 가라, 기간트 퍼니스(gigant furnace, 거인의 염왕(炎王))! 그 연옥의 불꽃으로 날려버려…."

"뭐, 할 일은 마찬가지인걸. 에필 언니의 불꽃보다 약해 보이고."

리온과 알렉스가 척척 맞는 호흡으로 공격을 재개한다. 아무리 공격 면에서 파워업을 했다 해도, 지금까지 한 번도 포착당하지 않았던 자신들의 공격은 또 맞을 것이다. 지금까지 한 번도 맞지 않은 거인의 공격은 또 빗나갈 것이다. 무엇보다도 거인에게 불행했던 것은, 리온과 알렉스가 에필의 불꽃에 익숙하다는 것이리라. 그 대응책도 에필에게서 직접 배웠다.

　—이것들을 총괄하면, 뭐, 처음으로 돌아간다.

　쿠웅!

　"뭘 하는 거야, 기간트 퍼니스! 쓰러지지 말라고!"

　"아니… 오감을 잃은 상태에서 그런 주문을 해봤자 무리일걸. 거인 씨의 불꽃도 약해졌고."

　"그, 오, 오…."

　거인의 불꽃이 완전히 사라져버린다. 아무래도 완벽하게 쓰러트린 것 같다.

　"이, 이럴 수가…. 혼성마수단이, 트라이센 군대가, 지다니…."

　울프레드는 전의를 상실해 그 자리에 주저앉고 말았다. 때때로 '트리스탄 님께 뭐라고 말하면 좋을지'라고 중얼거리지만, 더 이상 싸울 의지는 없다.

　"훌륭합니다. 잘했어요."

　"에헤헤, 이제 켈 오빠도 인정해줄까?"

　"네, 아마 보고 있었을 겁니다."

　리온은 메르피나를 끌어안고, 메르피나는 리온의 머리를 쓰다듬는다. 이런 게 어린애 취급을 받는 요인 중 하나지만, 리온은 그것을 모른다.

◇　　◇　　◇

—엘프의 마을, 활 쏘는 망루

"리온 님이 무사히 승리한 것 같습니다."

"그래, 단기간이었는데도 정말 강해졌군⋯."

리온의 전투는 천리안을 통해 지켜보고 있었다. 도중에 몇 번이고 도와주러 갈 뻔했지만, 간신히 참았다. 오빠는 리온을 믿었어!

S급 몬스터를 쓰러트리는 데 성공했다. 이제 리온도 명실공히 한 사람 몫을 하는 어른이라고 할 수 있으리라. 어린애 취급도 자제해야겠군. 뭐, 적당히 하자.

"이제 적 부대는 모두 괴멸⋯ 한 걸까요?"

"그래, 반응은 이제⋯ 에필!"

"네⋯?"

갑자기 위험 감지 스킬이 경보를 울린다. 곧바로 망루 일부를 방패로 변형시켜서 스킬이 가리키는 방향 쪽을 수호한다.

방패는 마법 같은 공격과 충돌해서 상쇄, 흔적도 없이 날아가버렸다.

"어라~? 처치한 줄 알았는데, 안 죽었네~."

"갑자기 마법이라니, 굉장한 인사로군."

그곳에는 사람 다섯 명이 떠 있었다. 지상에서 멀리 떨어진, 활 쏘는 망루와 같은 높이의 공중에.

'쳇, 마법으로 은폐한 효과인가. 세라도 출격해서 마력 감지가 작동하지 않았어.'

소리를 낸 사람은 불길할 정도로 아름다운 남자. 그 외에는 쓸데없이 노출도가 높은 경갑옷을 입은 여자들이다.

"주인님…."

에필이 활을 겨눈다.

"응? 으으응? 우와, 이거 대박이잖아."

남자가 갑자기 덩실덩실 춤을 추며 기뻐한다. 뭔가 겉모습과 행동이 일치하지 않는 남자로군.

"우웅, 우후훔. 엘프는 꽤 많이 봤는데, 너 좋네! 단번에 마음에 들었어!"

"…이봐?"

"거참… 좋아! 정말 좋아!"

남자는 나를 무시하고 계속 말한다. 말투나 행동이 조금 짜증 나기 시작하는데?

"그럼, 너! 내 노예가 되어줘!"

"…거절하겠습니다."

"거짓말?! 내 외모에 반하지 않은 거야? 진짜로?!"

이 녀석, 그런 척을 하는 게 아니라 진심으로 놀란 것 같군. 에필조차도 슬슬 피곤해하고 있다. 그보다, 이 녀석은….

"너도 특이하네. 그런 변변치 못한 녀석에게 현혹되다니… 하지만 괜찮아! 내가 구해줄게!"

남자가 공중에 떡하니 서서 턱에 손을 대고 재수 없는 포즈를 취했다.

"자, 나에게 반해…."

슉! 내가 쏜 레디언스 랜서가 남자의 턱을 스친다.

"…무슨 짓이야?"

"너, 에필에게 매료(魅了)를 걸려고 했지?"

감정안으로 확인한 녀석의 고유 스킬 '매료안(魅了眼)'. 녀석은 지금 에필을 향해 그것을 사용하려고 했다.

"그게 어쨌다는 건데? 설마 너 같은 놈이 나와 싸우겠다는 거야?"

남자가 비웃는다. '진짜로?'라는 느낌이다.

뭐, 웬만한 일은 웃어넘기는 나지만 이건 좀 웃을 수 없군. 아, 진부한 말이지만 해주지.

"내 여자한테 손대지 마."

남자는 쩍 입을 벌리고, 그 아름다운 얼굴로 믿을 수 없다며 과장스러운 행동을 한다.

"우와… 최고로 구린 대사네~! 진짜로 말하는 녀석은 처음 봐. 부끄럽지 않아? 응?"

"에필, 방벽으로 이동해. 망루를 해체하겠어."

"이봐, 이봐~, 이번에는 무시하는 겁니까~?"

"네, 네! …주인님, 무운을 빕니다."

에필은 은밀을 사용해서 모습을 감춘다. 지금쯤은 망루에서 내려가고 있으리라.

"어엉?! 에필, 어디 있어?!"

"…닥쳐, 이 자식."

"너나 닥쳐. 나는 에필한테 볼일이 있는데…."

"닥쳐."

"······!"

내가 오른손을 휘두름과 동시에 남자와 동료가 옆으로 날아간다. 분노한 상태에서 의외로 진심을 담아 날려버려서, 어디까지 갔는지는 나도 모른다. 방향상으로는 트라이센 쪽이다. 마을 주변에서 싸우는 것보다는 나을 것이다. 이제 와서 마을에 피해가 나도 곤란하다.

녀석들이 허공에 떠 있는 것은 녹마법 '플라이(비상, 飛翔)'를 사용했기 때문이다. 마치 날개가 있는 것처럼 비행하는 마법인데, '비행' 스킬을 습득하지 않은 한, 의도치 않은 바람에 약하다.

그렇다면 드래곤을 날려버릴 정도의 폭풍을 남자와 부하 여자들에게 날려주면 된다.

"플라이, 소닉 액셀러레이트(풍신각, 風神脚)."

녀석들과 마찬가지로 플라이를 쓰고 속도도 강화해둔다. 이제부터 따라잡아야만 하니까.

휙 망루에서 뛰어 허공에 뜬 다음 망루 해체 작업을 한다. 이것들을 아다만 램퍼트를 응용해 재구축해서, 목적하는 물건을 새로이 만들어낸다.

"옵시디언 엣지(강흑(剛黑)의 흑검(黑劍)) 네 자루 작성, 완료."

망루의 형태이던 아다만 램퍼트를 사람 키쯤 되는 검의 형상으로 압축해서, 그것을 네 자루 만들어내는 것에 성공한다. 그리고 이 검에도 동일한 보조마법을 걸어둔다.

"···저쪽인가."

천리안으로 녀석들의 위치를 확인해보니 아직도 날아가는 도중인 것 같군. 저기까지라면 한순간에 갈 수 있다. 비행 스킬은 없지만 어쨌거나 우리 동료 중에는 날개를 가진 녀석이 둘이나 있으니까. 요령은 이미 파악했다.

충격파로 인한 소닉 붐을 흩뿌리며 하늘을 달린다. 이 정도 고도라면 지상에 영향은 없다. 아무 걱정 없이, 온 힘을 다해 달릴 수 있다!

"찾았다."

남자는 가장 먼저 자세를 가다듬었는지 이미 공중에서 멈추려 하고 있었다. 부하인 여자는 아직 복귀할 기색이 없다. 남자의 눈앞에서 정지해서 충격파의 여파를 바로 먹인다. 하지만 남자는 주위에 배리어 같은 것을 치고 있었는지, 대미지를 주지 못했다.

"크~. 잡몹 주제에 한 방 먹여줬겠다~."

"누가 잡몹이라는 거야."

너무하잖아.

이래 봬도 전투 중에 웃는 얼굴이 멋지다고 우리 여성진들 사이에서 평판이 좋다고.

"흥, 아~주 조금 놀랐어~. 주인공인 나를 업신여기다니. 트리스탄의 부탁을 받아서 오길 잘한 것 같네~. 에필도 운명적으로 만났으니까."

발끈.

"주인공이라…. 이야기의 주역인 척하는 건가?"

"아하하~, 척하는 게 아니야. 주인공 그 자체라고! 뭐, 일개 단역인 너는 모르겠지만~."

"…너, 환생자야?"

"응? 어떻게 알지?"

아, 역시 그런가. 말투와 행동이 이상하다 했더니, 이 녀석도 현대에서 온 환생자라는 건가.

"어쩔 수 없지. 관대한 내가 자기소개를 해줄까! 내 이름은…."

===

■클라이브 테라제 18세 남자 인간 녹마도사

　레벨 : 91

　칭호 : 마법기사단 장군

　HP : 847/847 MP : 2050/2400(+1600) 근력 : 234

　내구 : 263 민첩 : 355 마력 : 802 행운 : 488

　스킬 : 매료안(고유 스킬) 녹마법(S급) 감정안(A급) 마력

　감지(A급) 은폐(A급) 담력(A급) 정력(S급) 화술(B급) 보관(B급)

　성장률 2배 스킬 포인트 2배

===

"클라이브 테라제. 트라이센의 마법기사단 장군인가."

녹마도사, 즉 바람과 흙 중 한쪽, 혹은 양쪽을 다룬다. 처음에 날린 기습 공격은 풍속성 마법이리라. 소지한 스킬도 유연성을 중시한 구성이다.

"어라, 어떻게 알아? 뭐, 나는 유명인이니까 당연하다면 당연한가~."

하아, A급 은폐 스킬을 가지고 있어서인지 자기 스테이터스를 보고 있다는 생각은 전혀 하지 않는 것 같군. 게다가….

"너, 환생할 때 외모를 변경했지?"

"…무슨 소리인지~."

"그렇게 이상을 최대한으로 추구한 부자연스러운 얼굴이 있을 리 없지."

그보다 도가 너무 지나쳐서 오히려 꺼림칙하다고. 토우야가 있는 그대로의 미남이라면 이쪽은 인공적으로 개조한 느낌이다.

"혹시 너도 같은 환생자?"

"이 정도 지식은 일반 상식이야. 그보다 괜찮겠어? 공격 범위인데?"

말함과 동시에 옵시디언 엣지 세 개를 쏜다. 맹렬한 속도로 날아간 옵시디언 엣지는 클라이브의 배리어와 접촉해서 아슬아슬하게 맞버틴다.

"하하! 갑자기 공격하다니~."

"그건 갑자기 우리를 공격한 녀석이 할 말은 아니로군."

"하지만 소용없어. 내 힐릭스 배리어(나선호풍벽, 螺旋護風壁)는 물리든 마법이든 전혀 안 통해. 보통 닿은 것은 모두 분쇄하는데, 검이 꽤 튼튼한가 보네!"

감정안으로 스테이터스와 함께 배리어에 대해서도 확인은 했다. 클라이브의 배리어는 바람을 나선 상태로 고속 회전시켜 바깥 세계의 침입을 차단하는 작용을 한다. 잘못 닿으면 바람에 베여 녀석이 말하는 대로의 결과가 되었으리라.

"그럼, 이쪽은 어때?"

"……! 위인가!"

클라이브의 위로 고속 이동해서, 손에 남아 있던 옵시디언 엣지를 수직으로 내리꽂는다.

"소용없다고 했잖아~. 힐릭스 배리어는 종횡무진, 사각 같은 건 없어."

결과는 마찬가지. 배리어가 차단해버린다.

잠시 공격을 지속했지만 변화는 없다. 이 이상은 마력이 아깝겠군.

"…돌아가라."

모든 옵시디언 엣지를 손으로 되돌려 내 주위에 멈춰둔다.

그나저나 착실히 내 속도를 따라오고 있다. 마력 감지로 내 마력의 잔재를 따라오고 있는 것일까. 그렇군, 성격과는 달리 전투 경험은 풍부한 것 같다.

"잠깐~, 그 얼굴은 뭐야? 미쳤어?"

"응? 아니, 오랜만에 피가 들끓는다고 해야 할까. 즐거워졌어."

나도 모르게 웃음이 나온다.

"기분 나쁘네~. 빨리 죽어."

넓은 범위에서 위험 감지를 느낀다. 순간적으로 그 모든 것을 파악해서, 본래 무차별 공격인 샷윈드(열풍인, 烈風刃)를 병렬 사고를 이용해서 정확하게 요격한다.

"제법이네~. 하지만 말이야, 그러는 동안 내 아기 고양이들도 돌아온 것 같군."

클라이브의 뒤에 네 명의 여기사. 아무래도 복귀한 것 같다.

"이 애들은 내가 특별히 아끼는 애들이거든. 꽤 강하다고."

"하, 동료 전원에게 매료를 걸다니, 무슨 그런 주인공이 다 있어."

이 여자들도 은폐로 스테이터스를 감추고 있지만, 내 눈에는 통하지 않는다. 모두 상태 이상에 '매료 상태'라고 적혀 있었다.

"요즘은 주인공도 여러 가지가 있다고. 게다가 이 애들도 좋아할 거야. 나 같은 엄청난 미남 주인을 섬길 수 있으니까."

"이기적인 망상이야."

"그렇지 않아. 아마 에필도 내가 얼마나 좋은지 알아줄 거라고 생각하는데? 주로 침대 위에서."

"그래? 그럼 확실히 죽여야겠군."

"불길한 웃음을 띠고 그런 말 하지 마. 진짜로 기분 나쁘네~. 하지만 괜찮겠어? 지금 상황은 5대1인데? 중과부적인데?"

"신경 쓰지 마. 의외로 그렇지도 않으니까."

저편에서 폭음이 울린다. 붉은색 빛이 한밤의 어둠을 가르고 클라이브에게로 향한다.

"무슨!"

갑작스러워서 약간 동요하긴 했지만, 마력 감지가 작용했는지 클라이브는 종이 한 장 차이로 피하려 했다. 하지만 배리어에 그것이 접촉했다.

공격의 정체는 에필의 블레이즈 애로. 관통력에 특화된 그것은 클라이브의 배리어를 깨부수는 데 성공한다.

"젠장, 힐릭스 배리어가…."

"이봐, 이봐. 한눈팔지 마."

"……?!"

내 주위에 골렘 네 마리가 나타나 있었다.

마을을 수호하기 위해 숲에 배치했던, 나와 세라가 공동 개발한 최신작 골렘이다. 외견은 제라르의 갑옷을 참고로 완성하고, 디자인도 신경 썼다. 겉모습은 완전히 기사다. 뭐, 그런 기사가 허공에 둥둥 떠 있는 것은 이상한 광경이지만. 그 네 마리 골렘은 각각 옵시디언 엣지를 들고 있었다.

"중과부적이, 어쨌다고?"

옵시디언 엣지를 든 골렘을 이끄는 나와, 전선으로 복귀한 여기사들을 뒤에 거느린 클라이브가 대치한다.

배리어가 파괴된 것이 완전히 예상 밖이었는지, 클라이브는 몹시 동요한 것 같다. 조금 전까지 보이던 여유는 이제 없다. 하지만 동요한 이유는 그것만이 아닐 것이다.

"그건… 정말 골렘이야?"

"그래, 꽤 개조했지만 엄연한 골렘이다."

조금 길어지지만 설명하겠다.

이 골렘의 토대는 아다만 가디언(흑토거신상, 黑土巨神像)인데, 그 모습의 흔적은 없다. 토우야 일행과의 전투에서 사용했을 때에는 투박한 거대 갑옷 같은 풍모였지만, 지금은 일반 성인의 크기까지 압축되어 인간이 갑옷을 입은 것으로 착각할 정도로 바뀌었다.

키는 작아졌지만 성능은 비교할 수 없을 정도로 좋아졌다.

일단 주목할 점은 각 부위에 탑재한 풍옥석(風獄石)이다. 이 돌은 마력을 담으면 강력한 바람을 자아낸다. 무거운 골렘들을 허공에 띄울 수 있을 정도의 위력이다. A급이기에 비싼 광석이지만, 이 문제를 해결한 것은 클로토의 '금속화' 스킬이었다.

금속화는 스킬 랭크에 따라 몸을 금속으로 바꾸는 스킬이다. 실제로 사용자가 만진 적이 있는 물질만 바꿀 수 있지만, S급쯤 되면 그 조건만 채울 경우 어떤 것이라도 재현할 수 있게 된다.

클로토에게 가게에서 눈에 들어온, 혹은 여행 도중에 발견한 광석과 금속을 만지게 해서 금속화의 폭을 넓혀두었다. 풍옥석도 마찬가지로 용해식동혈(龍海食洞穴)에서 토우야 일행을 단련시키다가 발견한 것을 클로토의 보관에 넣는 김에 만지게 했다.

여기서 '분열' 스킬을 가진 클로토이기에 할 수 있는 응용편. '폭식'으로 계속 흡수한 클로토의 보관에는 계속 거대해지는 자기 몸도 수납되어 있다. S급 보관이기에 꽉 찰 일은 없지만, 전부 다 꺼낼 경우 엄청난 사태가 된다.

그런 클로토의 남아도는 몸 일부를 변화시켜 고정한다. 이로써 귀중한 금속이나 광석을 제한 없이 만들어낼 수 있다. 이 골렘만이 아니라, 내가 대장 작업을 할 때에도 클로토는 은근히 대단히 많은 공헌을 하고 있다.

그리고 이 골렘의 제2의 특징은 스킬을 가지고 있다는 것이다. 보통 녹마법으로 생성한 골렘은 스킬이 없다(단, 몬스터로서 출현하는 골렘은 예외). 따라서 골렘은 스킬의 도움을 받지 못하고, 타고난 스테이터스와 맨손만으로 전투해야만 한다. 검을 들려주어봤자 기술 같은 게 아니라 힘만 쓰는 전투법이 되고 마는 것이 문제였다.

그래서 생각난 것이 골렘에게 혼을 삽입하는 수법이다.

세라의 A급 흑마법 '마인드 인티그레이션(고혼조빙의, 高魂操憑

依)'은 스피릿 등 정령 계열 몬스터를 시체나 갑옷 등 무생물에 빙의시키는 마법이다. 이 방법으로 골렘에게 빙의시켜, 그 혼이 가진 스킬을 골렘의 모습으로 사용할 수 있게 되었다. 고위 혼까지 빙의시킬 수 있기는 하지만, 세라의 말에 따르면 지금은 네 마리까지가 한계라고 한다. '혼 같은 걸 조작하는 마법은 어렵단 말이야!'라고 본인은 투덜거렸는데, 그런 부분은 내 소환술처럼 뭔가 제한이 있는 것일지도 모르겠다.

혼의 빙의는 세라에게 우호적인 혼, 나아가 동의한 자에게만 효력이 있기 때문에, 교우 스킬을 가진 리온을 중개 역할로 해서 유령과 교섭(유령과의 대화에서 필요한 번역 스킬은 메르피나가 취득)한다. 혼과 세라, 리온, 메르피나가 말없이 교섭하던 장면은 꽤 초현실적이었다.

그리하여 골렘에 적합한 이성이 있는 혼을 엄선해서, 전투를 피해 계속 교섭했다. 궁합이 좋았던 것은 던전에 떨어져 있던 무기 등을 조종해서 싸우는 '스피릿 소드(검투령, 劍鬪靈) 등이었다. 다행히 아크데몬인 세라를 섬기는 것은 그 종류 몬스터에게 대단히 명예로운 일인지, 이성이 있는 유령은 순조롭게 교섭이 이루어졌다. 그리하여 선택된 것이 이 골렘들에게 빙의한 혼들이다.

빙의한 혼은 세라의 부하가 되어, 적을 쓰러트림으로써 성장하기도 한다. 설령 골렘이 파괴된다 해도 혼은 무사하다는 것을 이미 확인했다. 스테이터스 자체는 골렘이 기준이지만, 스킬이 랭크업을 하는 메리트는 크다. 세라의 부하는 내 부하라는 의미인지, 내 경험치 공유화도 문제없이 적용되었다.

이 골렘 네 마리를 정점으로 삼는 골렘 군단을 편성하겠다는 은밀한 야망이 생기기도 하는데, 그건 아직 먼 미래 이야기다. 자, 설명이 길어져버렸으니 다시 본래 상황으로 돌아가자.

"…흐~음."

클라이브도 녹마도사이니 아마 골렘에 대한 조예도 깊을 것이다. 그렇다면 은폐를 사용해서 스테이터스는 보이지 않는다 해도, 날 수 있는 골렘들을 경계할 것이다. 목소리는 태연한 척하지만 속으로는 어떻게 생각하고 있을까?

"뭐, 좋아. 아기 고양이들아, 저 덩치만 큰 놈들을 상대해. 나는 저 방해꾼을 쓰러트릴 테니까."

"애들아, 실력 차이를 알려줘. 아, 여자는 죽이지 마. 나중에 매료를 해제할 테니까. 나는 저 자칭 주인공님을 처치하지."

여기사가 검을 뽑고, 골렘이 기사처럼 검을 치켜든다.

"그 인형을 쓰러트리고 너도 쓰러트리면, 에필을 데리러 가야겠는걸."

"그 이상 그 더러운 입에 에필의 이름을 올리지 마. 이름이 더러워지잖아."

"" …… ""

둘 다 웃는 얼굴이지만, 서로 발끈해서 관자놀이에 근육이 튀어나와 있었다.

""가라!""

호령이 떨어진다. 플라이를 쓴 여기사가 사방으로 흩어지고, 골렘들이 국부에 탑재된 풍옥석에서 바람을 제트분사하며 따라간다. 그리고 몇 초 후에는 주위에서 칼싸움 소리가 울려 퍼졌다.

"괜찮아~? 보통은 아닌 것 같지만, 저건 결국 골렘이잖아. 저 아기 고양이들은 내 심복이거든. 상당히 강하다고."

심복이라면 이 녀석의 부관도 있다는 건가. 뭐, 내가 보기에는 모두 스테이터스가 비슷하던데.

"남 걱정을 하기 전에 자기 걱정이나 하는 게 어때, 자칭 주인공 님?"

"…아, 그래."

클라이브는 재수 없게 앞머리를 쓸어 올린다.

"상냥하고 온화한 나지만, 너한테는 벌을 줄 필요가 있겠, 는걸!"

클라이브는 아무것도 없던 곳에서 순백의 지팡이를 출현시켜, 광범위하게 퍼지는 바람의 벽을 조종했다. 벽은 그 범위를 더 넓히며 이쪽으로 빠르게 접근하고 있다.

'보관에서 무기를 꺼냈나. 그렇다면….'

사현노수의 지팡이를 클로토에게 꺼내달라고 해서, 볼텍스 엣지를 건다.

"너도 보관 스킬이 있나! 그나저나 꽤 지저분한 검이잖아, 뭐, 너한테는 잘 어울리네!"

꺼낸 순간 볼텍스 엣지를 걸어서인지, 조금 착각을 하고 있는 것 같다. 뭐, 가르쳐줄 필요는 없다.

육박해오는 벽에 대해 검술을 구사해서 볼텍스 엣지를 휘두른다. 감정안으로 판정한 결과, 이 마법은 범위는 넓지만 그만큼 위력이 부족한 B급 마법. 문제없이 베어버리는 데 성공했다. 하지만 공격이 그걸로 끝이 아니라는 것을 위험 감지 스킬이 알린다.

"내가 직접 처치해줄게!"

벽 바로 건너편, 베어버린 경계에서 맹렬히 돌진해서 이쪽으로 오는 클라이브의 모습이 보이고, 녀석의 주위에는 힐릭스 배리어가 다시 펼쳐져 있었다. 그걸로 나를 뭉개버릴 생각인가. 그 배리어에 퍽이나 자신이 있는 것 같군.

볼텍스 엣지로 클라이브의 힐릭스 배리어를 맞받는다.

"아하하~! 아까처럼 깨부수려고 해도 소용없어! 이 '시온(極樂天)'을 장착한 나한테는 안 통해!"

"…큭."

볼텍스 엣지는 아직 괜찮지만, 사현노수의 지팡이가 삐걱삐걱 비명을 지르기 시작했다.

녀석이 하는 말은 허언이 아니었다. 확실히 아까보다 위력과 강도 모두 강화되었다.

"우후후~, 승리가 눈앞이네~! 나의 에필~!"

─빠직!

머릿속에서 혈관이 끊기는 소리가 들렸다.

"에필의 이름을, 부르지 말라고 했지…!"

분노로 인한 마력 최대 출력. 볼텍스 엣지가 힐릭스 배리어를 부수고 녀석의 뺨에 깊이 꽂힌다. 이번에도 순간적으로 피하려 한 것 같지만, 볼텍스 엣지는 전기톱처럼 움직인다. 아픔도 어마어마할 것이다.

"아아아아…?! 아, 아파아아아아…!"

"아~아. 모처럼 잘생긴 얼굴이 엉망이, 로군! …어라?"

빈틈을 두지 않고 추가 공격. 통증으로 제정신을 잃은 녀석에게 지팡이를 휘두른다. 하지만 그것은 명중하지 않았다.

"그런가. 견디지 못했군…."

머리의 열기가 단숨에 식는다. 사현노수의 지팡이가 부러져버렸던 것이다. 힐릭스 배리어와 충돌하고 내 마력을 최대치로 받은 결과, 내구도의 한계를 넘어서버린 것이리라.

오랫동안 내 짝꿍으로서 고난을 함께해온 사현노수의 지팡이. 수고했어. 용케도 지금까지 버텨줬구나.

"가, 감히 내 얼굴을…."

"아, 미안해. 편하게 죽여줄 생각이었는데, 이 녀석이 더 고통을 주라고 해서."

부서진 사현노수의 지팡이를 클로토에게 수납한다.

"하아?! 그게 뭐야, 장비한테 감정을 이입한 거야? 진짜 소름 끼치잖아?!"

분노를 폭발시키는 녀석이 있으면 주위는 냉정해진다는 게 사실이로군. 이 녀석을 용서할 수는 없지만, 더 냉정하게 처리할 수 있을 것 같다.

"설마 힐릭스 배리어가 내 필살기라고 생각하는 건 아니겠지?! 아하하! 좋아, 보여주지! 내 S급 마법을!"

"그래, 기대할게. 내 것보다 강력하면 좋겠군."

나중에 에필에게서 들은 이야기지만, 이때 내 미소는 지금까지 본 것 중 가장 멋졌다고 한다.

◇　　◇　　◇　　.

―S급 마법. 그것은 마도사에게 최종 도달점이다. S급 마법 계열 스킬을 획득했다 해도, 재능이나 실력이 없으면 발현할 수 없는 경우도 있다. 설령 발현한다 해도 다루기 어려워서, 현자라 불리는 마도사라 해도 온전히 장악할 수가 없다.

하지만 그 위력은 상상을 초월한다. S급 마법은 그야말로 재앙이라서, 잘못 취급하면 나라까지 붕괴시킬 만한 위력이다.

"우후후후후후! 이제 이런 숲 따위, 너랑 함께 베어서 날려주지!"

마력이 힐릭스 배리어와 마찬가지로 클라이브를 중심으로 소용돌이친다. 단 하나 다른 것은 소용돌이치는 마력의 양이 훨씬 크다는 것이다. 아마 이게 클라이브가 가진 MP를 거의 전부 쓴 비장의 오의.

『가능하다면 에필과 인연이 있는 숲에 흠집을 내고 싶지 않았는데 말이야…. 클로토, 그걸 꺼내줘.』

클로토가 어떤 것을 배출한다. 그것은 검은색으로 통일된 긴 지팡이로, 170센티미터쯤 되는 켈빈의 키보다 더 커서 멀리서 보면 창으로 착각할지도 모른다. 공교롭게도 그 긴 지팡이는 클라이브가 든 '시온'과는 대조적인 색채였다.

켈빈은 긴 지팡이를 가볍게 휘둘러 감촉을 확인한다.

"어엉? 이번에는 뭐야?"

"준비 운동."

"에엣?!"

클라이브의 목소리가 거칠어진 그 순간, 다시 폭음. 에필이 마을

방벽에서 블레이즈 애로를 다시 쏜 것이다. 타오르는 화살이 클라이브에게 향한다. 하지만 어째서인지 피할 기색은 없다.

그대로 소용돌이치는 마력의 벽에 블레이즈 애로가 명중한다.

"아하하하하~!"

불꽃 속에서 높다란 웃음소리가 들린다. 이윽고 불꽃이 사라지자 나타난 클라이브는 상처 하나 없는 모습. 블레이즈 애로가 마력의 벽을 관통하지 못한 것이다.

"소용없어! 지금 이 벽은 방어력이 힐릭스 배리어의 두 배 이상이라고. 무슨 공격인지 모르지만, 무의미해! 그리고…."

―벽이… 수축한다.

"이제부터가 내 S급 마법 '템페스트 배리어(나선초풍벽, 螺旋超風壁)'의 진정한 모습이야!"

수축한 바람의 벽은 비스듬히 일그러지며 부풀어 하늘에, 지상에 도달한다. 형성된 그 마법은 거대한 회오리였다. 클라이브는 그 회오리의 중심에서 버티고 있다.

다짜고짜 모든 것을 부수는 그것은 천지를 휘젓는 거대한 믹서. 강력한 흡인력으로 문장의 숲의 나무들이 뿌리 끝부터 회오리에 휘말려, 접촉한 부분부터 조각조각난다.

"내 '템페스트 베리어'는 공방 일체의 최강 마법! 방어력은 아까본 대로고, 그게 회오리가 되어 광범위하게 덮치지! 우후, 우후후, 이제 넌 도망칠 수 없어!"

회오리는 서서히, 서서히 켈빈이 있는 방향으로 이동한다. 동시에 회오리가 불러일으키는 바람에 휘말려 켈빈도 빨려 들어간다.

플라이로 도망치려 했지만 회오리의 힘이 강해서 따돌릴 수가 없다.

"주인공인 내 아름다운 얼굴에 상처를 낸 대가는 크다고! 죽어, 죽으라고!"

압도적으로 상황이 유리해지자 클라이브는 유열에 젖는다. 이제 자신이 위협받을 일은 없다. 지긋지긋한 저 검은 로브도 이제 끝. 시체 앞에서 에필과 엘프들을 한데 모아 즐거운 것을 가르쳐줄 생각이다.

하지만 켈빈에게는 초조한 기색이 없다. 회오리에 저항하며 정신을 집중하고, 그 시선은 지팡이 끝을 향하고 있었다.

"보레아스 데스사이즈(대풍마신겸, 大風魔神鎌)."

칠흑의 긴 지팡이에서 뿜어 나오는 비정상적인 마력. 그 마력이 이루는 형태는 지팡이 끝에 보이는 큰 낫. 그것은 더 이상 지팡이 같은 것이 아니라, 사신이 가진 죽음의 선고의 상징이었다.

클라이브의 '템페스트 배리어'가 마력을 전면에 흩뿌린 형태라면, 이 '보레아스 데스사이즈'는 한 점에 집중하는 형태의 마법. 켈빈이 지팡이 끝을 살짝 움직이자, 그 궤도를 따라 공간이 일그러진다.

"그게 어쨌다는 거야, 죽어…!"

템페스트 배리어의 진행 속도가 확 빨라진다.

감정안으로 그 큰 낫의 특성을 조사하려고도 하지 않는 클라이브는, 흥분해서 평정심을 잃은 상태였다. 뭐, A급 감정안으로는 랭크가 부족해서 이 마법의 세부 내역을 볼 수 없기 때문에 어차피 마찬가지이긴 하지만.

그래도 클라이브에게는 마력 감지 스킬이 있을 텐데, 당장의 유리한 흐름에 눈이 어두워지고, 또 자신의 마법에 절대적인 자신감을 가지고 있었기 때문에 그것조차도 소홀히 하고 있었다. 태만했던 것이다. 마력의 성질을 알면, 그것이 절대로 맞아서는 안 되는 마법이라는 것을 이해할 수 있었을지도 모른다.

켈빈은 큰 낫을 바로잡아 들고, 이미 눈앞까지 닥친 회오리를 마주 본다.

"그 말, 그대로 돌려주지!"

큰 낫이 한 일자로 휘둘러진다. 휘둘러진 그 선을 따라 공간이 일그러지며 부채꼴 참격이 방출된다. 당연히 클라이브는 피하지 않는다. 겁을 먹지도 않고, 그저 템페스트 배리어와 함께 켈빈에게로 돌진했다.

―참격이… 직격한다.

"…빗나갔나. 역시 아직 조정할 필요가 있겠군."

"…하?"

템페스트 배리어가 흩어진다. 강대한 회오리가 소멸한 충격이 숲 전체에 퍼졌다. 보레아스 데스사이즈의 날에서 발사된 참격이 템페스트 배리어를 별것 아닌 듯 관통해서, 클라이브의 두 발과 무릎 바로 위쪽을 통과한 것이다.

템페스트 배리어를 통과한 뒤에도 참격은 멈추지 않는다. 나아갈수록 옆으로 퍼져 이윽고 나무들, 지면과 접촉. 닿는 것 모두를 베어 넘어트리고 지면에는 바닥이 보이지 않는 구멍을 남긴다. 그 방향으로 대지가 함몰하는 것을 보니 참격은 아직 사라지지 않은 것 같다. 최종적으로는 문장의 숲 깊은 곳 부근까지 도달, 숲은 보기에도 무참한 모습이 되어버렸다.

"숲에 닿지 않도록 지면과 평행으로 몸통을 노렸는데, 큰일이로 군. 장로님께 혼나려나…."

"다다, 다, 다리가아아아…?!"

클라이브의 두 발이 땅에 떨어진다. 없어진 부위에서는 필연적으로 대량의 출혈이. 서둘러 조치하지 않으면, 그대로 내버려두면 언젠가 HP가 다할 것이다. 이 상태에서도 플라이를 유지하고 있는 것은 대단하지만, 켈빈이 이것으로 용서할 리는 없었다….

"이 거리에서 직접 쏘면 빗나가지도 않겠지."

소닉 액셀러레이트의 기동력으로, 클라이브의 바로 정면으로 이동. 켈빈은 이미 그 큰 낫을 휘둘러 올린 상태였다.

"이걸로 끝이다."

"자, 잠깐…."

급기야 클라이브는 체면을 신경 쓸 여유도 없이, 얼굴이 잔뜩 일그러진 상태로 애원하며 손으로 앞을 가로막는다. 하지만 죽음을 선고하는 사신의 낫은 멈추지 않았다. 치켜 올린 그 큰 낫은 클라이브를 한쪽 어깨부터 비스듬히 내리 벤다.

"…응?"

벤 감촉이 없다. 뿐만 아니라 클라이브의 모습이 보이지 않는다.

낫이 닿았다고 생각한 그 순간, 클라이브가 사라졌다.

"거기까지입니다."

갑자기 처음 듣는 목소리가 들린다. 켈빈은 반사적으로 감지 스킬을 써서 주변을 탐지한다. 위치를 확인하고 그쪽으로 고개를 돌리자, 그곳에는 조금 전까지 모습이고 기척이고 전혀 없던, 처음 보는 형태의 대형 몬스터와 그 손 위에 탄 귀족적인 남자가 있었다. 클라이브도 남자의 발치에 굴러다니고 있다. 아무래도 눈을 홉뜨고 기절한 것 같다.

"…방금 그건, 네 소행인가?"

켈빈은 낫 끝을 남자에게 향한다.

"경계하지 않아도 됩니다. 싸울 생각은 없으니까요."

남자가 가볍게 양손을 들어 항복 자세를 취했지만, 얼굴에 반쯤 웃음기가 있어 믿음직스럽지 않다.

"우선은, 처음 뵙겠습니다… 라고 해야 할까요? 저는 트라이센 혼성마수단 장군 트리스탄 파제, 이번에 엘프 마을을 습격하는 계획을 세운 사람입니다. 앞으로 잘 부탁드립니다."

깃털 모자를 가슴에 대고 유창하게 인사하는 트리스탄.

"그래, 네가… 아니, 일단은 거기 굴러다니는 녀석이 먼저야. 그 녀석을 내놔."

"그럴 수는 없겠군요. 클라이브 장군은 아직 해줘야 할 일이 있으니까요."

"그럼, 한꺼번에 쓰러트리겠어…."

낫을 트리스탄에게 겨누자 다시 몬스터와 함께 트리스탄 일행이 사라져 켈빈의 뒤쪽으로 전이한다.

"그러니까, 싸울 생각은 없다니까요."

"…소환술인가."

"호오, 알겠습니까?"

"아니, 그것만이 아니로군. 방금 그건 평범한 소환이 아니야. … 그 몬스터, 재미있는 스킬을 가지고 있잖아."

"…후, 후후후. 좋군요, 그것까지 간파하다니. 그분도 몹시 기뻐하시겠지요."

"그분?"

"아뇨, 혼잣말입니다."

트리스탄은 과장스럽게 헛기침을 한다.

"오늘은 탐색을 하러 온 것뿐… 이라고 하면 패배자의 변명처럼 들리겠군요. 솔직하게 인정하도록 하지요, 우리의 완전한 패배입니다. 그러니까 도망치도록 하겠습니다."

"도망치게 두지는 않겠어."

MP 회복약을 클로토에게서 꺼낸다.

"이런, 회복하시기 전에 사라지도록 하겠습니다. 그럼, 또 뵙지요…."

마법진조차 깔지 않고, 트리스탄 일행의 모습이 순간적으로 사라진다. 아무래도 이미 근처에는 없는 것 같다.

"…놓쳤나. 마을로 이동한 기척도 없고."

부하 네트워크를 확인. 골렘들은 무사히 여기사를 포획, 세라 쪽도 대충 정리된 것 같다. 메르피나와 리온도 마을로 돌아가는 길이다.

『전투 종료. 적 장군은 도주. 이제부터 마을로 돌아가겠지만, 제라르는 계속 경계해줘.』

『알겠다.』

『주, 주인님?! 기, 기다리고 있을게여!』

…에필이 혀를 깨물었다.

'…에필, 왜 그러지? 뭐, 일단은 귀환이 우선인가.'

전투 보고를 하고 MP 회복약을 단숨에 털어 마신다.

'좀처럼 뜻대로 안 되는군. 게다가 그 트리스탄이라는 귀족, 왜 소환술로 마을을 습격하지 않았지? 아니, 그보다 지금은….'

켈빈은 하늘을 올려다보고 크게 숨을 들이마셨다.

"젠자아아앙!"

후회의 포효가 숲에 울려 퍼져 나무들에 침투하고, 허공으로 던진 보레아스 데스사이즈가 구름을 베고 하늘로 올라간다. 그 일격에 지팡이에 건 마력이 끊겨서, 긴 지팡이는 본래 모습으로 돌아갔다.

자책감이 들어 견딜 수가 없다. 매료 스킬을 가진 위험한 인물을 놓친 것. 잘난 척 떠들어놓고 마법을 충분히 제어하지 못한 것. 모든 것이 동료의, 사람들의 위험으로 곧장 이어진다.

'보레아스 데스사이즈의 첫 일격이 맞았다면 이런 결과가 되지 않았을 거야….'

마음에 안개를 조금 남기는 결과가 되었지만, 켈빈은 플라이를 써서 마을로 향한다. 이 후회의 감정이 어디로 향할지는 켈빈에게 달렸지만, 일단 지금은 막을 내리도록 하자.

―마을 방위전은 이것으로 종결했다.

—엘프 마을 방벽

마을 저편, 숲 동쪽 끝에서 발생한 이변. 하늘 끝까지 닿을 것 같은 거대한 회오리가 출현하고, 그것이 중심부터 끊어지는 것을 엘프들은 공포에 질려 바라보고 있었다.

회오리가 흩어짐으로써 일어난 충격파는 마을까지 도달했다. 마을은 발생지와 충분한 거리가 있어서 위험하지 않았지만, 근처에서는 소용돌이에 휘말린 나무들이 떨어진다. 그것도 또한 엘프들을 두렵게 만들고 있었다.

"이, 이봐, 저 엄청나게 큰 회오리가 사라졌는데, 싸움이 끝난 건가?"

"내가 어떻게 알아…. 아무리 엘프의 눈이 좋다 해도 저렇게 멀리까지는 안 보인다고."

마을의 엘프 중 전투 경험이 있고 레벨이 높은 사람들이 방벽 위에서 활을 들고 마을 주위를 경계하고 있었다. 다행히 아직까지 나설 차례는 오지 않았지만, 언제 어디서 적이 출현할지 모른다. 나아가 멀리 천재지변급의 마법까지 보이니, 용감한 그들도 역시 두려움이나 초조함을 느끼고 있었다.

"하지만 아까 에필 씨의 활은 대단했어. 아직도 귀가 아파!"

"그래. 활 쏘는 망루에서는 그렇게 엄청난 소리가 들리지 않았으니까 놀랐어. 거기까지도 또렷하게 보이는 모양이고."

"같은 궁수로서 동경하게 되는걸~. 대단히 예쁘기도 하고!"

하지만 그런 그들에게 용기를 준 것은 같은 장소에 서서 본 적도, 들어본 적도 없는 궁술로 화살을 쏘는 에필의 모습이었다. 가련한 외모와 달리 가냘픈 손으로 폭음을 내는 업화(業火)의 화살을 쏜다. 눈이 얼마나 좋은지 아득한 거리도 전혀 문제 삼지 않고서, 정확하고 무자비한 사격을 반복한다.

실제로 엘프들은 정말로 명중했는지 빗나갔는지까지는 모르지만, 그들에게 그런 것은 별일이 아닌지 에필이 활을 쏠 때마다 가슴을 두근거렸다. 심쿵이다.

"에필 씨, 싸움은 끝난 걸까요?"

"…아, 장로님."

방벽 계단을 올라온 넬라스가 에필에게 묻는다. 하지만 에필은 어쩐지 멍해 보였다.

"어라? 에필 씨, 얼굴이 조금 붉은 것 같은데요…."

말을 다 끝내기 전에 넬라스가 화들짝 놀라 무언가를 깨달았다.

"서, 설마 그 마법의 반동입니까?! 구호반! 당장 여기로 와라! 에필 씨한테 큰일이 났어…!"

"아, 아니에요. 아닙니다!"

방벽 위에서 고개를 내밀고 마을을 향해 외치는 넬라스. 그 목소리에 마을이 단숨에 떠들썩해진다.

"에필 씨가 부상을 입었대! 백마법을 쓰는 놈은 서둘러!"

"여보, 창고에서 제일 좋은 회복약을 꺼내 와요. 사태가 급박해!"

"나한테 맡겨둬…!"

"여, 여러부운…! 아니에요, 저는 사지 멀쩡합니다…!"

에필의 설득?으로 혼란은 머지않아 잦아들었다.

"이런 비상시에 지레짐작해서 죄송합니다…."

"아뇨… 그보다 주인님의 전투가 끝난 것 같습니다. 지금부터 마을로 귀환하는 것 같아요. 다른 사람들도 마찬가지입니다."

"그, 그럼…."

넬라스가 질문하자 에필은 생긋 웃는다.

"네. 적은 괴멸, 마을을 지켜냈습니다."

방벽에 있던 엘프들 모두가 환희에 휩싸여 소리를 지른다. 이윽고 그 환성은 방벽 내의 마을에도 옮아가, 마을 전체가 환성에 휩싸였다.

"에, 에필 씨, 정말로 고마워, 고마워…!"

어떤 사람은 뚝뚝 눈물을 흘리며, 또 어떤 사람은 흥분이 잦아들지 않은 것 같은 태도로, 차례차례 에필에게 고맙다고 말했다.

'고, 곤란하네요. 감사받을 만한 일을 한 건 주인님이나 리온 님인데….'

에필은 겸손하게 생각하지만 에필도 방어전에서 많은 공적을 남겼다. 적에게 정체불명의 공격으로 두려움을 심어주어, 군의 진행을 완전히 막음으로써 마을에는 전혀 피해가 없었다. 또한 켈빈을 지원하는 그 모습은 엘프들에게도 격려가 되었다. 충분히 감사의 말을 들을 자격이 있다.

'하지만, 아까 주인님이 하신 말씀, 기뻤어….'

『손대지 마, 였느냐?』

—펑! 부끄러움 폭발. 에필은 머리에서 김을 뿜으며 그 자리에

쓰러져버렸다.

"에, 에필 씨?! 구호반…!"

다시 들끓는 혼란. 에필, 리타이어….

『음, 한계를 넘어버렸구먼.』

제라르는 정문을 지키고 있었지만, 방벽 근처에 있었던 만큼 활 쏘는 망루에서 내려온 뒤 에필의 분위기가 이상하다는 것도 알아차 리고 있었다.

『제라르, 뭐 하는 거야…. 경계하라고 했잖아?』

『아니, 그게 말이다. 저렇게까지 알기 쉬우면 놀려보고 싶어지지 않느냐.』

마을로 돌아오는 도중인 켈빈이 네트워크 대화를 보낸다.

『방벽에 온 뒤로 계속 저 상태였고, 때때로 멍해지더구먼. 그러 면, 망루에서 한 그 말밖에 원인이 없지 않으냐? 내 여자를….』

『나도 진짜 부끄러우니까 그만해….』

『크크, 뭐 걱정하지 마라. 공주님들도 돌아온 것 같다.』

제라르가 다리 건너편에 눈길을 보내자, 숲에서 흙먼지가 피어오 르는 것이 보였다. 그 원흉들이 정문으로 향한다.

"골인 제라르가 보입니다! 얼마 안 남았어요!"

"으랴앗…!"

"이번에야말로 질 수 없지요!"

몸에서 전기를 분출하며 질주하는 리온, 진 스크리미지를 날개에 품고 비상하며 폭주하는 세라, 평범하게 전력으로 질주하는 메르피 나의 모습이다. 또 무슨 경주라도 하는 모양이었다.

『…너희들, 뭘 하는 게냐.』

♬(켈빈에게서) 누가 제일 먼저 칭찬받을지 시합!♬

『그, 그러냐.』

'날 골 취급하지 않았느냐?'라고 제라르는 마음 한구석으로 한순간 생각했지만, 그런 것은 앞쪽에서 달려드는 세 명의 압력에 날아가버린다.

리온이 약간 앞질러 제라르의 옆을 빠져나가고, 이어서 메르피나와 세라가 동시에 골인한다.

"해냈다! 순간적으로 만든 마법이 잘된 덕분이야!"

"큭, 메르라면 또 몰라도, 리온에게 지다니….."

"세라, 지금은 리온의 성장을 기뻐해야 할 상황입니다."

"……그렇네. 축하해, 리온. 분하지만 켈빈에게 전과를 보고하는 선봉은 네 거야!"

"세라 언니, 메르 언니…. 나, 더 열심히 할게!"

덥석! 세 명은 뜨거운 우정의 악수를 나눈다.

"끼어들어서 미안하지만, 이건 어떤 상황인 게냐?"

"청춘입니다."

"아니, 참….."

이야기를 듣자하니 기간트 로드를 쓰러트린 뒤 적 부대는 뿔뿔이 흩어져, 더 이상 반발하는 사람은 거의 없어졌다고 한다. 대부분은 투항하거나 도주했다고 한다.

"혹시나 싶어 우리끼리 주위 일대를 조사했는데, 도중부터 몇 명을 포획할 수 있을까! 라는 시합으로 변해서."

"도중에 처리한 잔당 수는 거의 같았으니까요. 끝으로는 마을까지 경주했습니다."

"재미있었어~. 그치, 알렉스."

리온의 그림자에서 알렉스가 고개를 내밀고 대답한다.

"너희들, 정말 믿음직스럽구면…."

"그러고 보니 제라르, 포획한 적을 클로토들한테 먼저 나르게 했는데, 무사히 도착했어?"

"음. 아까 마지막 클로토가 왔다. 감옥이 꽉 차버렸어."

마을 광장에 대형 감옥이 설치되어, 클로토가 운반한 적 병사들은 거기 갇혀 있었다.

어느 정도 여유를 두고 만들었는데, 현재는 만원전철 같은 상황이다.

"아, 켈 오빠도 돌아왔어!"

리온이 동쪽 하늘을 가리킨다. 하늘을 날아 이쪽으로 오는 켈빈의 모습이 보인다. 약간 지친 것 같지만 보아하니 다친 기색은 없다.

"여어, 내가 마지막인 것 같군. 다들 수고했어."

"켈 오빠, 어서 와! 있잖아, 나 굉장한 몬스터를 쓰러트렸어!"

리온이 켈빈 앞에서 폴짝폴짝 뛰면서 자기 활약을 설명한다.

"그래, 나도 봤어. 열심히 했구나, 리온."

흑발을 상냥하게 쓰다듬어주자 리온은 기분이 좋아 보인다. 그에 비해 뒤에서는 '으으으' 하고 분해 보이는 세라와, '어머나, 어머나' 하고 좋아하는 메르피나. 자기도 머리를 쓰다듬고 싶어서 좀이 쑤

시는 것 같은 제라르는 시야 밖에 있다.

동료가 따뜻하게 맞이해주는, 평소와 같은 광경. 그것은 굉장히 고맙고 기쁘다.

하지만 적장을 놓쳐버린 내 마음은 밝아지지 않는다. 스테이터스나 스킬에 자만하지 않는 것을 신조로 삼고 동료들에게도 계속 다짐해두었는데, 나 자신이 그것을 이해하지 못하고 있었다. 후회만이 쌓인다.

클라이브를 놓친 대가는 그만큼 크다. 그 녀석은 자존심이 강하니 다음에는 얼마나 비열한 수단을 쓸지 모른다. 나나 에필의 얼굴도 보았다. 국가 간의 문제와 관계없이 타깃으로 삼을 가능성도 크다.

최악의 결과를 막기 위해서도, 동료들에게 위해를 가하게 만들지 않기 위해서도, 나는 자성해야만 한다.

'─이제 후회는 하고 싶지 않아.'

"…후회?"

마음 깊은 곳에서 누군가의 목소리가 들려온 느낌이었다.

"…오빠, 켈 오빠! 저기, 듣고 있어?"

"아, 미안해. 듣고 있어."

"아이, 참, 갑자기 딴청을 피우다니. 그럼 계속 말할게. 거인의 몸이 확 새빨개지더니 말이야…"

리온의 무용담은 아직도 계속될 것 같다. 아까 그것이 무엇이었는지는 모르지만, 지금은 리온의 이야기를 잘 들어야지. 그것이 오빠의 본분이다.

◇　　◇　　◇

—엘프의 마을

해가 뜨고 어렴풋이 날이 밝아오기 시작했다. 나는 흥분이 식지 않은 리온을 목말 태우고 마을 문을 빠져나간다.

"거물은 리온이 상대했지만, 적병 포획 수는 제가 제일 많았어요."

"그렇게 치면 나도 몬스터 격파 수는 톱이라고!"

어디서 꺼냈는지 꼬치 경단을 냠냠 먹는 메르피나와 평소처럼 떡하니 서서 턱을 들고 의기양양한 표정을 짓는 세라. 메르피나의 경단은 클로토의 보관에 넣어둔 것이리라. 클로토, 너무 하자는 대로 다 받아주지 마. 메르피나가 살쪄.

게다가 어째서인지 둘 다 나를 가만히 바라보며 꿈쩍도 하지 않는다. …아, 칭찬해줬으면 하는 거로군.

"응, 둘 다 잘해줬어."

"그렇죠! 그럼….."

"하지만 지금은 내 시간이야~."

리온이 목말을 탄 자세로 내 머리카락에 뺨을 비빈다. 세라와 메르피나는 어쩔 수 없다는 듯이 한 걸음 물러났다. 평소라면 꽤 끈덕지게 구는데, 오늘은 흔치 않게 고분고분하네.

"켈 오빠의 머리카락, 부들부들해."

"그래? 만지는 감촉은 리온이 더 좋은데?"

리온과 서로의 머리카락을 매만진다. 일단 몸가짐은 신경 쓰고 있으니까. 저택에서 살게 된 후로는 매일 목욕을 할 수 있어서 만족스럽다. 물론 우리 여성진들도 마찬가지다. 목욕 문화 만세!

"왕이여, 시시덕거리는 것도 좋지만 슬슬 엘프들이 마중을 나올 거다."

"무슨 소리야. 이건 엄연한 남매 사이의 커뮤니케이션이라고."

"그래, 제라 할아버지. 별로 본다고 부끄러워할 일이 아니야."

"음, 그런 것이냐? 으응?"

제라르가 묘한 표정을 짓고 있(는 것 같)다. 뭐야, 이 정도는 일상다반사잖아.

"당신, 서서히 리온에게 물들어가고 있어요…."

그러는 사이에 우리는 광장에 도착한다. 엘프들은 에필이 쓰러진 소동으로 혼란에 빠진 것 같았지만, 아무리 그래도 우리가 여기까지 오니 알아차린 것 같다. 마침 이쪽을 돌아보던 장로와 눈이 마주친다.

"케, 켈빈 님!"

"장로님, 지금 돌아왔습…."

"켈빈 니임…!"

맹렬하게 이쪽으로 뛰어오는 장로.

뭔가 처음 만났을 때랑 캐릭터가 바뀐 것 아닌가요? 뭐라고 해야 할까, 엘프답지 않게 열띤 태도라고나 할까.

"죄송합니다! 에필 씨가 쓰러져버렸습니다아…!"

"일단 진정하세요. 에필은 괜찮으니까요."

그대로 무릎을 꿇는 장로 넬라스 씨와 그 뒤를 따라온 마을 엘프들이 따스하게 맞이해주었다. 다친 사람도 없는 것 같다. 다행이다.

에필에 대해서는 조금 지쳐서 그럴 거라고 설명하니 간신히 납득해주었다. 하지만 장로와 사람들은 연달아 감사의 말을 빗발처럼 쏟아낸다. 마을 전체 엘프들이 모인 만큼, 상당히 음량이 크다. 마음이 담겨 있는 만큼 대충 넘겨버릴 수도 없다. 혼자서 이걸 다 받아주던 에필은 곤혹스러웠을 것이다.

"정말로 뭐라고 감사의 말씀을 드리면 좋을지⋯."

"장로님, 그전에 조금 기다려주실 수 있을까요? 일단 감옥 상태를 확인하고 싶어서요."

"붙잡은 트라이센 병사들 말이군요. 설마, 몬스터 습격의 이면에서 트라이센이 움직이고 있었을 줄이야⋯. 이쪽입니다. 오시지요."

광장에는 내 녹마법으로 만든 특제 감옥이 설치되어 있다. 부하 네트워크를 통해 확인한 바에 따르면, 이 방어선에서 잡은 사람들은 '혼성마수단' 소속 부관 한 명, 대대장 두 명, 대장 다섯 명, 다른 일반 병사 다수. '마법기사단' 소속 부관 한 명, 대대장 세 명이다.

고맙게도 계급이 높은 사람은 모두 장비 목 부분에 계급을 드러내는 훈장을 달고 있어서 알기 쉬웠다.

내역을 확인해보니 클라이브는 자기 기사단의 최고 전력을 호위로 데리고 온 것 같다. 특별히 아낀다고 했으니, 사실상 이걸로 기사단 전력의 태반을 잃은 것이리라.

"히, 히익?!"

우리가 감옥으로 다가가자 붙잡힌 트라이센 병사가 한심한 비명을 지르며 감옥 안쪽으로 물러난다. 우리, 아니, 세라 일행을 보고 두려워하는 것 같군.

"뭐야, 실례잖아!"

세라는 부루퉁 화를 내지만, 뭐 전투를 시종일관 지켜본 사람의 심정은 이해한다. 정체불명의 적이 흉악하다는 B급 몬스터들을 종 잇장처럼 베어 넘기며 달려든 것이다. 겉모습은 죄다 미녀나 미소녀라서 더 무섭다. 후반에는 총괄하는 사령관도 없어져서 등을 돌리고 도주하는 병사도 속출, 마음에 트라우마가 생겨버린 사람도 많으리라.

"영차! 자~, 무섭지 않아~."

"이쪽으로 왔어?! 사, 살려줘…!"

리온이 내 어깨에서 뛰어올라 앞구르기를 하며 감옥 눈앞에 착지한다. 생글생글 양손을 작게 저으며 다가가지만, 결과는 세라와 마찬가지다.

"우… 이렇게 반응하니까 여자애로서 조금 상처받는걸."

"그쯤 해두라니까. 게다가 용건이 있는 사람은 그들이 아니야."

감옥 속에서 무릎을 끌어안고 앉아 있는 네 명의 여성에게 눈길을 준다. 클라이브의 부하였던 마법기사단 여기사들이다. 네 명 다 눈이 공허하고, 혼성마수단의 병사들과 달리 아무 반응도 보이지 않는다.

"클로토, 저 여기사들을 여기로 데려와줘."

내 로브에서 클로토가 뿅 하고 고개를 내밀고서 지면에 내려온다. 클로토는 몸 일부를 비대화해서 감옥 틈새로 침입하더니, 촉수처럼 휘감아서… 라고 말하니 좀 그렇지만, 그런 느낌으로 여기사를 들어 올려 감옥 안의 이 근처까지 한 줄로 나란히 날라 데려온다. 주위 혼성마수단 녀석들이 시끄럽지만, 참자, 참아.

『당신, 그녀들을 매료 상태로 만든 클라이브라는 남자가 정말로 환생자라고 했습니까?』

메르피나가 부하 네트워크로 말했다.

『응? 아, 자기가 그렇게 말하던데.』

『…그렇습니까.』

『뭐 신경 쓰이는 거라도 있어?』

『아뇨, 나중에 이야기하도록 하죠. 지금은 그쪽에 전념해주십시오.』

『그래?』

감옥을 사이에 두고 여기사 한 명에게 오른손을 드리운다. 외는 것은 '베네딕션 큐어(全晴)'. 저주 이외의 상태 이상 대부분을 낫게 하는 마법이다. 하지만 '매료'를 해제하는 것은 이번이 처음. 효과가 있으면 좋겠는데.

"으, 으으…."

눈에 빛이 서서히 돌아온다. 좋아, 다른 여기사들에게도 베네딕션 큐어를 걸도록 하자.

—엘프 마을 장로의 집

"그녀들은 상태가 어떻습니까?"

"간이 침상을 마련한 다른 감옥에 눕혀두었습니다. 매료의 효과는 완전히 사라졌으니, 이제 체력만 돌아오면 문제없을 겁니다."

여기사들을 다 치료한 뒤, 감옥 감시자로 제라르와 세라를 남겨두고 우리는 장로의 집으로 이동했다. 에필도 여기서 쉬고 있다는 것은 맵을 통해 확인했다.

"하지만, 그녀들도 본래는 트라이센 군대 사람인데…. 괜찮을까요?"

"그대로 매료 상태로 방치하는 것보다는 낫겠죠. 자살하라는 명령을 받을 가능성도 있으니까요. 나중에 가운의 모험자 길드에 넘기려고 합니다."

수왕 레온하르트 가운의 편지에는 엘프의 마을 방어에 성공하면 S급 승격 시험에 합격한 것으로 하겠다… 고 적혀 있었다. 포박한 트라이센 병사에 대해서는 언급하지 않았다. 이번 의뢰, 아니, 승격 시험은 모험자 길드를 통한 것. 그렇다면 모험자인 나는 길드나 시험관인 수왕에게 저 녀석들을 넘기는 게 타당하리라. 그러기 전에 세라를 시켜 정보는 얻어냈지만 말이지.

"하지만 말이야, 수왕님은 어디서 우리를 감시하고 있는 걸까? 마을을 잘 지켜냈다는 걸 알고 있는 걸까?"

"그것 말입니다만, 사실은…."

"됐다, 넬라스, 내가 이야기하마."

갑자기 방문 밖에서 용맹스러운 목소리가 들린다. 문을 연 목소리의 주인은 홍차를 가져다주었던 급사 여성.

"…당신은?"

"이러한 모습이라 미안하군. 내가 가운의 수왕, 레온하르트 가운이다."

"에엑?!"

리온이 놀라서 소리를 지른다. 나도 간신히 표정에 드러내지는 않았지만, 속으로 상당히 놀란다. 감정안으로 확인해도 스테이터스는 일반적인 여성, 그것도 엘프의 스테이터스이기 때문이다.

"여성… 이셨습니까?"

"아니, 이건 우리나라에 전해지는 매직 아이템으로 위장한 모습이다. 말하자면 환상을 보여주는 것이나 마찬가지. 유감이지만 나는 남자다. 만에 하나의 경우에 대비해서 대기하고 있었는데, 무사히 일이 끝나 안심했다."

뿌듯하게 웃는 레온하르트.

모습만이 아니라 스테이터스도 위장할 수 있는 매직 아이템이라. 성능을 생각하면 가치가 S급 정도는 될 것 같다.

"괘, 괜찮으시겠습니까, 국왕 전하. 국보 아이템에 대해 그리 선선히 가르쳐주시다니…."

"상관없다. 이 방어전에서 싸우는 것을 보고 그대들의 인품은 이해했다. 게다가 켈빈은 지금은 마을의 영웅. 넬라스, 너도 마음은 같지 않으냐?"

"…네!"

레온하르트는 소파에 털썩 앉아 나와 마주 본다.

"켈빈. 이번 시험, 합격이다. 마을에 피해를 주지 않고, 적의 흑막까지 밝혀주었다. 뭐, 숲을 조금 파괴해버린 것은 약간 감점이지만."

"죄송합니다…."

"뭐, 그래도 충분하고도 넘치는 성과다. 가운이 정예를 파견했다면 피해는 더 컸겠지. 활약에 감사한다."

수왕이 깊이 고개를 숙인다. 지금은 여성의 모습이라지만 영토 내에서 이래서야 곤란하다. 황급히 말린다.

"신경 쓰지 마라. 이 모습으로 있으면 아무도 내가 레온하르트라고 생각하지 않는다. 알고 있는 것은 넬라스뿐이다. 사실 이 모습은 넬라스의 딸의 모습을 투영한 것이라 중간중간 서로 교대하기도 했다. 넬라스가 착각해서 진짜 딸에게 무릎을 꿇었을 때에는 정말이지 우스웠지!"

"저, 전하, 그쯤 해두시지요…."

넬라스 씨가 울 것 같다.

"음, 그런가? 나는 아직 대화를 나누고 싶지만, 뭐 좋다. 이번에 잡은 자들은 내 쪽에서 처리하도록 하지. 그리고 이번 보수의 일부로…."

레온하르트가 가슴 쪽에서 도장 같은 것을 꺼냈다.

"가운 전이문 허가인을 내가 직접 내리겠다. 자, 빨리 길드증을 내놓도록."

—트라이센 마법기사단 본부

"으, 윽… 여, 기는…?"

클라이브는 눈을 뜬다. 깨어난 직후의 기분은 최악, 마치 악몽을 꾼 직후 같은 느낌이었다. 뺨과 다리가 아프고 몸 전체가 몹시 나른하다.

"이, 천장… 여기는 내 방… 인가. 그래, 크크! 난 살아남았군……!"

몸 상태는 여전히 나쁘지만, 마음 깊은 곳에서 웃음이 치민다. 그 버릇없는 까만 로브를 죽이지 못한 것은 유감이지만, 이제 기회가 생겼다. 녀석을 이길 수 없다면 녀석의 동료를 이용하면 된다.

"그래, 다음에는 내 매료안으로…."

"정신이 든 것 같군요."

클라이브가 오른쪽을 보자 그곳에는 잘 아는 금발 남자의 모습이 있었다.

"뭐야, 트리스탄이냐."

주위를 확인해보니 클라이브만 아니라 부하 여기사들도 있는 것 같다. 자기 방 침대에 누운 클라이브를 둘러싸고 서 있다.

"아기 고양이들까지, 문병을 온 건가? 그래, 트리스탄. 그때에는 고마웠어! 용케 나를 구출해줬군!"

"아뇨, 환생자인 당신의 몸은 세계의 보물이니까요. 당연한 일을 한 것뿐입니다."

"우후후, 너는 정말로 나를 잘 아는군! 나를 마법기사단 장군으로 추천해준 것도 그렇지만, 트리스탄은 가치를 정말 잘 알고 있어."

"마침 전임 장군이 그만둔 시기여서요…. 그나저나 당신이 트라이센에 온 지 벌써 2년이라니, 시간 한번 빠르군요."

"그때부터 덕분에 호강하고 있어. 그래, 답례로 누구 마음에 드는 애가 있으면…."

클라이브가 침대에서 일어나려고 한 그때, 위화감이 느껴졌다. 손이, 팔이, 목이, 가슴이, 허벅지가, 온몸이 끈 같은 것에 구속되어 움직일 수 없는 상태였던 것이다.

"…어? 트리스탄, 이건?"

"이제야 알아차리셨습니까. 생각 외로 둔한 머리가 아직 깨어나지 않은 건가요?"

검지로 관자놀이를 가리키며, 트리스탄은 입을 일그러트린다.

클라이브는 트리스탄이 이런 식으로 웃는 것을 본 적이 있다. 일시적인 변덕으로 소집에 응했을 때, 트리스탄이 철강기사단의 던을 비웃던 때의 웃음이다. 이럴 때 트리스탄은 반드시 뭔가 좋지 않은 짓을 꾸미고 있다. 비슷한 종류의 인간이고, 비교적 트리스탄과 교우가 있었던 클라이브이기에 간파한 버릇이다.

클라이브의 이마에 땀이 밴다.

"이, 이봐, 이봐. 이상한 농담은 관둬."

"농담? 뭐가 농담일까요? 혼성마수단, 그리고 마법기사단을 독단으로 끌고 간 끝에 일개 모험자에게 패배한 뒤 뻔뻔스럽게 도망쳐 돌아온 것 말입니까?"

"무슨 소리야? 그건 네가 권유한 거잖아! 게다가 내가 데려간 건 마법기사단 부하뿐이야!"

"무슨 소리입니까? 제 혼성마수단 간부, 나아가 그 부하 몬스터들과 군대의 반수 이상의 사람들에게 명령을 내린 건 클라이브 당신입니다."

"말도 안 돼!"

속박에서 벗어나려고 몸에 꽉 힘을 준다.

"이 정도 끈쯤은, 내 마법을 쓰면…."

"소용없습니다. 그건 매직 아이템이라 대상의 마력을 봉인합니다. 자기 힘으로 빠져나올 수 있는 건 왕자나 던 장군 정도겠지요. 아, 참고로 당신은 전사했다고 국왕에게 전해두었습니다."

"…너, 목적이 뭐야."

비난하는 시선을 던지지만 트리스탄은 전혀 개의치 않는다.

"말했잖습니까? 내용물은 그렇다 쳐도, 환생자인 당신의 몸은 보물이라고. 이 세계에는 이세계인도 드물지만 환생자는 그 이상으로 희귀합니다. 경우에 따라서는 수백 년에 한 번도 못 만날 정도로. 그러한 육체를 빤히 보면서 도망치게 두다니, 그럴 수 있을 리가요."

트리스탄은 근처에 있던 여기사들에게 눈으로 신호한다. 여기사들이 좌우로 갈리자, 그 안쪽에 있던 테이블 형태의 손수레가 클라이브의 시야에 들어왔다. 그 손수레 위에 무언가가 놓여 있는 것 같다. 여기사 한 명이 그 손수레를 트리스탄의 앞으로 밀며 걷는다.

"아, 아기 고양이들, 뭐 하는 거야! 주인공인 내가 위기에 빠졌다고! 빨리 도와!"

"소용없습니다. 마법기사단에 매료를 걸었던 것을, A급 은폐 스킬을 쓴 정도로 숨길 수 있을 줄 알았습니까? 지금까지 나라에서 입을 다물고 있었던 것은 당신에게 그만한 가치가 있었기 때문입니다. 트라이센은 실력주의를 신봉하니까요, 그에 상응하는 가치가 있으면 묵인합니다. 하지만 당신은 실패했지요. 그다음은 편했습니다. 마법기사단도 당신의 대행이라는 형태로 제 것이 되었고."

"뭐… 라고…?!"

트리스탄이 손수레에 놓인 것을 손에 든다. 그것은 불길한 분위기를 풍기는 단검이었다.

"출입하는 상인에게서 무기를 대량으로 구입했거든요. 대단하지요. 이게 전부 다 저주받은 무기입니다. 우와, 이건 정말 끔찍하게 생겼군요."

"무, 무슨 짓을 할 생각이지…?"

"괜찮습니다. 죽이지는 않아요. 소중한, 소중한 육체이니까요."

서걱. 약간 녹슨 단검의 칼날이 클라이브의 오른쪽 어깨에 꽂힌다.

"으아, 아, 아악…!"

"저주받은 것이라 기절할 정도로 아프지요? 하지만 안심하십시오. 그렇게 두지는 않을 테니."

소환술을 행사. 클라이브의 머리맡에 버그 같은 몬스터가 출현한다.

"이 잉큐버그(夢食縛)는 대단히 연약합니다만, 꿈을 먹음으로써 감정을 해방하는 힘이 있습니다. 자, 이런 식으로."

잉큐버그가 클라이브의 머리 위에서 우물우물 입을 움직인다. 그러자 통증 때문에 멀어지던 클라이브의 정신이 점점 현실로 돌아온다.

―당연하지만 통증은 사라지지 않는다.

"무, 무스으은, 짓을…!"

"정신이 드셨군요. 사람의 말은 끝까지 들으십시오. 자."

현실과 꿈의 경계에서 의식이 혼탁한 가운데, 클라이브는 힘을 짜내 트리스탄이 가리키는 쪽을 본다. 여기사들의 머리 위에 핑크색 안개가 끼어 있었다.

여기사들의 눈이 서서히 감긴다.

"당신에게서 빼앗은 꿈을 그녀들에게 옮김으로써, 그녀들이 지금 가장 하고 싶은 것에 대한 욕구를 채우는 겁니다. 매료가 아니라, 최면이라고 해야 할까요."

"서, 서얼마아아아…."

"괜찮습니다. 당신이 평소부터 말씀하시던 대로, 그녀들이 정말로 당신을 사랑한다면 당신이 바라는 것을 해줄 겁니다."

선두에 선 여기사가 클라이브에게로 걸어와, 손수레 위에 놓인 칼을 손에 든다.

"아, 그녀들을 위해 간이 저주 방지 마술을 손에 걸어뒀으니 안심하시죠."

"그, 그마안…."

여기사가 휘둘러 올린 그것은 레이피어. 익숙한 움직임으로 내지른 일격이 엉덩이를 도려낸다.

"……!!!"

"이런, 그녀가 기분이 좀 안 좋았나 보군요. 하지만 당신의 부하는 아직 많습니다. 누군가는 틀림없이 보답해줄 겁니다. 음, HP가 슬슬 위험하군요. 너랑 너, 교대로 장군님을 회복시켜드려라. 아마 좋아하실 거다."

지명받은 여기사는 씩 하고 웃었다.

"나나나는, 그그그그런!!!"

"이런, 죄송합니다. 이제부터 저는 회의가 있어서요. 잠시 돌아오지 못하게 될 테니 몇 주일쯤 그대로 즐기시길. 저주의 무기는 추가로 준비했으니 얼마든지요."

"자자자자잠까아아안!"

"그럼 이만."

—달칵. 무정하게 문이 닫힌다. 조금 보인 문밖에는 기다리는 여기사들의 행렬. 조금 전까지 행복한 광경이었던 그것이 지금은 악

몽에 지나지 않는다.

　클라이브는 깨지 않는 악몽을 당분간 계속 꿔야만 했다.

　트리스탄은 탁탁 하고 복도에 경쾌한 발소리를 울리며 기분 좋게 걷는다.

　'준비한 무기는 합계 1,342개. 이렇게 단기간에 수집한 질드라가 대단하다고 말하고 싶지만, 조악한 물건도 몇 개 있었지요. 클라이브의 몸에 잘 융합할 때까지 역시 시간이 필요할 겁니다. 뭐, 그 무렵에는 자아 따위 이미 없겠지만요. 하지만 좋은 몬스터가 되어줄 것 같습니다.'

　마법기사단 본부는 부자연스러울 정도로 조용했다. 바깥에는 비명 하나 들리지 않는다. '동생 카셀도 재능만은 아주 조금이나마 있었으니, 집을 떠나지 않았다면 제 부하로 훌륭하게 성장시켜줄 수 있었는데 말이지요…. 뭐, 소심하고 살인이 취미인 변태이니 역시 필요 없습니다. 그나저나….'

　"각국에 선전 포고를 하기까지 얼마 남지 않았습니다. 즐거워지는군요."

―트라이센 성

문장의 숲에서 트리스탄이 귀환한 다음 날 아침, 국왕 젤은 트라이센성 원탁 회의실에 이른 아침부터 각 장군들을 소집했다. 현재 방에는 아즈그라드, 던, 트리스탄, 슈트라, 즉 클라이브를 뺀 장군 모두가 모습을 보이고 있다.

　"클라이브 녀석은 또 빠지겠다는 건 아니겠지?"

　"부관들을 데리고 나갔다더군. 며칠 전 한밤중에 녹마법으로 날아가는 걸 본 부하가 있던데."

　"그래, 이번에 전원을 소집한 것도 바로 그게 원인이다."

　"클라이브가? 그 녀석 또 무슨 짓이라도 저질렀어, 아버지?"

　아즈그라드는 어이없어하며 크게 한숨을 쉰다.

　"왕자님, 그건 제가 설명해드리겠습니다."

　"트리스탄?"

　트리스탄이 자리에서 일어나 방 한가운데로 걸어간다. 그 동작이 이상하게 능청스럽다.

　"사건의 시작은 4일 전 한밤중입니다. 던 장군의 부하가 클라이브 장군을 목격한 그날, 우리 혼성마수단의 부관과 대대장을 포함한 병사들 절반이 행방불명되었습니다."

　"행방불명? 무슨 소리지? 혼성마수단은 원정 중일 텐데. 몬스터를 토벌하러, 아니, 포획하러 간다고 했던가?"

　"네, 그럴 계획으로 부관 울프레드에게 인솔시켰습니다. 우리 군대의 비장의 카드인 '기간트 로드'까지 데려가게 하고요."

　"점점 더 행방불명된 이유를 모르겠군."

　기간트 로드는 S급 몬스터, 파괴력이 어마어마하고 튼튼해서 트라이센 국내에서도 쓰러트릴 수 있는 사람이 거의 없다. 군대가 달려든다면 또 모르지만, 단독으로 쓰러트릴 수 있는 사람은 클라이브의 S급 마법이나 용을 탄 아즈그라드, 그리고 던 정도일 것이다. 나아가 그 주위에 혼성마수단의 반수에 이르는 조련사와 부하 몬스터들이 진을 치고 있었다. 상대가 S급 몬스터였다 해도 밀릴 리가 없다.

"나도 이해가 안 가는군. 게다가 클라이브와 그게 무슨 관계⋯⋯ 허, 설마⋯."

"역시 던 장군, 알아차리셨군요. 그렇습니다, 스스로 부하들에게 한 것과 마찬가지로, 우리 군대 병사에게도 클라이브 장군이 매료를 걸었습니다."

트리스탄의 말에 일동이 술렁인다. 특히 윗사람을 모시고 온 부관들이 동요한 것 같다.

그것은 철강기사단 부관인 진도 마찬가지였다. 어쨌거나 그는 클라이브에게 그런 힘이 있는 줄 몰랐기 때문이다. 클라이브가 매료 능력을 가지고 있다는 사실과, 부임한 뒤 마법기사단이 변모한 사실. 조합하면 자연스레 답이 도출된다.

"던 장군, 설마 마법기사단의 그녀들이 그렇게 된 것도?"

"⋯그래. 비밀로 해두었던 이야기이긴 하지만."

"왜, 왜 침묵한 겁니까?! 그래서야 너무⋯."

"그러기로 계약했기 때문이다."

최악의 사실을 듣고 진은 머리에 피가 몰려 흥분했지만, 젤의 목소리를 듣자마자 찬물을 뒤집어쓴 것처럼 신기하게 냉정해졌다. 하지만 등골에 식은땀이 흐른다.

'⋯방금 그건, 대체?'

진은 무슨 짓을 당했는지 전혀 이해하지 못했다. 그런 것은 조금도 아랑곳없이 젤이 계속 말한다.

"2년 전에 전임자 르노아 빅토리아가 부관과 함께 군을 떠나간 것은 다들 알고 있겠지?"

"르노아라, 그리운 이름이군. 내 창과 호각으로 승부할 수 있었던 건 이전에도 이후에도 던과 그 녀석 정도겠지."

"역대 최연소 장군… 이었던가요. 거참, 젊은 힘이란 무시무시한 법이죠. 아마 군을 떠나겠다는 편지를 남기고 사라져버렸지요? 정말 아까운 노릇입니다…."

"그래, 그 르노아가 빠져나간 구멍은 우리 트라이센에 너무나 컸다. 수색해도 찾을 수 없었고, 대신할 인재도 없었으니까."

"그런 가운데 나타난 것이 클라이브 녀석… 이었던 거다."

―이야기는 2년 전으로 거슬러 올라간다.

르노아가 사라지고 며칠 후, 항간에 엄청난 녹마도사가 나타났다는 정보가 돌았다. 그 남자의 마법 실력은 트라이센에 견줄 자가 없고, 특히 방어마법이 뛰어나다고 한다. 게다가 이 세상 것으로 여겨지지 않을 정도의 미성과 미모를 가지고 있다고. 남자가 유명해지는 것은 시간문제였다.

당연히 트라이센은 남자에게 넘어올 것을 권유했다. 이 남자라면 르노아의 후계자가 될 수 있을지도 모른다고. 비밀리에 성에 불려온 남자에게 주목이 쏠렸다.

하지만 남자는 믿을 수 없는 말을 했다.

"여자애가 한가득 있는 직장이라면 생각해볼 수도 있어~."

마치 유치한 어린아이가 그대로 어른이 된 것 같은 사고 회로. 당시 간부들은 대단히 실망했다. 결국 소문은 소문에 지나지 않는다고. 하지만 그 생각은 바로 폐기된다. 남자가 보인 엄청난 마법과 소유한 장비, 희귀한 아이템 때문에.

나아가 남자가 이해할 수 없는 인맥으로 상인들을 소개해준 것도 매력적이었다. 얼굴을 로브로 가린 수상쩍은 드워프였는데, 취급하는 상품은 일급품. 개중에는 전설상의 아이템까지 있었다.

이윽고 그 상인은 나라의 어용 상인이 되고, 남자는 마법기사단에 소속되어 장군이 된다. 마법기사단의 여기사들을 남자가 마음대로 다루는 것을 조건으로….

"이것이 클라이브가 우리 군대에 소속된 경위다."

"늘 공적을 쌓는 등, 이쪽에서도 몇 가지 조건을 내밀고 계약했지요."

"물론 이건 일부 사람들밖에 모르는 기밀 정보다. 외부에 누설하면… 알겠지?"

다짜고짜 말하는 젤의 위압감에 부관들은 머리를 격렬하게 가로젓는다. 그런 가운데, 진은 아무 말 없이 입을 다물고 있었다.

"진, 이해하고 있겠지만 이건 트라이센에 필요한 일이었다. …구역질이 나지만 말이지."

"…알고 있습니다."

짝! 트리스탄이 손뼉을 쳐서 방 안에 소리가 울려 퍼진다.

"이야기가 샜군요. 자, 이제부터가 본론입니다. 그 클라이브 장군이 우리 혼성마수단에 매료를 걸어 수국 가운의 문장의 숲을 침공했습니다!"

"문장의 숲이라면, 엘프가 사는 그?"

"역시 암부장군 슈트라 님, 잘 아시는군요."

"하지만 왜 그런 위험을 감수하면서까지 문장의 숲을?"

"그래, 묵인된 마법기사단만이라면 또 몰라도, 혼성마수단에게까지 매료를 걸었다면 그건 문제다."

"여러분, 자—알 생각해보시죠. 상대는 엘프, 그리고 그 클라이브 장군 아닙니까? 그 클라이브 장군이 생각할 일이라면 답은 하나밖에 없지 않습니까? 엘프를 납치하기 위해서입니다."

"""……."""

방 안에 묘한 분위기가 감돈다.

"이봐, 이봐. 아무리 클라이브 녀석이라 해도 그렇게까지 하진 않겠지."

"하, 하지만 오라버니. 요즘 엘프를 납치하는 몬스터가 있다는 정보는 확실히 있었습니다."

"…뭐, 확실히 진실은 이제 어둠 속에 있지요. 클라이브 장군은 죽어버렸으니까요."

"엉? 죽었다니, 그 클라이브가?"

"네. 엘프의 마을에 우연히 있던 모험자들에게 역공격당한 것 같습니다."

"말도 안 돼! 그 녀석은 구제할 길이 없는 색마지만 실력은 있었어. 장식인 크리스토프와는 다르다고!"

아즈그라드가 흥분한 나머지 원탁을 주먹으로 내려친다.

"뭐, 이야기는 끝까지 들어주십시오. 사실은 저도 귀여운 몬스터를 이용해서 그 모험자들을 보았습니다만, 재미있게도 크리스토프가 잡혔을 때 용사와 함께 행동하던 모험자와 겉모습이 일치했습니다. 슈트라 님, 그렇지요?"

"…네. 오라버니, 전에 의뢰한 그 건입니다. 용사의 정보를 얻기 위해 찾고 있던, 최근 수개월 동안 두각을 드러낸 파즈의 모험자, 이름은 켈빈이라고 했던가요."

"그 녀석이 클라이브를 쓰러트렸다는 거냐?"

"클라이브 장군만이 아닙니다. 매료된 혼성마수단도, 기간트 로드도 그의 동료들에게 섬멸당했습니다. 지금 생각하면 용사와 동등한 레벨인 크리스토프 파티가 그렇게 쉽게 잡힌 것도 납득이 되지 않았지요. 하지만 그것도 그가 한 짓이라면?"

"말이 될지도 모르겠군."

"…트리스탄, 그 모험자는 어떤 복장이었지?"

잠시 침묵을 지키던 젤이 관심을 보인다.

"한마디로 말하면 사신 같은 풍모일까요. 손에 거대한 낫을 들고 까만 로브를 걸치고 있었지요. 무엇보다도 클라이브 장군과 전투를 할 때 끊임없이 웃고 있었던 것이 인상적이었습니다."

"사신… 이라. 그래, 그 녀석은 강한 거로군…."

"크크, 하필이면 사신이라니. 클라이브도 고약한 상대에게 찍혔군."

트라이센의 상황은 여전히 나쁘다. 하지만 국왕 젤은 기분이 좋았고, 아즈그라드도 눈을 번뜩이고 있었다.

"모두에게 지금 묻겠다. 우리나라는 앞으로 어떻게 하면 좋겠느냐?"

$\diamond$ $\diamond$ $\diamond$

"젠장, 머리가 아파. 국왕은 어떻게 된 거야…."

회의가 끝나고 대부분의 사람이 자리를 떴다. 원탁에 남아 있는 사람은 던과 진, 그리고 슈트라뿐이었다.

"던 장군, 괜찮습니까?"

"저는 걱정 마시지요. 허나 선전 포고를 확정하고 트리스탄에게 마법기사단을 양도하다니. 납득할 수 없는 게 산처럼 쌓여 있는데 …. 국왕께서도 변하셨구려. 전에는 슈트라 님처럼 견실한 분이셨는데."

풀이 죽은 던을 보고서 슈트라가 후우 하고 한숨을 내쉰다. 긴장을 푸는 것처럼 천천히.

"……던, 진. 당신들과 의논할 일이 있습니다만, 들어주시겠습니까?"

$\diamond$ $\diamond$ $\diamond$

─트라이센 용기병단 본부

용기병단의 거점 지하에는 용의 둥지가 있다. 아니, 깊고 깊은 계곡 위에 다리를 걸치고 그곳에 거점을 만들었다고 표현하는 것이 좋을까.

용기병단 병사들이 타는 용들은 이 계곡에 살며 매일 파트너와 절차탁마하고 있다. 트라이센은 인간족 지상주의를 내걸고 있지만, 이 용기병단은 예외다. 병사와 용이 서로 신뢰하고 있다.

본래는 혼성마수단의 일부였지만, 아즈그라드가 장군으로 취임했을 때 방침의 차이로 인해 다른 부대로 분할되었다.

계곡의 둥지는 아래로 가면 갈수록 강력한 용의 거처다. 아즈그라드의 애룡은 계곡 최하층. 그 장소는 어두워서, 태양이 가장 높게 뜬 상태에서도 겨우 앞이 어렴풋이 보일 뿐. 그곳에서 용 한 마리가 잠들어 있었다.

"여어, 잘 지냈어? 그나저나 넌 늘 잠만 자는군. 이봐, 아직도 토라졌냐고."

아즈그라드는 친근한 친구에게 말을 거는 것처럼 용에게 말한다.

"그 목걸이는 사실 내 방식이 아니야. 마음이 서로 통해야 용기병이니까. 그래서 말인데, 오늘은 재미있는 이야기가 있어. 기간트 로드를, 클라이브를 쓰러트린 녀석이 나타났어."

움찔 하고 용의 눈꺼풀이 조금 움직인다.

"아, 그래! 이 이야기를 듣고 흥분하지 않으면 남자가 아니지! 그래야 위대한 암룡왕의 아들답지!"

―문장의 숲, 엘프 마을

수왕 레온하르트가 길드증에 허가인을 새겨줘서, 전이문 이동 구역에 수국 가운이 새로 추가되었다. 가운의 전이문도 트라지와 마찬가지로 성 안에서 관리한다고 한다. 문 담당자에게는 이야기를 해둘 테니 마음대로 쓰면 된다고 레온하르트는 호방하게 말했다.

참고로 그날 밤 가운 군대가 문장의 숲으로 들어가, 새로 국경경

비대로서 배치되었다. 보지는 못했지만 레온하르트의 아들인 왕자가 이끄는 정예 부대라고 한다.

"타이밍 좋게 몬스터 토벌이 끝났거든. 그대로 경비를 맡기기로 했다."

이렇게 레온하르트는 말했지만, 아마 만약을 대비해서 부근에 부대를 숨겨두었던 것이리라. 시험에 실패해서 마을 사람들이 죄다 죽어버리면 본전도 못 챙기니까.

그리고 그날 밤은 엘프들과 함께 성대하게 잔치를 벌였다. 온 마을이 떠들썩하게 벌인 연회라, 보통은 메이드의 입장에서 일하는 에필도 이때만큼은 즐긴 것 같다. 에필치고는 드물게 꽤 음식도 많이 먹었고. 하프 엘프라지만 음식 취향은 보통 엘프와 비슷한지도 모른다.

음식은 과일이나 버섯 등 숲과 관련 있는 것들이 대부분이고, 맛내기는 심플했다. 그 이외에도 사냥으로 잡은 멧돼지 형태의 몬스터 고기 요리 등이 제공되었다. 굳이 말하자면 이건 우리나 마을을 경비하는 가운 병사들을 배려한 걸까. 늘 먹던 에필의 음식에 비하면 역시 부족한 느낌이지만, 엘프들이 계속 권해서 그만 과식해버렸다. 뭐, 그래도 메르피나의 5분의 1도 먹지 않았다. 그 녀석은 어느 모로 보나 자기 몸 크기보다 훨씬 많은 음식을 먹는다고.

그런 가운데 장로의 따님이 계속 과실주를 따라주러 오는데, 받을 때마다 수왕이 아닌가 싶어 긴장했다. 감정안으로도 간파할 수 없으니 역시 곤란한걸. 기척까지 그럴듯해서, 이걸 장로에게 간파하라고 하는 건 너무 잔혹하다고 생각한다.

이후에는 평소와 같은 연회다. 거나하게 취한 세라가 나에게 엉겨 붙어 떨어지지 않는다. 어느 틈엔가 마련한 단상에 제라르가 서서, 이번 싸움의 하이라이트 장면을 연기한다.

"켈~ 빈~! 조금은, 딸꾹! 나를 칭찬해~ 줘도~, 되쟈나~!"

"알았어, 알았어. 세라도 많이 노력했으니까. 잘했어, 잘했어. 그러니까 팔에 힘줘서 조이지 마."

"또~오~, 그렇게 얼버무린다~!"

"그래서 나는 이렇게 말했다. —여기를 통과하고 싶으면, 나를 쓰러트리고 가라!"

""""오오…!""""

'아니, 넌 안 싸웠잖아.'

"잠깐~, 어딜 보는 거야~?"

—삐걱삐걱.

처음에는 마이페이스로 마시던 나도 결국은 떠들썩한 소란에 휘말려든다. 그리고 내 뼈가 삐걱거린다. 큰일이다.

"아, 켈 오빠 찾았다! 저기저기, 저쪽에서 메르 언니가 난리도 아니야."

"내 왼팔도 난리도 아니거든?"

"어, 그건 이득 아니야? 그, 만화 같은 데 흔히 나오잖아."

아니, 이제 팔에 감각이 느껴지지 않고, 뼈가 부러지기 전에 회복 마법을 써서 재정비하기도 꽤 힘들거든요?

"아, 맞다, 맞다! 메르 언니가 가운 병사를 상대로 많이 먹기 대결을 하고 있어. 지금 여섯 명을 제친 참이야! 음식 재료가 부족해서 지금 엘프들이 사냥하러 간 것 같아."

"…아직도 배에 여유가 있었군, 메르 녀석."

나랑 밥을 먹을 때 이미 몇 인분이 넘는 음식을 먹어치운 다음이 었는데….

"리이~온~, 지금은 내 시간이양~. 방해하지 마~."

"네에, 네. 세라 언니는 이제 자자. 내일 아침에는 출발해야 하니 까."

"싫~어~!"

체구가 작은 리온이 나에게서 세라를 억지로 떼어내어 그대로 업 는다. 세라도 약간 저항했지만 이렇게까지 만취해서야 멀쩡한 리온 을 당해낼 수 없을지도. 업힌 자세로 있자 졸린지 세라는 쌔근쌔근 잠들었다.

"고생 많았어, 켈 오빠."

"덕분에 살았어, 리온. 슬슬 진짜로 팔이 말도 안 되는 방향으로 굽을 뻔했어."

"그만큼 세라 언니가 오빠를 생각한다는 거야. 남자라면 제대로 받아내야지."

노력은 하고 있지만. '철벽' 스킬을 좀 더 올릴까.

"그럼 벌써 시간이 늦었으니 나는 세라 언니를 데리고 자러 갈 게."

"그래. 잘 자, 리온. 몇 번이고 말하지만 오늘은 정말로 잘해줬 어."

"켈 오빠의 지휘가 좋았어. 나는 하고 싶은 대로 한 것뿐이고. 하 지만 나도 상을 받고 싶을지도…."

"상? 뭐 갖고 싶은 거라도 있어?"

"음… 역시 비밀. 잘 자~."

리온과 세라를 배웅하고 간신히 혼자가 된다.

자, 슬슬 적당한 시간대. 내일은 오전에 파즈로 돌아갈 예정이다. 리온과 세라는 잠들었으니 나도 내일에 대비해서 자도록 할까. 제라르는 내버려두어도 정해진 시각에 일어나니 안심이지만, 메르피나는 아침에 약하다. 아직도 많이 먹기를 하고 있겠지만 억지로라도 재우도록 할까.

"그리고… 에필."

—엘프 마을 방벽

평온한 바람이 흐르는 방벽 위, 광장에서는 연회 소리가 들리지만 이곳은 조용하다.

금발이 바람에 나부낀다. 에필은 그곳에 혼자 서서 동쪽 하늘을 보고 있었다.

"이런 데서 뭐 해?"

"아… 주인님."

내가 말을 걸자 에필은 바로 알아차렸는지 생긋 웃으며 대답해주었다. 익숙하지 않은 술을 아주 조금 마셔서 그런지 얼굴이 붉다.

"이 방벽도 내일은 해제해야지. 원래대로 돌려놓겠다고 약속했으니까."

"장로님은 이대로도 좋다고 말씀하셨어요. 생각 외로 마을분들도 호평이신 것 같고요."

"그래? 그럼 이대로 둬도 괜찮을까."

"아마 좋아하실 거예요. 하지만 해자의 물은 보통 물로 돌려놓죠."

키득키득 웃음이 새어나온다.

"얼굴이 꽤 빨간데, 많이 마셨어?"

"아, 아뇨. 아니에요. 술은 처음에 한 잔만 마셨으니까…."

"그래? 마을 사람들이 여러 가지로 고마워해서 피곤했지? 무리하지 마."

"네, 감사합니다."

대화가 끊기고 잠깐 조용해진다. 에필의 얼굴은 여전히 빨갛지만 그 표정은 진지했다.

"이 마을에 오길 정말 잘했다고 생각해요. 장로님이나 마을 사람들은 혼혈인 저를 따스하게 맞이해주었고, 무엇보다도 어머니에 대해 알 수 있었어요."

에필의 어머니 루밀. 에필과 매우 닮은, 지금은 죽어버린 고인. 실제로 재회하지는 못했지만 지금까지 천애고아였던 에필에게는 무엇과도 바꿀 수 없는 가치 있는 소식이었을지도 모른다.

"아버지나 제가 태어난 경위까지는 알지 못했지만, 그 이상으로 기쁜 일도 있었고요…."

말하는 목소리가 뒤로 갈수록 작아져서, 끝내는 우물우물 소리밖에 들리지 않았다. 하지만 목소리의 크기와 반대로 얼굴은 점점 더 빨개진다.

"에, 에필, 정말 괜찮아? 이제 늦었으니까 자자."

"네, 네! 함께하겠습니다! …저, 주인님."

방벽 계단을 내려가려고 한 그때, 다시 에필이 불러 세운다.

"저, 지금까지보다 더 열심히, 온 힘을 다하겠습니다. 그러니까 앞으로 평생, 주인님을 섬겨도, 괜찮을까요…?"

자기 목걸이에 손을 대고, 시선을 조금 돌린 채 긴장한 투로 에필이 말한다. 에필이 목에 걸고 있는 것은 '종속의 목걸이'. 본래는 노예를 거느리기 위한 아이템인데 에필에게는 필요 없는 물건이다.

나는 몇 번이고 목걸이를 해제하겠다고 제안했지만 에필은 그때마다 완강하게 거절했다.

『이건 주인님께 받은 제 자랑이에요. 부디, 이대로….』

에필이 내 대답을 기다린다. 그렇게 걱정스러운 표정을 짓지 않아도 내 대답은 정해져 있는데.

―문장의 숲 엘프 마을

무대는 바뀌어, 제라르가 열연하는 단상.

"그리고 나의 주인 켈빈은 적장에게 이렇게 외쳤다… 내 여자에게 손대지 마!"

""""휘익…!""""

"후우, 상당한 진미였어요. 잘 먹었습니다."

제라르의 박진감 넘치는 연기에 잔뜩 흥분한 엘프들과, 첩첩이 시체처럼 뻗은 가운 병사들 한가운데에서 손을 맞대고 잘 먹었다고 인사하는 메르피나. 카오스적인 장면이다.

『자, 제라르. 저도 슬슬 취침하겠… 핫?!』

『음, 왜 그러시는가, 공주님?』

제라르는 뭔가 큰일이라도 한 것 같은 분위기로 생기발랄하게 말한다.

『제라르, 방벽 위입니다. 에필 옆에 있는 클로토를 통해 주위 소리를 들어보세요.』

『―호오, 이거야 참. 왕은 의사소통을 닫고 있지만, 클로토의 존재를 잊고 있었던 것 같구먼.』

『저, 정말이지 아니꼬운 대사로군요. 듣는 제가 다 부끄럽습니다.』

『…좋아!』

제라르가 단상에 다시 올라간다.

"다들 기다리게 해서 미안하군! 이제부터가 정말 재미있는 부분이니 각오하고 듣도록! 제라르가 연기하는 이야기의 최종장, 간다…!"

""""우오오오…!""""

열광하는 엘프들과 어느 틈엔가 되살아난 가운 병사들.

"아, 말해버리려는 거군요…. 당신, 죄송해요."

이날 밤, 켈빈의 가슴에는 깊고 깊은 흑역사가 새겨졌다.

다음 날 이른 아침, 우리는 엘프 마을에 작별을 고하고 파즈로 출발했다. 장로나 마을 엘프들은 더 푹 쉬다가 가라고 말해주었지만, 언제까지고 파즈 저택을 비워둘 수는 없다. 저택에서 돌아오기를 기다리는 에리이와 류카에게 공연히 걱정을 끼치고 싶지 않으니까.

엘프들은 마을 전체에서 모은 돈을 주려고 했지만 넌지시 거절했다. 마을의 재정이 흔들릴 만한 돈을 받을 수는 없다. 대신 숲의 특산품을 몇 개 챙겨주는 것으로 동의했다. 에필이 좋아할 것 같은 과실도 받았다.

마을 문 앞에서 여전히 엘프 모습을 한 레온하르트와 장로들이 배웅해준다.

"마을 경호는 가운에 맡겨둬라. 그리고 다음에 전이문을 써서 가운에 오면 좋겠군. 환영하마."

"네, 그때에는 진짜 모습으로 뵈었으면 좋겠군요."

"핫핫핫! 좋다, 약속하지. 뭐, 당분간은 S급으로 승격해서 바빠지겠지만."

"그렇게 되나요?"

"새로운 S급 모험자가 탄생했다면 도시 전체가 축제감이지. 어쨌거나 세계에도 몇 년에 한 번 있을까 말까 한 일이니까."

"너무 공공연히 드러내고 싶지는 않은데 말이죠…."

"뭐, 너무 그러지 마라. 이름을 팔아서 얻을 수 있는 것도 있으니까. 게다가 축제는 민중의 최대 즐거움 중 하나다. 정식으로 승격했을 때 화려하게 하는 게 관례지. 지난번에는… 아, 1년 전 실비아 때였나. 그 녀석도 켈빈처럼 빠르게 승격했지. 그렇게 생각하니 요즘 신인들은 우수하군. 참고로 실비아는 가운에서 성대하게 축하해주었다! 녀석은 부끄럽다고 출석을 하지 않았지만!"

그거, 그 사람이 도망친 것뿐 아닌가요…. 주역 당사자가 없는 상황에서 축제를 하는 기개도 대단하지만.

"켈빈 님과 에필 씨, 가버리시는 거군요."

"장로님, 어제는 감사했습니다."

"아뇨, 아뇨! 저희가 할 수 있는 작은 답례를 한 것뿐입니다. 감사해야 할 건 저희 쪽입니다!"

메이드답게 제대로 인사하는 에필에게 장로와 엘프들이 황급히 깊이 머리를 숙인다. 이 정도로 많은 사람들이 머리를 숙이면 오히려 불편하다.

"이 마을을 진정한 고향이라고 생각하고 언제든지 오십시오. 마을 사람들 모두가 기다리겠습니다. 아, 잊고 있었군요."

장로가 작은 보석 상자를 에필에게 내민다.

"에필 씨, 이걸 받아주십시오."

"어, 이건?"

"당신의 어머니, 루밀의 유품입니다. 부디 에필 씨가 가지십시오. 루밀도 기뻐할 겁니다."

"어머니의, 유품…."

에필이 보석 상자를 받아 조용히 덮개를 열고 안을 살펴본다.

"이건 머리장식… 일까요?"

"루밀이 발견되었을 때 하고 있던 것입니다. 멀쩡했던 것은 그 머리장식뿐이어서…."

"장식된 에메랄드가 굉장히 아름답잖아. 잘됐네, 에필!"

세라가 에필 옆에서 머리장식을 가만히 바라본다. 나도 그 옆에서 감정안으로 흘끗.

'마력 보석 머리장식'. 장식도 훌륭하지만 마력 보석의 특성을 살려 가공했다. 오히려 원석일 때보다 효력이 강해졌군. 틀림없이 이름 있는 장인이 만든 물건일 것이다. 머리장식은 작은 꽃을 본뜬 것으로, 꽃잎에 해당하는 부분에 에메랄드가 박혀 있다. 화려하지는 않지만 고상하고 아름답다.

"에필, 그 머리장식 해보지 않을래? 잘 어울릴 것 같은데."

"괘, 괜찮을까요?"

"이건 이미 에필 씨의 물건입니다. 저희에게 말씀하실 필요는 없습니다."

"그, 그럼 주인님, 부탁드릴게요⋯."

"알았어."

뒤로 묶은 에필의 머리카락을 일단 풀고, 마력 보석 머리장식으로 조심스럽게 다시 묶어준다. 저택에서는 아침 일찍 일어났을 때 에필의 머리를 빗기기도 했으니까. 그럭저럭 머리를 묶을 줄은 안다.

"어떤가요?"

등을 돌린 채 고개만 돌려 바라보며, 에필이 묻는다.

"오오, 역시⋯ 아니, 대단히 잘 어울립니다."

"응 응! 에필의 금발에 녹색이 잘 어울려⋯!"

"네, 대단히 멋집니다."

사람들이 말하는 대로 처음부터 에필에게 맞추어 머리장식을 만든 것처럼 잘 어울렸다. 장로를 비롯한 사람들은 에필의 어머니를 알고 있으니 그 모습을 떠올려보고 있는지도 모른다.

에필은 기쁜 것 같지만 이쪽을 흘끗흘끗 보며 신경 쓴다. 나도 제대로 말해야지.

"에필, 잘 어울려."

"⋯감사합니다. 저, 굉장히 행복해요."

마주 보는 두 사람. 그리고 주위에는 달콤한 분위기가 감돌기 시작하고….

"자, 자! 켈 오빠도, 에필 언니도, 그런 건 집에 간 다음에 해."

리온이 짝짝 손뼉을 치며 분위기를 원래대로 돌려주었다. 요즘 내 여동생이 딱 부러지는 사람이 된 것 같다. 기쁜 일이지만, 가능하면 조금만 더 기다려줬으면 했다.

—아니, 문 뒤의 엘프들과 방벽 위의 가운 병사들이 이쪽을 뚫어져라 보고 있다. 빨리 철수하는 게 정답일지도 모른다.

"쿨럭! 그럼 수왕님, 장로님, 저희는 이만 실례하겠습니다."

"그래. 앞으로도 정진하도록 해라."

"정말 감사했습니다. 여행의 행운을 빌겠습니다."

올 때와 마찬가지로 갈 때에도 한달음이다. 자, 오늘 중에 돌아갈 수 있도록 서두르자.

『왕이여, 나도 슬슬 바깥으로 나가고 싶구면… 이라는 생각이 조금 든다만….』

『제라르, 넌 1주일간 내 마력 내에서 근신이야.』

어제 축하연 자리에서 네가 한 어리석은 행동을 나는 잊지 않았어. 그 후로 방벽에서 내려온 나와 에필이 얼마나 고생했는지 알기나 해? 아까 호기심 어린 시선에 노출된 것도 주된 원인은 제라르라고. 무엇보다도 말짱한 정신으로 들으면 온몸에 소름이 돋을 정도로 창피한 내 대사를 퍼트린 네 죄는 무거워. 평생 까임권 획득이야.

『아니, 아까 그건 내 탓이 아니라고 생각한다만.』

『제라 할아버지, 마음은 알지만 그건 하면 안 되는 짓이었어.』

『음, 리온이 그렇게 말하니 면목이 없구먼.』

『하지만 그 자리에 있었는데 말리지 않았던 저에게도 책임이 있습니다. 저도 1주일간 음식을 추가로 받는 걸 자제하도록 하지요.』

『ㅜㅜㅜ뭐라고?!ㅛㅛ』

메르피나가 엄청난 말을 해서 일동이 동요한다.

『메, 메르피나, 경솔한 짓은 하지 마!』

『그래! 아무리 그래도 1주일이라니 메르의 몸이 못 버틸 거야!』

『공주님! 나 같은 녀석의 반성에 동참해줄 필요는 없소!』

『메르 언니, 나 그렇게 잔혹한 짓은 못 하겠어….』

『곤란하네요. 메르피나 님의 소비량을 감안해서 식량을 사고 있는데…. 메르피나 님이 먹어주시지 않으면 쿠로에게 먹으라고, 아니, 클레어 씨에게 주는 방법도….』

온 힘을 다해 설득을 시도한다. 평소에 그 호쾌한 먹성을 보다 보니 식욕을 억제한 메르피나의 모습 따위 봐봤자 불편하다. 병이라도 걸렸나 하고 걱정할 수준이다.

『여, 여러분…! 알겠습니다. 저, 열심히 먹겠습니다!』

그런 바보 같은 대화를 나누며 우리는 파즈로 귀환했다.

―켈빈 저택

파즈에 도착한 것은 날이 저물기 직전이었다. 저택 정문에는 평소와 다름없이 두 마리 골렘이 할버드를 한 손에 들고서 자리 잡고 있다. 이쪽도 이상은 없어 보인다.

정문을 지나 정원 분수 앞으로 접어들었을 때, 정원 한구석에서 류카가 잡초를 뽑고 있는 것을 발견. 우리가 말을 걸기도 전에 류카가 이쪽을 알아차리고 종종걸음으로 달려온다.

"주인님! 어서 오세요!"

"오, 류카. 에리이가 하는 말 잘 듣고 착하게 있었어?"

"응! 엄마랑 같이 집 잘 지키고 있었어! 메이드장님도 어서 와!"

"지금 돌아왔습니다. 그럼 당장 각 장소를 체크할까요."

"버, 벌써?! 잠깐 쉬자구~."

척 보아도 알 수 있을 정도로 싫다는 표정을 짓는 류카. 에필의 지도는 꽤 엄하니까. 평소에는 온화하고 누구에게나 상냥하지만, 메이드로서의 직무에는 조금도 타협하지 않는다. 그것은 부하인 에리이와 류카에게도 마찬가지인지, 매일매일 상당히 하드하게 교육하고 있다. 그래도 두 사람의 신뢰가 두터운 것은 높은 목표에 도달하기 위해 제대로 된 코스를 짜고, 부모 같은 마음으로 대하기 때문이리라.

그리고 때로 만드는 메이드용 주방 음식도 약간의 요인이 될지 모른다. 우연히 복도를 지나가다가 류카가 눈물지으며 음식을 먹는 것을 보고 만 적이 있다. 주인만이 아니라 부하의 마음까지 위장부터 꽉 잡아버리다니, 에필도 상당한 책략가다.

—뭐, 에필은 그런 의도는 없이, 그저 류카를 격려하기 위해 만든 거겠지만.

그런 에필의 육성 방침 덕분인지, 둘 다 메이드로서 무럭무럭 성장하고 있는 것을 문외한이 보아도 알 수 있다. 레벨도 충분히 올려 스킬 포인트도 벌었으니 장래가 정말로 기대된다.

"아, 맞다. 선물이 있어. 짠…!"

리온이 엘프 마을에서 받은 과일을 꺼내 류카에게 준다.

"우와, 처음 보는 과일이야! 저기, 리온 님. 나도 먹어도 돼?"

"응! 배 같아서 맛있어. 많이 있으니까 나중에 에필 언니한테 깎아달라고 하자."

"그 정도는 나도 할 수 있게 됐어! 좋~아, 특훈 성과를 보여주……."

"류카, 그렇게 소란을 피우다니 왜 그러니? 어머나, 주인님?"

우리의 목소리를 들었는지 저택 문에서 에리이가 나타난다. 류카와 마찬가지로 바로 우리가 있는 것을 알아차려주었다. 로비를 청소하고 있었던 걸까.

"어서 오세요. 마중이 늦어져서 죄송합니다."

"신경 쓰지 마. 게다가 지금 막 돌아온 참이었어."

"에리이, 무슨 문제는 없었나요?"

"네, 없었습니다…. 단지, 주인님께 모험자 길드에서 편지가 도착했습니다."

이 타이밍에 길드에서 연락이 왔다면 승격과 관계있는 내용이겠지….

"편지라…. 나중에 거실로 가져와줘."

"알겠습니다."

벌써 시간도 꽤 늦었으니까. 편지만 보고 길드에는 내일 가보도록 하자.

"어? 그러고 보니 할아버지는?"

"…제라르는 1주일쯤 수행 여행을 떠난대."

"그래? 할아버지한테도 내가 칼질하는 걸 보여주고 싶었는데……."

류카는 손을 칼 모양으로 만들어 과일 껍질을 벗기는 시늉을 하며 입을 삐죽거린다.

"괜찮습니다. 제라르 몫도 제가 책임지고 먹을 테니까요."

"아, 나도 먹을래. 꽤 맛있었으니까."

"좋아, 저녁 식사 후에 다 같이 먹도록 할까."

자, 저택으로 들어가서 일단 쉬자.

『와, 왕이여! 부탁이다, 그걸 먹게 해다오! 일생에 딱 한 번뿐인 소원이다…!』

예뻐하는 류카가 만든 음식… 은 아니지만 류카가 깎은 과일. 무슨 수를 써서라도 먹고 싶은 제라르의 영혼의 외침은 공허하게 울려 퍼졌다. 참고로 근신 중에는 제라르 목소리의 볼륨을 약간 줄여 둬서 시끄럽지는 않다.

내가 말하긴 좀 그렇지만 정말 악마 같은 벌을 생각해낸 것 같다. 이래서야 제라르의 멘탈이 버티지 못할지도 모르겠다는 생각이 든다. 조금 더 근신 기간을 줄이는 게 좋을지도 모르겠군.

—켈빈 저택 거실

저택 1층의 비교적 넓은 방에 마련한 거실. 여러 명이 휴식할 수 있는 장소로, 에필과 특별히 힘써서 가구를 고른 장소다. 그야말로

서양풍 난로에 직접 잡아온 화이트 사벨의 모피 융단. 큼지막한 카우치 소파는 세라와 리온이 좋아해서, 이 시간이 되면 늘 거기서 뒹굴뒹굴한다.

"아~, 역시 우리 집에 있으니 마음이 편해~."

"그러게~. 오랜만이라서 더 그렇네~."

"돌아오자마자 점령하고 있군…."

내가 방에 들어가자 이미 세라와 리온이 늘어져 있었다. 소파가 아무리 커도 역시 두 사람이 굴러다니면 내가 앉을 공간은 좀 부족하다. 어느 틈에 나왔는지 리온의 그림자에서 나온 알렉스도 난로 앞에 웅크리고 있다.

소파를 또 하나 구입할까 생각하고 있을 때, 에필이 뒤에서 말을 걸었다. 손에는 차가 든 컵을 담은 쟁반. 마을에서 가져온 선물 중 하나인지, 늘 맡던 것과 향기가 다르다.

"실례합니다. 주인님, 저녁 식사는 언제쯤 하시겠어요?"

"지금은 다들 쉬고 있으니까 한 시간 후가 좋지 않을까. 아, 하지만 에필도 피곤하지 않아?"

엘프 마을에서 파즈까지 휴식하면서 오긴 했지만 꽤 빠른 속도로 달려왔다. 돌아오자마자 요리를 시키는 것은 에필에게 미안하다.

"저는 괜찮아요… 라고 말씀드리고 싶지만, 에리이와 류카가 말려서요…. 오늘은 두 사람이 식사 준비를 할 겁니다."

"오, 흔치 않은 일이네. 요리를 배우거나 도운 적은 있었지만 두 사람이 식사를 몽땅 책임진 적은 지금까지 없었잖아?"

에필은 조리장에 대한 집착이라고 할까, 프라이드 같은 것이 있으니까. 아무리 피곤해도 자기가 하려고 하니까, 억지로라도 쉬게 하려고 했는데.

"그럴 만큼 걱정하고 있었던 거겠지요."

메르피나가 쿠키가 쌓인 큰 접시를 가지고 나타났다.

"메르 님, 과자라면 제가 나르겠습니다."

"안 돼요. 이건 제가 나를 겁니다. 아까도 에리이와 류카가 했던 말을 잊었나요, 에필? 당신은 뭐든 너무 혼자 끌어안으려고 합니다."

"하, 하지만⋯."

"하지만이고 뭐고 간에 안 됩니다. 조금은 주위 사람들에게 의지하는 법을 배우세요. 특히 당신의 부하들에게는 더욱 말이죠. 둘 다 당신을 돕고 싶어하니까요."

"⋯무슨 일 있었어?"

내가 모르는 사이에 말썽이 있었던 것 같다.

"아뇨, 식사 준비를 하려고 했더니 두 사람이 말려요. '메이드 장도 쉬지 않으면 안 된다'고 합니다."

"그리고 그 자리에 씩씩하게 등장한 제가 류카와 에리이 편을 들었죠."

메르가 쿠키 한 개를 에필의 입에 넣는다. 에필은 부끄러운 듯 우물우물 먹는다.

"지금까지보다 더 열심히 하겠다고 했지만, 그래도 무리는 하면 안 됩니다. 그 결과 쓰러지기라도 하면 누구보다도 당신이 소중히 여기는 사람이 슬퍼할 테니까요."

"⋯네, 제가 공연히 걱정을 끼친 것 같네요. 주인님, 에리이와 류카 두 사람이 성장했다는 것은 제가 보장하겠습니다. 부디 두 사람이 만든 음식을 드셔주시겠어요?"

"글쎄…."

에필의 뺨을 양손으로 당긴다.

"흐에?!"

"그야 당연하잖아. 에필의 애제자가 만든 음식이니까 오히려 먹어보고 싶어."

"그래, 그래, 에필은 좀 더 느슨해지는 게 나아."

"응, 응, 우리처럼."

세라와 리온, 너희는 너무 느슨해.

"메이드로서 긴장하는 것도 좋지만, 때로는 숨을 좀 돌려. 그러니까 에필한테도 그 느슨함을 좀 나눠줘."

""오케이(야)!""

에필이 들고 있던 쟁반을 받는다.

"어? 어어?"

"자, 에필, 저쪽에서 함께 늘어져 있자!"

"휴식은 진탕 즐겨야 하는 법이라고! 자아, 자아!"

마의 소파로 질질 끌려가는 에필. 저렇게 되지는 말았으면 좋겠지만, 조금은 휴식을 취해줬으면 좋겠다.

"메르, 에필을 배려해줘서 고마워. 부하가 생긴 다음부터 더 긴장한 것 같았는데 덕분에 살았어."

"제가 하지 않아도 류카와 에리이가 그렇게 했을 겁니다. 무엇보다도 이제 두 사람이 만든 음식도 맛볼 수 있겠고요."

"너…."

이 녀석은 정말로 확고하군. 아니, 부끄러워서 그러나?

『왕이여… 류카가 만든… 음식….』

제라르도 피눈물을 흘릴 것 같은 상태다.

알았어! 저녁 식사 전에 근신을 풀 거라고!

『왕이여…!』

제라르의 충성심이 올라간 것 같다.

그리하여 떠들썩한 저녁 식사 시간을 맞이했는데, 4일 후에는 꽤 중요한 이벤트가 기다리고 있다. 아까 흘끗 읽어본 길드의 편지, 거기에는 아래와 같이 적혀 있었다. 간단히 말하자면 이렇다.

① 승격 시험 합격을 인정한다.

② 정식 승격식을 4일 후에 모험자 길드에서 행한다.

③ 승격식 후, 새 S급 모험자와 현 S급 모험자끼리 모의전을 한다.

개인적으로는 기쁘지만 ③은 너무 갑작스러운 것 같은데…. 축제가 모의전인가요….

■켈빈 Kelvin

- ■23세／남자／인간／소환사
- ■레벨 : 95
- ■칭호 : 용사의 스승
- ■HP : 967/967
- ■MP : 6000/6000(+4000)
  클로토 소환 시 : -100
  제라르 소환 시 : -300
  세라 소환 시 : -180
  메르(의체) : -5
  알렉스 소환 시 : -50

- ■근력 : 349(+160)
- ■내구 : 354(+160)
- ■민첩 : 578
- ■마력 : 1175(+160)
- ■행운 : 765

■장비

흑장(黑杖) 디재스터(S급) 강화 미스릴 대거(B급)
스킬 이터(악식의 완갑)(S급) 아스타로트 블레스
(지혜의 포옹)(S급) 특별 주문한 검은 가죽 부츠(C급)

■스킬

검술(C급) 겸술(鎌術)(A급)
소환술(S급) 빈 공간 : 5
녹마법(S급) 백마법(S급) 감정안(S급)
기척 감지(B급) 위험 감지(B급) 은폐(S급)
담력(B급) 군단 지휘(B급) 대장(S급) 정력(S급)
강력(B급) 철벽(B급) 강마(強魔)(B급) 성장률 2배
스킬 포인트 2배 경험치 공유화
■보조 효과
전생신의 가호
스킬 이터(악식의 완갑)(오른손) / 병렬 사고(고유 스킬)
스킬 이터(악식의 완갑)(왼손) / 폭식(고유 스킬)
은폐(S급)

■ 에필 Efil

■ 16세 / 여자 / 하프엘프 / 무장 메이드
■ 레벨 : 93
■ 칭호 : 퍼펙트 메이드
■ HP : 744/744
■ MP : 1415/1415

■ 근력 : 375
■ 내구 : 372
■ 민첩 : 1424(+640)
■ 마력 : 918(+160)
■ 행운 : 187

■ 장비
베넘블러(화신(火神)의 마궁(魔弓))(S급)
은궁(隱弓) 머실레스(S급) ※보통 클로토의 보관에 수납 중
전투용 메이드복 V(S급)
전투용 메이드 카추샤 V(S급)
마력 보석 머리장식(B급)
종속의 목걸이(D급)
특별 주문한 가죽 부츠(C급)

■ 스킬
궁술(S급) 적마법(A급) 천리안(B급)
은밀(A급) 봉사술(A급) 조리(S급)
재봉(S급) 예민(S급) 강마(B급)
성장률 2배 스킬 포인트 2배
■ 보조 효과
화룡왕의 가호 은폐(S급)

■ 클로토 Clotho

■ 0세／성별 없음／슬라임 글라토니아
■ 레벨 : 94
■ 칭호 : 먹어치우는 자
■ HP : 1674/1674(+100)
■ MP : 1376/1376(+100)

■ 근력 : 940(+100)
■ 내구 : 1018(+100)
■ 민첩 : 861(+100)
■ 마력 : 870(+100)
■ 행운 : 843(+100)

■ 장비
　없음

■ 스킬
　폭식(고유 스킬)
　금속화(S급)　흡수(A급)
　분열(A급)　해체(A급)
　보관(S급)　타격 반감
■ 보조 효과
　소환술／마력 공급(S급)
　은폐(S급)

■ 제라르 Gerard

- ■ 138세 / 남자 / 명부기사장 / 암흑 기사
- ■ 레벨 : 97
- ■ 칭호 : 애국의 수호자
- ■ HP : 3880/3880(+1890)(+100)
- ■ MP : 450/450(+100)

- ■ 근력 : 1199(+320)(+100)
- ■ 내구 : 1237(+320)(+100)
- ■ 민첩 : 413(+100)
- ■ 마력 : 307(+100)
- ■ 행운 : 342(+100)

■ 장비
마법 다인슬레이브(S급)
드레드 노트(A급)
크림슨 망토(B급)

■ 스킬
충성(고유 스킬) 자기 개조(고유 스킬)
검술(S급) 위험 감지(B급) 심안(S급)
장갑(A급) 군단 지휘(A급) 교시(教示)(B급)
굴강(屈强)(A급) 강력(剛力)(A급) 철벽(A급)
실체화 암속성 반감 참격 반감
　■ 보조 효과
자기 개조/마검 다인슬레이브+
자기 개조/드레드 노트+
자기 개조/크림슨 망토+
소환술/마력 공급(S급) 은폐(S급)

■ **세라** Sera

■ 21세／여자／아크 데몬(상급 악마)／주권사(呪拳士)
■ 레벨 : 95
■ 칭호 : 신을 꺾은 자
■ HP : 1295/1295(+100)
■ MP : 1344/1344(+100)

■ 근력 : 702(+100)
■ 내구 : 614(+100)
■ 민첩 : 699(+100)
■ 마력 : 726(+100)
■ 행운 : 844(+160)(+100)

■ 장비
아론다이트(흑금(黑金)의 마인(魔人))(S급)
퀸즈테러(狂女帝)(S급)
위장의 머리장식(A급)
미스릴 그리브(B급)

■ 스킬
피로 물듦(고유 스킬) 격투술(S급)
흑마법(A급) 비행(B급)
기척 감지(A급) 위험 감지(A급)
마력 감지(A급) 은폐 감지(A급)
춤(B급) 연주(B급) 호운(豪運)(B급)
■ 보조 효과
마왕의 가호 소환술／마력 공급(S급)
은폐(S급)

■ 메르(의체) Mel

- ■ 17세/여자/천사/전투 처녀
- ■ 레벨: 95
- ■ 칭호: 폭식의 여신
- ■ HP: 1365~1455(+1073~1163)
- ■ MP: 1365~1455(+1073~1163)

- ■ 근력: 1365~1455(+1272~1362)
- ■ 내구: 1365~1455(+1272~1362)
- ■ 민첩: 1365~1455(+1272~1362)
- ■ 마력: 1365~1455(+1272~1362)
- ■ 행운: 1365~1455(+1272~1362)

- ■ 장비
  성창 루미나리(S급)
  발키리 메일(전투 처녀의 경갑옷)(S급)
  발키리 헬름(전투 처녀의 투구)(S급)
  에테르 그리브(A급)

- ■ 스킬
  신의 속박(숨김 스킬 : 감정안에는 표시되지 않음)
  절대공명(고유 스킬) 창술(S급)
  심안(S급) 청마법(S급)
  백마법(S급) 비행(S급)
  장식 세공(S급) 연금술(S급)
- ■ 보조 효과
  소환술/마력 공급(S급) 은폐(S급)

■ 리온 Lion

- ■ 14세／여자／인간／경검사
- ■ 레벨 : 73
- ■ 칭호 : 거인을 죽인 용사
- ■ HP : 868/868
- ■ MP : 912/912

- ■ 근력 : 640
- ■ 내구 : 226
- ■ 민첩 : 963
- ■ 마력 : 1011(+320)
- ■ 행운 : 479

- ■ 장비
  마검 칼라드볼그(S급)
  가짜 성검 윌(A급)
  흑의 리세스(S급)
  특별 주문한 검은 가죽 부츠(C급)

- ■ 스킬
  참격흔(斬擊痕)(고유 스킬) 검술(S급)
  이도류(S급) 곡예(S급)
  천보(B급) 적마법(S급)
  위험 감지(A급) 담력(C급)
  교우(B급) 강건(A급) 강마(A급)
  성장률 2배 스킬 포인트 2배
- ■ 보조 효과
  은폐(S급)

따스한 햇볕이 흔들리는 커튼 너머로 비쳐서, 나는 선잠에서 깨어난다. 하지만 나는 일찍 일어나는 편이 아니라서 이 작업을 잘해내기 위해서는 나름대로 시간이 필요하다.

"끄응(리온, 아침이야)."

"으, 응… 5분만 더….."

"윙, 윙! (또 그런다, 아이 참!)"

에필 언니가 태양이 뜨기 전부터 음식 준비를 해서, 갓 만들어 따끈따끈하게 준비해주는 어마어마하게 맛있는 아침 식사. 아침에 일찍 일어나지 못하는 내가 매일 아침 늦지 않고 테이블의 내 자리에 앉는 것은 좋은 짝꿍인 알렉스 덕분이다. 나는 그래도 메르 언니보다 좀 나은 편이지만, 마의 따스함을 지녀서 좀처럼 나올 수 없는 침대에서 열심히 일으키려 해준다. 지금도 에필 언니가 만들어준 잠옷 자락을 입에 물고 영차영차 마의 영역에서 빠져나가게 해주고 있다. 아, 하지만 잠옷은 더 잡아당기면 안 돼. 일어날게, 일어난다고!

"후아암… 좋은 아침이야, 알렉스."

"윙—. (좋은 아침—.)"

아직 더 자고 싶다고 욕심을 내는 눈을 가볍게 비비며, 침대 위에 오도카니 앉은 알렉스와 아침 인사. 이만 안녕, 사랑하는 마이 베드. 좋은 아침이야, 새로운 하루.

"음… 알렉스. 좀 더 상냥하게 깨워주지 않을래? 그, 에필 언니가 켈 오빠한테 하는 것처럼."

"웡…. (그런 고등 기술을 나한테 바라지 마….)"

"역시 그렇겠지…."

하지만 류카가 침대에 뛰어들어 깨우는 것보다는 나을지도. 한 번 늦잠을 잔 적이 있는데, 상상보다 훨씬 힘들었는걸. 만화나 애니메이션 속의 아버지들은 체력을 회복하는 휴일 아침에 그걸 당하잖아. 새삼스럽지만 수고가 많다 싶어서 존경스러워. 메르 언니처럼 그래도 일어나지 않는 강자도 있지만, 무슨 일이든 예외는 존재하니까.

잠옷을 사복으로 갈아입고, 자다가 뻗친 머리를 정돈한다. 그러자 어디선가 코를 간질이는 좋은 냄새가….

"으음, 오늘 아침은… 생선구이!"

에필 언니가 만든 음식은 저엉—말! 맛있지만, 무의식중에 입에서 침이 흐르는 게 문제. 방금 전에 일어난 참이라, 방심하고 있다간 켈 오빠가 칠칠치 못한 내 얼굴을 보게 될 거야. 정신 차려. 긴장감을 느끼라고, 내 마음아! 옷장 거울에 비치는 내 얼굴을 보면서 탁 하고 양쪽 뺨을 두드려 기운을 주입.

"아우? (아직도 잠이 덜 깼어?)"

"…그럴지도 몰라."

좀 세게 두드려서 얼얼해진 뺨을 비비며 알렉스와 함께 복도로. 후키누케(주5) 구조인 현관의 계단을 내려가자 마침 류카가 난간을 청소하고 있었다. 류카는 아직 메이드 견습이라고 들었는데, 이렇게 이른 아침에도 일하다니 역시 메이드답네.

주5) 후키누케: 건물의 층간에 천장이나 마루를 두지 않고 훤히 뚫어놓는 구조. 주로 현관, 로비, 홀 등에 사용됨.

"아, 리온 님! 좋은 아침….."

"좋은 아침이야, 류카."

"알렉스도 좋은 아침…. 자다 일어났는데 늘 털 결이 좋네…."

류카가 알렉스의 얼굴 쪽을 슥슥 쓰다듬는다. 알렉스는 기분이 좋은지 하는 대로 가만히 있다.

"내가 매일 열심히 빗질을 해줘서 그런가?"

"가우. (그 빗질 너무 좋아.)"

"와, 진짜?!"

"아하하, 무슨 소리를 하는 건지 모르겠네. 아, 그런데 리온 님, 아침 아직이지? 빨리 가야지!"

"아, 그랬지! 가자, 알렉스!"

나중에 놀기로 약속하고 일단 류카와 헤어진다. 가는 곳은 목적지인 식당. 그런데, 잠깐.

『알렉스, 내 머리 이상하지 않아? 뻗친 데, 제대로 내려왔어?』

『가우……. 가우가우.(평소처럼 귀여워. 그보다 아침 먹으러 가자.)』

아이, 참, 알렉스는 소녀의 마음을 잘 모른다니까. 하지만, 그런가. 귀엽나. …에헤헤.

"좋았어!"

식당 문을 기운차게 열고….

"다들, 좋은 아침…!"

기운차고 높다랗게 아침 인사. 식당 자리에는 켈 오빠와 세라 언니, 그리고 제라 할아버지가 이미 앉아 있었다. 다행이다. 아침 식사는 아직 안 나왔나 봐. 식당에 인접한 조리장에서 칼과 도마가 부딪치는 리드미컬한 소리가 나고, 냄비의 내용물이 보글보글 끓는 소리도 들린다. 에필 언니는 요리를 하고 있나?

"좋은 아침. 오늘도 기운차네."

"기운이 넘치니 정말 좋구먼. 아침부터 상쾌한 기분이야. 나도 질수 없지. 허리에 힘을 좀 주고…."

"하지 마. 창이 깨져."

응. 농담이 아니라 정말로 깨져버릴 것 같다. 제라 할아버지는 힘이 엄청나게 세니까.

"어머나, 오늘은 늦잠을 자지 않았구나. 류카의 모닝 다이브는 피했어?"

세라 언니가 테이블에 팔꿈치를 짚고 농담을 하며 웃었다. 어른스럽지만 어쩐지 순진무구해 보이는 아름다운 미소. 나까지 홀딱 반해버릴 것 같다. 세라 언니는 자유분방한 것 같지만, 일찍 자고 일찍 일어나는 생활 스타일은 나보다 훨씬 투철하다. 덧붙여 내가 모르는 예절도 잘 알고 있는 등, 평소의 천진난만한 모습과 차이가 커서 놀랄 때도 꽤 있다. 요컨대 예쁘고 귀엽다.

"웃을 일이 아니야, 세라 언니. 게다가 내가 그렇게까지 잠꾸러기인 건 아니라고!"

나이에 걸맞게 평범, 평범하다고!

"아우? (어, 자각이 없는 거야?)"

"후후, 알렉스가 배신했는데."

"알렉스~!"

"하하, 뭐 일단 앉아. 곧 아침 식사가 완성될 거야. 자, 알렉스도 앉아, 앉아."

"웡! (오케이…!)"

"아이, 참! 알렉스, 켈 오빠에게 고맙다고 해야 해."

알렉스에게 주의를 주었으니 이제 새로운 기분으로 자리에 앉자. 자리는 특별히 정해져 있지 않지만 켈 오빠의 옆자리에 앉는 것이 내 일상이다. 알렉스는 큰 몸을 억지로 밀어 넣어 의자 아래에 누운 상태로 밥을 기다린다. 아, 하품했다. 하지만 그렇게 느긋하게 있어도 되겠어? 봐, 에필 언니가 그릇이 든 수레를 미는 소리가 들려.

"여러분, 오래 기다리셨습니다. 어머나? 리온 님, 오늘은 일찍 일어나셨네요."

"너무해, 에필 언니!"

나쁜 뜻은 절대로 없겠지만, 지금 나에게 그건 무지막지한 타격이다. 무슨 수를 써서라도 아침에는 내 힘으로 일어나도록 하자. 나는 그렇게 결심했다.

"잘 먹었습니다."

손을 마주 대고 맛있는 밥에 대해 감사 인사. 응, 오늘도 밥풀 하나 남기지 않았어. 생전의 나에게는 있을 수 없는 일이야. 평범한 건강이 제일 소중한 거구나.

"다들 오늘은 뭘 할 예정이야?"

에필 언니와 함께 식기 정리를 마치고 나니, 잠깐 한숨 돌릴 시간이 생긴다. 내가 마지막으로 다 먹었고 켈 오빠와 세라 언니는 벌써 식후 커피를 마시고 있다. 참고로 제라 할아버지는 녹차파. 밤에는 무조건 술파. 마시는 양이 어마어마해서 조금 걱정된다.

"나는 세라가 리벤지 매치를 신청해서. 이제부터 지하 수련장에서 맞서서 패배의 맛을 보여줄 생각이다."

"패, 패배의 맛을 보여주겠다니 거만한 태도잖아? 이전에 한 모의전에서는 크게 차이가 나지 않았는데! 오늘은 평소처럼 안 될걸!"

"전에도 완전히 똑같은 대사를 들은 것 같다만…."

"기분 탓이야, 기분 탓! 진 스크리미지도 한 팔만 쓰면 충분하다고!"

"흐―음?"

"아, 의심하는 거지! 지금 의심하는 거지?!"

아, 또 두 사람의 논쟁이 시작되었다. 조금 전까지 어른스럽던 세라 언니는 여행을 떠나고, 평소의 세라 언니가 나와버린 것 같다. 제라 할아버지도 틀림없이 일부러 즐기는 거겠지, 이거.

"리온도 세라나 제라르와 같이 수련장에 갈 거야?"

"음…."

이러쿵저러쿵 말해도 제라 할아버지와 세라 언니의 역학 관계는 팽팽하다. 하지만 나와 알렉스는 아직 그 영역이 아니다. 두 사람 사이에 끼어들어봤자 싸우는 데 방해만 될 거 같아.

"아니, 나는 알렉스랑 같이 거리로 나가볼까 싶어."

지금은 아직이지만. 우리도 뒤에서나마 자신을 갈고닦는 걸 잊은 적은 없다. 언젠가 반드시 뛰어넘어주자, 알렉스!

"그래. 제라르가 의기소침해지겠네."

"어?"

"진짜냐… 리온, 오지 않을 거냐…."

"잠깐, 그렇다고 대충 하기 없기야?!"

"음, 아하하⋯."

"끄―응. (무지 실망했나 봐.)"

제라 할아버지, 이 세상이 끝났나 싶을 정도로 어깨를 축 늘어뜨리고 테이블에 엎드러버렸다⋯. 어라? 역시 가는 게 나았을까?

"켈 오빠는 어떻게 할 거야?"

낙심한 제라 할아버지의 갑옷 어깨를 주물러주며(그러자마자 기운이 펄펄 넘치게 되었다) 재미있어하는 켈 오빠에게 질문한다.

"나? 에필과 물건을 사러 갈 예정인데. 흐음, 하지만 일단은⋯."

천장을 올려다보는 켈 오빠. 나도 따라서 똑같이 위를 본다.

"⋯슬슬 메르를 깨워야겠어."

"⋯응, 그래. 그게 좋겠어."

메르 언니는 내버려두면 정말로 낮까지 자니까.

"⋯그랬지 뭐야. 다들 너무해. 나도 마음만 먹으면 혼자 일어날 수 있는데."

"이사 가자마자 리온도 고생이 많구나. 아니, 리온은 켈 일행이 저택으로 이사 간 다음에 파즈에 왔지."

알렉스와 아침 산책을 하다가 켈 오빠가 전에 거점으로 삼았다는 정령가 여관에 잠시 실례했다. 우유 2인분을 주문하고 지금은 카운터석에서 여주인 클레어 씨와 이야기를 나누고 있다. 아까도 마셨지만 역시 아침에는 우유지. 오랫동안 고대하고 있는 효과는 키에도, 가슴에도 나타나지 않고 있지만…. 하지만 계속 마시면 언젠가 틀림없이 세라 언니처럼!

"가우가우…. 가우. (그럼 이제 나는 안 깨울래. 내일부터 구경해야지.)"(주6)

"그, 그건 임기응변으로 대응해주면 좋겠는데. 그리고 그, 에필 언니한테도 민폐를 끼치게 되잖아…."

"워엉…. (뭐야…)."

"리온, 정말로 알렉스와 대화를 나누는 것 같구나. 사이가 좋으니 보기 좋아."

나누는 것 같은 게 아니라 정말로 대화를 나누고 있는데.

"뭐, 그 애들은 특이하니까 함께 살면 이것저것 고생도 하겠지. 하지만 좋은 녀석들이란다. 그건 내가 보장할게!"

"응, 하지만 괜찮아. 켈 오빠나 사람들을 진심으로 믿고 있으니까. 아까 한 말은 내 어리광에 가깝고."

"후후, 켈의 친여동생인 리온에게는 할 필요가 없는 이야기였구나. 그야 그렇지, 나 같은 것보다 훨씬 잘 알 테니까. 자, 이건 덤이야. 많이 먹으렴."

"와, 고마워!"

컵에 따라준 두 잔째의 우유는 소식인 나에게 조금 힘들었지만, 클레어 씨의 따뜻한 마음이니까 열심히 다 마셨다.

이런 식으로 클레어 씨와 교류하는 건 대단히 즐겁다. 뭘까, 이느낌. 엄마랑 이야기를 나누는 것처럼 따뜻해진다고나 할까? 에필 언니를 대할 때와 비슷할지도. 이 시간대의 정령가 여관은 아침 식사를 하는 손님도 적고, 평소에는 떠들썩한 가게도 비교적 손님이

주6) 가슴을 키우는 데에 우유나 숙면이 도움이 된다는 속설이 있음.

뜸해져 클레어 씨도 심심해진다. 이렇게 말하면 여관과 식당을 경영하는 클레어 씨에게 실례가 될지도 모르지만, 나에게는 클레어 씨를 독점할 수 있는 기쁜 시간이다.

"여어, 지금 돌아왔어!"

그런 생각을 하고 있자니 손님이 와버린 것 같다. 응? 하지만 이 목소리는….

"아, 당신이구나. 응, 어서 와."

"당신, 너무 건성으로 대답하는 거 아냐…?"

"""클레어 씨, 실례할게!"""

누군가 했더니 울드 씨와 파티 사람들이다. 어두운 보랏빛 숲 앞에서 만난 게 기억난다. 갑옷을 입은 상태로도 엄청나게 잘 단련된 육체인 것을 알아볼 수 있다. 하지만 제라 할아버지의 말에 따르면, 팔 힘을 비교해보면 내 쪽이 훨씬 위라고 한다. 내 가느다란 팔 어디에 그런 힘이 숨어 있는지, 세상에는 신기한 일이 참 많다.

"오늘은 대식구잖아. 그 애는 처음 보는걸?"

"아, 역시 클레어 씨! 눈이 높구만!"

궁수 한 분이 웃으며 목청을 돋웠다. 확실히 클레어 씨가 말하는 대로, 울드 씨 일행의 근육에 파묻혀버렸지만 남자아이 한 명이 파티에 섞여 있다. 겉모습은 나보다 조금 연상, 에필 언니와 비슷한 나이일까? 철제 도끼를 멘 건장한 체격이다. 그리고 표정이 부루퉁하다.

"이 녀석, 켈빈이 트라지로 향하기 전쯤에 모험자가 된 신참이야. 꽤 재능이 있어서 벌써 D급 모험자로 승격하기까지 했다고. 그런데 말이야, 성격에 문제가 있는지 파티를 짤 사람이 없어서 말이야.”

“시, 시끄러워! 파티를 맺지 못하는 게 아니야! 나에게 걸맞은 상대가 없는 것뿐이라고!”

남자아이가 고개를 휙 돌려 울드 씨를 외면한다.

“…뭐, 이런 식이야. 어쩔 수 없으니 우리 쪽에서 거둬서 마음 맞는 녀석들이랑 만날 때까지 단련시켜주고 있어.”

“리더의 관대한 마음이 놀라울 따름이지….”

“뭐야, 멋대로 지껄이기는! 근본을 따져보자면 원인은 내가 파티 인원을 모으는 걸 방해한 당신들이 제공….”

“…어, 거기 있는 건 리온 아냐?!”

“뭐야! 우와, 진짜냐?!”

“아하하, 안녕하세요….”

전력 질주해서 달려오는 울드 씨 이외의 사람들이 조금 무섭다. 조금 전까지 고개를 돌리고 있던 남자아이도 어째서인지 그중에 섞여 있다.

“이이이봐! 이 애는 누구야?! 소개해줘!”

“…그러게. 확실히 성격에 문제가 있는 것 같네.”

클레어 씨가 카운터 너머에서 한숨을 쉰다. 남자아이는 클레어 씨보다 더 거칠게 숨을 몰아쉬며 성큼성큼 조심성 없게 다가온다. 아, 그 이상 다가오면….

“정말이지, 이 바보! 리온이 무서워하잖아! 신사적으로 행동해야지!”

“젠장! 나, 놓—으—라—고…!”

내 마음을 알아차렸는지, 전력 질주하던 궁수와 검사분이 남자아이를 잡아주었다.

"하지만 이름은 알았다! 리온이라고 하는군, 너! 내 파티에 넣어
주지!"

"어, 음…?"

"너, 이 상황에서도 용케 파티 권유를 하는군. 그 강한 정신력만
은 본받고 싶어."

"그런 건 아무래도 좋으니까 빨리 놔!"

"바보, 앞을 잘 봐."

"엉? 앞이 무슨…."

붙잡힌 남자아이가 앞을, 내가 앉은 의자 주변을 본다.

"그르르르릉…."

거기에는 투지를 드러낸 알렉스가 있었다. 낮게 으르렁거리는 소
리를 내며 위협해서 내 주위에 접근 못 하게 막고 있다.

"치, 칠흑의, 늑대…?"

"아, 그래. 너도 모험자 나부랭이라면 이길 상대와 못 이길 상대
쯤은 한눈에 구분할 줄 알아야지. 참고로 그 검은 늑대는 손대면 안
될 부류야. 이 녀석들이 말리지 않았다면 지금쯤 다진 고기가 되었
을걸?"

"아니, 아니야. 알렉스도 그렇게까지 하지는 않을 거야."

알렉스는 내 짝꿍이지만 켈 오빠의 개인적인 명령도 들을 때가
있으니까. 아이, 참, 그렇게 걱정하지 않아도 나는 괜찮은데. 하지
만 기쁘니까 용서해줘야지!

"후우. 그렇게까지 하지는 않는다고? 리온도 참 무시무시한 걸
기르고 있군."

"기르는 게 아닌데? 알렉스는 내 가족인걸. 잘 때에도 같이 자. 그치…?"

"아—우. (그치—.)"

"진짜? 리온도 참 간이 크군."

음… 그런가? 별로 간이 큰 건 아닌 것 같은데. 알렉스의 털은 이렇게나 폭신폭신해서 같이 자면 기분 좋게 잠들 수 있는데 말이야….

"하, 하지만 나는 아직 포기한 게 아니라고. 이런 기회는 그리 쉽게 오는 게 아니야! 그 허리에 달아맨 검을 보고 네가 범상치 않다는 건 간파했다고! 게다가 그 귀여운 미모, 내 짝이 되기에 딱 좋아!"

남자아이가 척 손가락을 들이댔다. 내가 뭐라고 대응해야 할지 곤란해하고 있을 때, 뒤에서 믿음직스러운 소리가 들려온다.

"흥분한 참에 미안하지만, 냉큼 주문을 마쳐줄 수 없겠니?"

"이봐, 지금은 그럴 때가 아니라고! 아줌마는 입 다물고 있어!"

"""""이, 이 바보, 그만해!"""""

올드 씨 일행이 한 글자도 틀리지 않고 아름다운 하모니로 외쳤다.

"…손님이 아니란 말이지?"

"히익?!"

—쿠구구구구궁!

아무 소리도 나지 않는데, 클레어 씨의 뒤에서 그런 무시무시한 굉음이 들린 것 같았다.

"클레어 씨, 나는 에일을 조끼로 하나!"

"나는 늘 먹는 정식 곱빼기!"

"나는 비밀 메뉴인 '카레'를 줘! 자, 너도 빨리 주문해!"

"어, 음… 그럼 이 멧돼지고기 요리를….'"

"클레어, 난 말이야….'"

"당신은 쌓인 외상값을 갚은 다음에."

"여긴 내 집인데 돈을 받는 거야?!"

파즈가 보장하는 모험자들도 클레어 씨에게는 약한 모양이다. 우향우해서 예의 바르게 테이블에 앉기 시작했다. 남자아이만은 마지못해 가는 것 같았지만.

"후우, 우리 남자들은 왜 이런지 몰라. 어디, 음식이 다 될 때까지 시간이 남았군. 그때까지는, 영차!"

그렇게 말하며 들어 올린 것은 둥근 테이블. 꽤 두껍고 무거워 보이는데, 클레어 씨는 그것을 가볍게 남자아이 앞에 놓았다. 쿠웅 하고 바닥이 삐걱거린다.

"이, 이건?"

"우리 집에서 쓰는 테이블은 튼튼해서, 한 힘 하는 모험자가 팔씨름을 해도 부서지지 않거든. 그렇게 리온을 파티에 권유하고 싶으면, 일단은 자기 실력부터 보이는 게 맞지 않겠니? 자, 그럼 여보, 부탁해.'"

"헉! 부탁한다니 여보, 엉?!"

혼란에 빠진 올드 씨. 어, 팔씨름으로 시합을 해주라는 건가?

"…후, 후후. 그렇군. 그녀에게 팔씨름으로 내 실력을 선보이라는 건가. 아줌마가 뭘 좀 아네."

남자아이는 눈을 빛내더니 의욕이 넘친다.

"이, 이봐, 리온에게 이런 짓을 시켜도 괜찮은 거야?"

"내가 알 게 뭐야. 이런 때에는 리더를 불러야지. 리더!"

"역시 나한테 떠넘기기냐. 클레어 녀석, 대체 무슨 속셈이야…? 리온, 저 녀석은 저렇게 말하지만, 싫으면 거절해버려. 딱 잘라서."

"아니, 나는 상관없어. 할까, 팔씨름."

"""""헉?!"""""

아, 또 아름다운 하모니. 역시 서로 속마음을 잘 아는 사이답네. 나는 테이블에 오른팔을 대고(키가 작아서 단상 위에 올라가서), 준비가 되었음을 알린다.

"읭? (사정 봐주는 거 잊으면 안 된다고?)"

"괜찮다니까. 알렉스는 걱정도 많아…."

"이봐, 이봐, 그 늑대도 불안해하잖아. 하지만 괜찮아, 난 신사적이니까. 다치게 하지는 않을 거라고!"

"어? 으, 응. 고맙다고 해야 하나?"

알렉스와 나는 대화를 살짝 착각하고 있는 것 같다.

"이봐, 리온 강해? 저렇게 가냘픈데?"

"그러니까 나한테 묻지 말라니까! 잘 모르지만 그 사람 여동생이잖아? 그렇다면…."

"구경꾼은 이제 좀 조용히 해주겠어? 지금부터는 나와 리온의 시간이야."

""……! (발끈!)""

"거참, 갑자기 팔팔해지기는. 뭐, 쌍방이 합의했으니 나는 불평할 게 없어. 그럼, 준비는 됐나?"

테이블 위에서 손을 잡자 팔씨름 형태가 완성된다. 남은 것은 시작 신호를 기다리는 것뿐. 손에 조금 땀이 밴 게 신경 쓰이지만, 그 정도로 의욕이 넘치는 거겠지?

"언제든 좋아….."

"나도 마찬가지야. 후후, 기다려라. 내 장밋빛 모험 라이프!"

"그러니까 너는… 뭐 됐어, 그럼 간다? 시합….."

꾹 하고 손에 가해지는 힘이 조금 세졌다.

"…시작!"

울드 씨의 신호가 울렸다. …하지만 남자아이는 팔에 힘을 주어 밀 기색이 없다. 뭐지?

"…팔씨름, 시작했는데?"

"알아. 하지만 말이야, 너무 일방적인 시합이 되면 재미없잖아? 일단은 처음만 기를 살려줄까 싶어서. 자, 나는 신경 쓰지 말고 팔을 쓰러트려도 괜찮아."

"그래?"

음… 아무리 그래도 진지한 시합인데, 이렇게 건성인 건 별로네. 뭐, 그렇게 말한다면. 나는 아주 조금 팔에 힘을 주기 시작했다. 서서히, 서서히, 주는 힘을 한 단계 올리는 것처럼.

"이런, 여자애인데도 제법 하는군. 역시 내가 점찍은 보람이 있어. 하지만 말이지, 나는 그 정도로는… 어, 어라? 자, 잠깐. 너 팔이 그렇게 가늘면서 어디에 이런 힘이! 익, 젠장, 우오오오오오오…!"

—탁.

"아, 내가 이겼네♪"

남자아이의 영혼의 외침도 보람 없이, 먼저 손등을 테이블 위에

댄 것은 그쪽이었다. 최대한 비슷한 힘으로 쓰러트렸는데, 남자아이는 혼이 빠져나간 것처럼 움직이지 않았다. 어, 다치지는 않은 거지? 되도록 상냥하게 결판을 내줬는데….

"마, 말도 안 돼…. 마을에서 최고로 힘이 세던 내가, 이런 소녀에게 졌… 다고…? 이건 꿈인가, 꿈인 거지?"

"가우, 가우가우…. (불쌍해라, 정신적으로 좌절했네….)"

아, 어쩌지, 내 탓인가?

"우와, 리온 강해! 보기에는 힘이 꽤 남아 보이던데?"

"역시 켈빈의 여동생이야. 가련한 외모에 속아서는 안 돼. 나는 처음부터 그녀의 실력을 간파하고 있었다고!"

"멍청아, 전혀 간파하지 못했잖아. 거참. 뭐, 적개심이 없는 상대는 솜씨를 재기가 어려우니까. 솔직히 나도 리온이 이렇게까지 강할 줄은 몰랐는데?"

"소년, 그렇게 좌절하지 마. 이렇게 폼 잡는 리더도 옛날에는 에필의 힘을 간파하지 못하고 1초 만에 당했다고. 그에 비하면 그나마 네 쪽이 나을걸?"

"너는 또 쓸데없는 소리를… 이봐, 소년?"

남자아이가 바들바들 온몸을 떨기 시작했다. 울드 씨도 걱정이 되는지 남자아이의 어깨에 손을 얹고 계속 부른다. 왜 그러지?

"케, 케케케, 켈빈의, 여동생…?! 너, 그 켈빈의 여동생이야?!"

"응. 아마 그 켈빈이 우리 켈 오빠인 것 같은데…."

"우, 우와아아악…!"

갑자기 괴상한 소리를 지른 남자아이는 쏜살같이 정령가 여관 밖으로 달려 나가버렸다. 뭐지?!

"아, 그랬지. 저 녀석, 극도의 켈빈 공포증이었어."

"뭐, 만나자마자 그런 살기를 맞았으니까…."

"평소처럼 저 녀석이 100퍼센트 잘못한 거지만."

켈 오빠, 뭘 하고 다닌 거야?!

"자, 기다리던 멧돼지고기… 어라, 그 소년은?"

맛있어 보이는 음식을 완성해서 가져온 클레어 씨. 하지만 그 음식을 주문한 남자아이는 행방을 감추고 말았다.

"…마음을 치료하는 중이야."

멧돼지고기는 알렉스가 맛있게 먹었다.

밤, 모두 잠든 시간. 평소라면 내가 벌써 잠자리에 들었을 시간이고, 알렉스도 이미 쌔근쌔근 잠든 숨소리를 내고 있다. 하지만 나는 지금 은밀 행동 중. 살금살금가만가만조심조심. 자, 목적하던 장소에 도착했다. 말할 필요도 없이 켈 오빠의 방!

'실례합니다아….'

마음속으로 인사하고 문을 천천히 연다. 좋아, 켈 오빠는 자고 있네. 여동생이니 자는 오빠의 침대에 들어가는 건 기본 중의 기본이지.

여동생으로서 최소한의 스킬이라 해도 과언이 아니다(참고 자료 : 생전에 가지고 있던 책). 그리하여 훌륭한 여동생이 되기 위해, 나도 옛 사람들의 가르침을 따라 켈 오빠의 침상에 처음으로 진입할 계획이다.

'살―금, 살―금….'

침대 앞까지 무사히 도착한 나는 목적지인 켈 오빠의 침대로 파고들었다. 와, 켈 오빠의 체온 때문에 마의 영역이 되어버렸네! 사실은 잠기운에 무릎을 꿇을 것 같은 나에게 이것은 중대한 사태다. 그래도 질 수 없다고 생각하며 이불 속으로 파고든다. 그 부단한 노력의 결과인지, 이 마경의 출구 쪽에서 비치는 빛이 보이기 시작했다. 머리부터 쓱, 출구를 향해 내민다.

"에헤헤, 도착…."

옆을 보니 켈 오빠의 자는 얼굴이 또렷하게 눈에 들어온다. 이게 바로 예로부터 내려오는 그 남매가 붙어서 잔다는 건가. 상상하던 것보다 가슴이 두근거릴지도 모른다. 음, 깨우지 않게 작은 소리로 해야지.

"켈 오빠, 들어봐. 오늘도 말이야, 여러 가지 일이 있었어. 클레어 씨랑 많이 얘기하고, 울드 씨네 파티의 새 멤버도 만나고…."

오늘 있었던 일을 일기에 적는 것처럼 켈 오빠에게 보고한다. 내의지로 생각하고 내 발로 걸어 다니며 쌓은 추억들을. 이런 나를 이세계에 소환해준 사랑하는 켈 오빠에게, 남김없이.

"…오늘도 즐거웠어… 내일도, 아마… 쌔근, 쌔근…."

너무나 따스한 마음으로, 나는 가장 사랑하는 사람 옆에서 잠들었다.

리온의 숨소리가 들려오기 시작한 지 조금 지나, 나는 살짝 눈을

떴다.

『…잠들었어?』

『…잠든 것 같네요.』

일단 부하 네트워크를 통해 리온의 반대쪽에 있는 에필에게 확인하고, 귀여운 침입자의 잠든 얼굴을 본다. 완전히 안심한 표정으로 푹 잠들어 있다.

『몰래 누가 다가와서 경계했는데, 정체가 리온이라니.』

『저도 있었는데, 전혀 알아차리지 못하신 것 같네요. 주인님밖에 보이지 않는 것 같았어요.』

『졸음과 싸우느라 그럴 상황이 아니었던 것뿐 아닐까?』

하지만 침상에 들어오다니 리온도 대담한걸. 완전히 남매의 영역을 초월한 행위인 것 같은데.

『저기, 에필. 여동생은 보통 오빠 침대에 들어오는 건가?』

『여동생이 없어서 유감스럽지만 저도 모르겠습니다. 하지만 리온 님이 그렇게 하시는 걸 보면, 그런 게 아닐까요?』

『한마디로, 이건 여동생다운 행위라는 거야?』

『그냥 제 예상이긴 하지만요….』

으음, 나는 좀 아닌 것 같은데. 아니, 이 세계에서는 이게 상식일 수도 있나? 다시금 리온의 잠든 얼굴을 에필과 함께 바라본다.

『『…귀여워라.』』

이런, 나도 모르게 목소리가 나왔다. 하지만 이렇게 기분 좋게 푹 잠든 얼굴을 보니 그런 것은 별일 아닌 것처럼 느껴져.

『좋아, 이렇게 하자. 침대에 들어오긴 했지만, 여동생이니까 이게 보통이겠지!』

『보통이겠지… 라고요?』

『더 드높게! 여동생이니까 보통이겠지!』

『여, 여동생이니까 보통이겠지! …아, 뭔가 그런 것 같은 기분이 들기 시작했어요.』

『이상하게도 나도 그런 기분이야.』

한밤중에 갑자기 조증 상태가 되어버렸나? 뭐, 어때. 나도 은근히 졸린다. 오늘은 자자. 자. 에필과 꿈속에 있는 리온에게 잘 자라고 말하고, 다시 눈을 감는다. 내일도 좋은 날이 되었으면 좋겠네, 리온. 아, 하지만 아까 들은 이야기에 나온 소년은 주의할 필요가 있겠군. 불경한 것도 정도가 있지. 다음에 만나면… 쿨.

새로운 집에 사는 데도 익숙해지기 시작해서 새로운 가족, 새로운 동료를 맞이한 지 어느 정도 지난 어느 날. 제라르와의 몬스터 토벌도 적당히 마쳤을 때, 시각이 낮에 접어들었다고 내 배꼽시계가 알려주었다.

"왕과 콤비로 나오는 건 오랜만이었구려."

"전방에서 싸우는 스타일과 후방에서 싸우는 스타일의 조합이라 팀 궁합은 좋은데 말이야, 다른 동료들이 너무 만능이라 좀처럼 기회가 없었어."

"아니. 이유는 그게 아니라, 왕의 옆은 그렇지 않아도 경쟁이 치열… 음?"

옆에서 나란히 걷던 제라르의 움직임이 멈춘다.

"왜 그래?"

"…냄새가 안 나는구려."

"냄새?"

"음. 점심 식사 전인 지금 시간이라면 좋은 음식 냄새가 저택에 감돌기 시작할 무렵인데…. 그 냄새가 전혀 나지 않는군."

"아, 그러고 보니 그렇네."

온몸에 갑옷을 둘렀는데도 민감하구나 하는 생각이 들었지만 그건 그렇다 치고. 킁킁 하고 냄새에 정신을 집중해보지만, 평소처럼 침 분비를 촉진시키는 에필의 요리 냄새가 나지 않았다. 외출 중일까? 하지만 에필의 성격상 점심 식사 준비를 잊을 리는 없을 것 같은데.

"…혹시 몸이 안 좋은가? 그래서 쓰러졌다거나?!"

"뭣이?!"

"하여간 성실해 빠져서는, 자기 몸을 챙기라고 그렇게나 말했는데!"

요즘은 에리나 류카에게도 식사나 집안일을 맡기게 되어 생활에도 꽤 여유가 생겼다고 생각했는데, 내가 조금 안일했나. 에필은 취침 시간이 나보다 늦고, 기상 시간도 저택에서 제일 빠르다. 보이지 않는 곳에서 무리를 하고 있다 해도 이상할 게 없다.

"에필, 무사해?! 빨리 내 회복마법을!"

"내가 특제 스튜를 만들겠다!"

에필이 있을 것 같은 조리장에 가장 먼저 달려 들어간 나와 제라르. 진짜로 쓰러져 있으면 어떻게 하지 싶어 잔뜩 동요했다. 일해라, 내 담력아!

―그러나 눈앞에 펼쳐진 것은 예상 밖의 광경이었다.

"뭐 하는 거야, 둘이…."

앞치마를 한 세라가 달걀을 한 손에 들고 조리장에 서 있었다. 오히려 저쪽에서 걱정스러운 눈으로 바라본다. 소동을 듣고 달려왔는지, 조리장 안쪽에서 마찬가지로 앞치마를 한 여성진들이 맞이해준다. 당사자 에필도 거기 있었다.

"…피난 훈련 같은 거라고나 할까. 그렇지, 제라르?"

"왕이여, 그걸로는 내 스튜에 대한 설명은 되지 않는다."

음, 긴급 사태로 인해 착란에 빠져버린 구조 요청자 역할이면 어떨까. 음, 무리겠군.

"스튜? 어머나, 제라르도 요리할 거야?"

""도?""

"오늘은 말이야, 다들 제각각 요리를 만들기로 했어. 언제나 에 필 언니만 믿고 기다렸으니까 가끔은 직접 만들어보자! 는 이야기 가 나와서. 그런데 거기에서 또 이야기가 발전해버려서…."

"요컨대 우리가 에필에게 도전한 거야! 시합이라고, 시합!"

"후후, 이래 봬도 여자니까요. 이번에는 먹는 사람의 입장이 아 니라 만드는 사람의 입장에서 당신의 위장을 휘어잡겠습니다."

"그러니까 주인님, 맛을 심사해주세요. 주인님의 메이드로서 이 시합은 절대로 질 수 없습니다! 제라르 씨도 꼭이요!"

"미안, 무슨 소리인지 이해가 안 돼."

일단 차분히 진정시킨 다음 자세한 이야기를 듣는다. 뭐, 그래봤 자 내용은 그대로였다.

에필, 점심 식사 준비를 한다. 리온, 나도 요리를 해보고 싶다고 흥미를 가진다. 세라, 나도 사실은 요리할 줄 알아. 에필을 빼면 내 가 제일 잘할걸. 메르, 제가 먹는 전문이라고 오해하시면 곤란합니 다. 요리쯤은 할 수 있어요. 에필, 요리쯤이라니 한 귀로 흘릴 수 없 는 발언이군요. 정정해주시길 요구합니다.

이후 요리 전선 촉발. 뭐, 이건 상당히 각색된 거고 실제로는 더 가벼운 분위기였다고 한다.

"꽤 흥미로운 시합이 될 것 같구면."

"앞일이 약간 불안하긴 하지만 말이지."

결국 여성진의 기세에 눌려 심사위원이 되어버린 우리들. 제라르는 즐거운 듯 바라보지만 솔직히 어떤 음식이 나올지 예상할 수가 없어서 무섭다. 에필은 전혀 문제없으리라. 오히려 먹고 싶다. 리온도 괜찮을 것 같다. 오히려 기대된다.

"메르, 켈빈이 저렇게 말하는데?"

"저 우려는 세라를 향한 것이라고 생각합니다."

네, 당신들 두 명의 음식이 대단히 걱정됩니다. 부탁이니까 맛이 없는 정도로 끝내줘.

"일단 설명할까. 음식이 다 되면 나와 제라르가 순서대로 심사할게. 점심 전이라 배는 비었지만, 전원이 만든 걸 먹어야 하니까 양은 조정해줘. 그리고 시간제한은 특별히 두지 않겠지만 시간이 너무 많이 걸리는 것도 안 돼. 전원이 만든 음식을 다 먹은 다음 그중 가장 맛있었던 음식을 발표할게. 질문은? …없는 것 같군. 그럼 조리 시작!"

내가 짝 하고 손뼉을 치자 각자 행동에 나섰다. 자, 이제부터 제라르와는 부하 네트워크로 대화를 하도록 하자. 심사위원으로서 쓸데없는 말을 하는 것도 요리에 방해가 될 테니까.

—탁탁탁.

나와 제라르는 식당에서 기다려도 되지만, 조금 살펴보기로 했다. 세라를 비롯한 여성진은 잡담도 하지 않고 엄청나게 진지한 얼굴로 요리에 착수했다. 어라, 이거 꽤 진지한 건가? 의외로 다들 요리를 할 줄 아나 봐?

『…생각보다 평범한 요리 풍경이네.』

『왕은 무슨 상상을 하고 있었지?』

『아니, 메르와 세라는 창에 재료를 꽂거나 수도(手刀)를 식칼 대용으로 쓰거나 할 줄 알았지.』

『…아… 음. 평범해서 다행이구먼.』

『응. 오히려 기대해도 좋을지도 몰라.』

이렇게 내가 안도한 사이에, 제일 먼저 음식을 완성한 사람이 손을 들었다.

"네! 다 됐어요!"

귀여운 복숭앗빛 앞치마를 입은 리온이다. 통통 뛰어올라 작은 키를 커버하며 어필하고 있었다.

"오, 꽤 빠른데? 벌써 다 됐어?"

"난 복잡한 음식은 못 만드는걸. 간단한 거지만 열심히 만들었어!"

"호오, 계란말이로구먼."

리온이 만든 음식은 계란말이. 말 때 실수를 했는지 조금 모양이 무너져버렸다. 그래도 우리에게 이건 맛있는 식사다. 어쨌거나 리온이 열심히 만들어준 거니까. 기쁘게 먹을 수 있겠어!

"고맙구먼, 고마워….."

"제라르, 음식을 앞에 두고 절하는 것도 적당히 해. 슬슬 직접 먹어보자."

"음, 그렇군. 이런 건 따뜻할 때 먹어야 하니. 그럼….."

냠.

""…….""

"어, 어때?"

계란말이를 입에 넣은 우리를 리온이 불안한 듯 올려다본다.

"응, 평범하게 맛있어. 달콤하고 그리운 맛이라고나 할까, 가정의 맛이라고나 할까. 모양은 조금 망가졌지만 맛으로 그걸 보완하고 있어. 다음에 도시락에 넣어도 좋을 것 같은데? 그때에는 내가 솔선해서 먹을게."

"어, 정말? 만세…!"

"나는 이제 죽어도 좋다…."

"제라 할아버지?!"

위험하다, 위험해. 조금만 더 있었으면 제라르가 천국으로 가버릴 참이었다. 기쁜 나머지 승천해버리는 것도 생각해볼 문제다. 심사를 총괄하면 리온의 계란말이는 평범한 영역에서 벗어나지 않는다. 하지만 나나 제라르의 여동생 손녀딸 보정을 감안하면, 승패가 어떻게 될지는 아직 모른다.

"다음에는 나야!"

다음으로 양손에 든 접시를 내민 것은 세라. 빨간 앞치마를 걸쳤는데도 드러나는 굴곡이 대단히 눈부시다. 그리고 예상과 달리 세라의 그릇에서는 위를 자극하는 좋은 향기가 감돌았다. 이건….

"악마 스타일 카레, 완성이야!"

"아니, 이건 니쿠쟈가(주7)잖아."

"그래? 내가 어린 시절부터 먹던 음식인데…."

적어도 카레는 아니잖아. 아니면 악마의 세계에서는 니쿠쟈가를 카레라고 부르는 것일까?

"왕이여, 맛있으면 만사 오케이 아니겠는가?"

"…그게 진리지."

세세한 부분에 신경 써봤자 소용없지. 여긴 이세계이니 음식 이름이 잘못 전해지는 경우도 있을 것이다. 문제는 맛이다. 맛이라고!

주7) 니쿠쟈가: 고기와 감자를 간장 양념으로 졸인 대표적인 가정식.

아까도 말했지만 내 짐작을 뒤엎고 세라가 맛있어 보이는 니쿠쟈가를 만들어서 놀랐다.

"겉모습이나 냄새는 완벽하군. 세라, 몰래 연습했어?"

"어? 요리는 처음 해보는데?"

"…뭐?"

"그러니까 만드는 법은 알고 있었지만, 실제로 요리를 한 건 처음이야. 나머지는 감으로 때웠지!"

…천재냐?! 세라는 뭐든 능숙하게 남들 이상으로 해버리지만, 설마 요리 실력까지 이 정도일 줄이야. 아니, 잠깐, 평가는 먹은 다음에 내려야 한다. 설마 하던 일이 일어날지도 모른다. 그러니까, 일단 냠.

"맛있어…!"

뭐야, 이거. 이 근처 가게에서 먹을 수 있는 음식보다 훨씬 감칠맛이 나는데. 고기와 감자가 입안에서 녹는다. 정말로 처음 만든 니쿠쟈가인가?

"나는 에필의 음식 때문에 혀가 꽤 고급이 되었다고 생각했다만… 이건 충분히 납득이 가는 일품이로구먼."

"흐흥, 둘 다 평가가 좋은 것 같네! 하지만 유감이야. 에필이 한 음식처럼 눈물을 흘릴 정도는 아닌 것 같네."

"세라, 그건 진짜로 최상급의 평가거든?"

세라는 정말이지 천재 체질이지만, 유례없는 재능이 있는 것도 모자라 노력까지 거듭한 에필과 어깨를 나란히 하는 것은 쉽지 않은 일이다. 그야말로 그 길을 걸을 각오를 단단히 하지 않는 한.

하지만 이 오산은 기쁜 오산이었군. 세라, 솔직하게 칭찬하겠어. 훌륭해.

"그럼 주인님, 다음에는 제가…."

"…잠까안…!"

"네, 네?"

에필이 세라 다음에 나서려 했지만 갑자기 들린 목소리가 가로막는다. 고함의 출처는 방 안이 아니다. 저택 밖이었다.

"홋홋후, 여기서 다크호스 등장이야. 승부를 겨뤄보자, 에필!"

창 밖에 있었던 것은 안제였다. 지금이 기회라는 것처럼, 태도가 완전히 사생활 모드로 바뀌었다. 에필과 마찬가지로 녹색 앞치마를 두르고… 아니, 저건 녹색 군복 무늬잖아? 안제는 넋이 나가 굳어버린 주변 분위기도 개의치 않고, 당연하다는 듯 창을 통해 저택 안으로 들어왔다.

"안제! …왜 창을 통해 들어오는 거야?"

"연출이야, 켈빈 군."

쯧쯧쯧 하고 좌우로 손가락을 흔들며 의기양양하게 말하는 안제. 대체 어디에서 이 시합에 대해 들었는지, 그리고 그 너무나 투철하게 준비한 복장은 무엇인지, 한 시간쯤은 캐묻고 싶다. 역시라고 해야 할까, 이번에도 사전에 기척을 느끼지 못했다. 예고 없는 완전한 기습 공격이다.

"…역시 안제도 모험자인 거지?"

"무슨 소리인지 누나는 모르겠는걸."

돌아온 것은 생글생글하는 웃음뿐. 대충 얼버무릴 생각이로군.

"그나저나, 안제. 흐름으로 짐작하건대 너도 요리 대결에 참가할

게냐?"

"역시 제라르 씨, 빨리 알아들어서 좋아. 에필이랑 다른 사람들이 열심히 하는 동안, 저도 저택 밖에서 열심히 했지요."

"왜 밖에서?"

"음식은 집 안에서만 만들 수 있는 게 아니니까. 때로는 아웃도어 분위기를 내는 것도 중요해. 그러니까, 자, 먹어봐."

안제가 어디서 꺼내 왔는지 큰 냄비를 떡하니 테이블 위에 놓았다.

"흠, 수프인 게냐?"

"버섯과 산나물. 아웃도어라고 하는 만큼 다 바깥에서 채취하는 재료들이네."

"전부 내가 직접 채취해 왔어. 다 싱싱해!"

"꽤 본격적이로군. 오, 고기도 들어 있네."

흘끗 보기에는 생선 같은데, 무슨 고기지? 하는 호기심에 감정안을 발동시킨다.

"뱀?!"

게다가 이름을 보아하니 몹시 흉악할 것 같다. …아까 재료는 전부 직접 준비했다고 하지 않았나?

"와, 켈빈 대단하네. 비늘 같은 건 최대한 깨끗하게 처리했는데, 한눈에 알아버리다니."

"아니, 뭐…. 그리고 이건 아웃도어라기보다는 서바이벌…."

"뱀이라. 옛날에는 원정 갔을 때 자주 먹었지. 왕이여, 의외로 맛있다만?"

아니야. 내가 태클을 걸고 싶은 건 그 점이 아니야. 뱀을 먹는 것에 거부감이 있는 건 아니지만, 지금은 그게 문제가 아냐.

"안제, 다시 묻겠는데…."

"자, 켈빈 군! 따뜻할 때 먹어봐!"

안제가 반짝반짝 기대하는 눈빛으로 바라본다. 아, 타이밍을 놓치고 말았다. 제라르는 이미 스푼을 들고 있으니 일단은 먹어야만 한다. 냠냠.

"…으음?"

"어때, 어때?"

"담백한 생선…? 응, 맛있어. 아니, 참신한 맛이라고 해야 할까…?"

"아하하, 먹어본 적이 별로 없으면 그렇겠지…."

"음, 이거다, 이거."

지금까지 맛본 경험이 없는 맛이라 뭐라고 코멘트하면 좋을지 모르겠다. 그런 나와 달리 제라르는 보기 좋을 정도로 시원시원하게 먹어치운다. 안제의 반응을 보니 날 놀리는 것 아닐까?

"맛은 낯설지도 모르지만, 거의 현지 조달품으로 만들어서 원가가 한없이 0에 가깝다는 점도 고려해줬으면 해. 나는 비상시에도 도움이 될 거라고!"

요즘 모험자 길드 접수 아가씨는 그런 기능도 필수인가. 음… 확실히 재료가 없을 때 비상식을 만드는 경우엔 도움이 될지도 모른다.

"후후. 한 방 먹였어, 에필."

"제법이네요, 안제 씨. 하지만…."

말을 한 번 끊고, 에필이 음식에 덮어두었던 천 덮개를 들어 올린다. 그러자 그 틈새로 눈부신 빛이 넘쳐 나오기 시작했다.

"이게, 제가 진심을 발휘한 결과물입니다."

◇　　◇　　◇

조리장에 서 있는 사람은 한 명뿐이었다. 금색 머리카락을 에메랄드색 머리장식으로 묶고, 메이드복 차림으로 조용히 서 있다. 켈빈 저택의 메이드장 에필은 몇 구의 시체 위에 서 있었다.

"죽지 않았어. 죽지 않았다고."

뭐, 죽을 만큼 맛있긴 했지만. 도가 지나쳐서 실제로 기절할 정도로. 실제로 먹은 것은 나와 제라르뿐이었지만, 음식 냄새만 맡은 리온과 다른 사람들도 힘이 빠져 일어날 수 없는 상황이다. 저건 결국 요리가 아니라 어떤 의미에서 무기다. 너무 행복한 나머지 죽는 체험을 실제로 하게 될 줄은 몰랐다고.

"변변치 못한 것을 드셔주셔서 감사합니다."

"큭, 역시 저도 먹는 입장을 택할 것을 그랬군요…!"

메르피나가 갓 태어난 아기사슴 같은 걸음걸이로 벽을 짚고 걸어오며 원통해하고 있었다. 그래도 오늘 너는 상당히 잘 참은 편이야. 음식이 나올 때마다 날카로운 시선을 이쪽에 보낸 걸 나는 놓치지 않았거든.

"후하… 역시 에필을 이길 수는 없구나."

"응. 켈 오빠와 제라 할아버지에게서 결과에 대해 들어볼 것까지도 없었네…."

"그래. 에필, 우승 축하해!"

세라와 리온은 순순히 패배를 인정한 것 같다. 뭐, 이렇게까지 압도당하면 오히려 웃음이 나오니까. 끝판왕에게 도전하기엔 아직 너무 일렀던 것이다. 지금은 그저 위대한 요리사를 찬양해야 할 때다.

　"아, 아직입니다! 아직 제 음식에 대한 심사가 끝나지 않았어요!"

　이의를 제기한 것은 이 세계의 신, 파란 앞치마를 입은 메르피나. 헉헉 숨을 몰아쉬며 자기 접시를 내밀었다. 여신님은 여전히 무릎을 떨고 있다.

　"메르⋯."

　"공주님⋯."

　아무리 그래도 이 상황에서 역전할 수는 없잖아. 우리는 그렇게 생각했지만 절대로 입 밖으로 내서 말할 수는 없다. 메르피나가 불안의 씨앗이라고 생각했지만 이 녀석도 열심히 노력했다. 식욕에 무릎 꿇지 않고 참기도 했다. 그러니까 다른 사람들에게 그렇게 했던 것처럼 메르피나에게도 성의를 보여주어야지.

　"제라르, 메르가 만든 음식은 나부터 먹을게."

　"후, 좋아. 먼저 드시도록. 나도 그 용맹스러운 모습을 지켜보도록 하지."

　멋진 사나이인 흑기사가 내 등을 떠밀어주었다. 고마워, 제라르. 나 어쩐지 용기가 나. 왜냐하면⋯.

　"⋯쿨럭."

　"다, 당신?!"

　―왜냐하면 이건, 형태부터가 음식 같지 않으니까.

"메르 언니, 회복마법!"

"그, 그러면 되겠군요! …회복마법이 안 듣다니?!"

"회복 저해 효과?!"

그 후 에필의 헌신적인 간병과 제라르가 즉흥으로 만들어준 스튜 덕분에 나는 목숨을 건졌다. 사람들과 협의한 끝에 우승은 제라르의 스튜가 거머쥐게 되었다.

— 다음 권에 계속 —

작가 후기

「흑의 소환사 3 마수의 군대」를 구입해주셔서 진심으로 감사합니다. 3권쯤이면 서적화 작업에도 꽤 익숙해지기 시작할 때가 되었는데, 아직도 후기만은 익숙해지지 않는 마요이 도우후라고 합니다. 웹소설일 때부터, 혹은 1권에 이어 이 책을 읽어주신 독자 여러분, 늘 구독해주셔서 감사합니다.

새해가 지나자마자 바로 발매된 제3권, 이쯤부터 동료가 더 늘어나기 시작하고 각국의 주축을 맡는 캐릭터들도 서서히 등장합니다. 이 책은 웹소설판 제3장 '대두(擡頭)편'에 해당하는 부분입니다. F급에서 A급까지 단숨에 달려 올라간 켈빈이 마침내 S급 모험자 티켓을 손에 넣을 기회가 왔습니다. 하지만 일이 그리 순조로이 돌아갈 리는 없고 그 뒤에는 트라이센의 그림자… 라는 것이 줄거리입니다. 뭐, 내용은 '평소와 다를 바 없이 하고 싶은 대로 하는 켈빈 일가'입니다만.

켈빈 일가라고 하니 말인데, 이 권에서는 새로운 동료가 차례차례 가입했지요. 켈빈에게 용사로 소환되어 주위에 웃음과 기운을 뿌려주는 귀여운 여동생 리온. 귀중한 태클 담당이자 일행의 여동생으로서 사람들의 귀여움을 받고 있습니다. 새로운 손녀가 생긴 제라르도 행복. 하지만 전투력은 진짜로, 짝꿍 알렉스와 함께 인정사정없이 적을 베어버립니다. 싹둑싹둑! 그런 그녀도 역시 그 전투밖에 모르는 바보의 여동생이라서 그런지, 평범하다고 할 수 없는

면도 있습니다. 어떤 의미에서 켈빈 킬러지요. 여동생이니 어쩔 수 없네요.

그리고 잊어서는 안 되는 것이 이번 권에서야 간신히 모습을 선보일 수 있었던 여신 메르피나. 처음에는 메뉴 씨라 불리며 일종의 보조 캐릭터 같은 입장이었는데, 육체를 얻은 뒤에는 그야말로, 그야말로… 왜 이렇게 된 거지. 용맹한 모습과 답이 없는 사생활의 갭이 격렬한 분입니다. 때로 잊어버리게 되지만, 그래도 이 세계의 여신님입니다. 툭 하면 켈빈의 본처라고 자칭하는데, 이제부터 할 싸움이나 광신자(콜레트)와 엮이는 상황이 기대됩니다.

자, 그럼 이쯤에서 후기를 마치도록 할까요. 어, 후기가 짧지 않으냐고요? 후후후, 후기를 그렇게 많이 쓰지 않아도 되도록 페이지를 조정했지! 감사합니다, 오버랩 출판사! 만세!

그럼 다음 권에서도 만나 뵙기를 빌며, 앞으로도 「흑의 소환사」를 잘 부탁드립니다.

마요이 도우후

흑의 소환사 3
마수의 군대

2021년 9월 8일 초판 인쇄
2021년 9월 15일 초판 발행

저자 · Doufu Mayoi
일러스트 · Kurogin(DiGS)
역자 · 유경주
발행인 · 황민호
콘텐츠4사업본부장 · 박정훈
마케팅 · 조안나 이유진 이나경
국제업무 · 이주은 김준혜
제작 · 심상운 최택순 성시원
한국판 디자인 · 디자인 우리
발행처 · 대원씨아이(주)

서울 특별시 용산구 한강로3가 40-456
편집부 : 02-2071-2104 FAX : 02-794-2105
영업부 : 02-2071-2061 FAX : 02-794-7771
1992년 5월 11일 등록 3-563호

http://www.dwci.co.kr/

원제 黒の召喚士 3
© 2017 by Doufu Mayoi
First published in Japan in 2017 by OVERLAP, Inc.
Korean translation rights reserved by DAEWON C. I, INC.
Under the license from OVERLAP, Inc., Tokyo JAPAN

ISBN 979-11-362-8198-2
ISBN 979-11-362-0473-8(세트) 04830